魔王と勇者が時代遅れになりました

MAOU TO YUSHA GA JIDAI-OKURE NI NARIMASHITA

SHINOBU YUKI presents

結城忍
ill. オウカ

TOブックス

イラスト：オウカ
デザイン：おおの蛍（ムシカゴグラフィクス）

CONTENTS

第１章
汚染惑星

MAOU TO YUSHA GA
JIDAI-OKURE NI NARIMASHITA

プロローグ1／3　時代遅れの2人

周囲は地平線の果てまで続く、赤錆色の砂地が広がる一面の荒野。

荒野のあちこちには遥か昔に人々が暮らしていただろう、住居の廃墟が卒塔婆《そとば》のように立ち並んでいる。

日が落ちて夜の闇に包まれた荒野の一角、赤錆色の砂丘の上で2人の人影が背中合わせに座り込んでいた。

1人は魔王――全身黒一色の軍服風のジャケットスーツにマントとコートを合わせたような衣服を纏《まと》った、いかにも悪役風の服装をした上背がある青年。

1人は勇者――白をベースに金と緑で縁取られた鎧姿に、いかにも聖剣！　という自己主張が強い神々しいデザインの長剣を手に持つ背の低い少女。何故か首には鎖がぶら下がった無骨な金属製の首輪がついている。

「なぁ、どうする？」

青年――魔王が夜空を見上げ、途方に暮れた感じの口調で呟いた。

《人間の死者数が15万人を突破しました。魔王のステータスが強化されます》

「あぁ……また死者増えて俺強化された。止めてこなくていいのか？　勇者様」

「無理。どう頑張っても無理。だって――」

勇者も星空を見上げていた。その先では――


夜空の先、宇宙空間には肉眼で見えるほどの大きさをした人工物――宇宙船が星の数よりも多く浮かんでいて。

夜空にはビームやミサイルが飛び交い、被弾した船が閃光と共に爆発四散し、爆炎を縫って小型の戦闘機達が光の航跡を曳《ひ》きながら飛び交い、別の戦闘機とレーザーやビームを撃ち合い、あるいは編隊を組んで大型艦に向かっては対空砲火で燃え尽きる。

ビームとミサイルと爆発、そして人の命で作られた花火が夜空一杯に広がっていた。

「聖剣を持った勇者でも、宇宙で戦争してる人達を止められる訳ない」

体育座りをして、すねたように言う勇者。

地球から魔王として召喚された青年は、疲れた口調で呟いた。

「どう見ても、ファンタジーじゃなくてSFの世界です。本当にありがとうございました」

《勇敢に戦い、戦死した人間の数が８０００人を超えました。勇者のスキルがアンロックされます》

「なぁ。こんな世界で魔王だの勇者だのやってる俺たちってさ、時代錯誤じゃないか？」

「言わないで。私も割と後悔してる」

魔王が恐怖に陥れるはずの人々は宇宙で自由に繁栄し、領土か資源か何かを巡って元気に戦争し、滅ぼすべき世界《ほし》はもう滅んでいた。

勇者が守るべき人々はもうこの世界《ほし》を見捨てて宇宙に行っていた。

今を生きる人間達は宇宙で元気に殺し合いをしている。

「「どうしよう」」

時代に取り残された感が半端無く、魔王と勇者はただ途方に暮れていた。

プロローグ２／３　悪の美学を語る魔王

なぁ。アンタは悪に憧れるか？

悪は良いぞ。

何せ自分の欲望に素直で、目標に向かって努力も惜しまない。

誇りを持つ悪なら俺は全力で応援しよう。

悪に誇りなんてあるかって？　あるに決まっている。

世界征服をたくらむなら、世界をより良くするのは最低条件だ。

裏から甘い汁を吸うのも、表の世界が元気なほど良い。


金が欲しいなら、誰よりも金を稼げるようになれ。

奪う？　そんな方法じゃすぐに行き詰まるだろう？


酒池肉林が欲しいなら、多くの異性を独占できるほどの暴力と財力を入手するところからだな。

刹那的な肉欲を満たしたいだけなら、風俗店にでも行った方がずっとお手軽だ。


何？　悪の癖に何真面目ぶってやがるかだって？

そんな事はない。悪はいい加減な気持ちで務まるものじゃない。

遊び半分で悪さをしていたらチンピラのまま、あっという間に老いてジジイになって終わりだ。


いいか？　悪になりたかったら心底真剣に、命かけて悪になれ。

ともかくだ、悪とは素晴らしい。

幼い頃に見た戦隊ものの特撮に出てくる悪の秘密結社こそ、子供だった俺にとって最高のヒーローだった。いや、今はヴィランと形容する方がいいのだろうか。

悪とは俺の生きがいでもあり、日々の指針でもあり、人生の最終目標でもある。

そんな俺があの誘いを断れる訳もなかった。

だって、そうだろう？　こんな悪に憧れる俺にさ。

『あなたは魔王の適性があります。どうか異なる世界の魔王として降臨してください』

もう殺し文句もいいところだ。

俺も地球で普通に生きていた。悪に憧れる俺とは趣味が合わないが、人の親としては良い両親もいたし、仲のいい妹もいた。

勉強も得意だったし、かなり良い大学にも入れた。

まあ、恋人や彼女はつくれなかったから、リア充とは言えないと思うけどな。

そんな俺だが、魔王になってくれなんて言われたら、もう全てを捨てて行くしかないだろう⁉

だって魔王だぞ、魔王！　悪のトップエリートだ。

魔王になれる事よりも、魔王の素質があったという事実が、悪に憧れる身として何よりも嬉しい。

嬉しくてたまらない！

突然聞こえた声に、空中に浮んだ『↓はい　いいえ』と怪しすぎる単純な2択しかないウィンドウ的なものとかを怪しむ前に、全力で『↓はい』を押していた。

◇

次に気がついたら、真っ暗な空間に浮いていた。
《能力値の設定をしてください》
透き通るような女性の声だった、声優か？　とか一瞬考えてしまう程の。
この声の持ち主に秘書になってもらえれば最高だろうな。
なんて考えていた俺の前にウィンドウが開いた。
どうやら魔王としての能力値を設定すれば良いらしい。

名前：イグサ　（真田 維草／Igusa Sanada）
種族：地球人　職業：魔王
Ｌｖ：１　ＥＸＰ：０／１００

〈ステータス〉
ステータスポイント：６５５３５
筋力　（ＳＴＲ）　＝５
体力　（ＶＩＴ）　＝７
敏捷力（ＡＧＩ）　＝12

知力（ＩＮＴ）＝15
精神力（ＭＮＤ）＝9
魅力（ＣＨＡ）＝12
生命力（ＬＦＥ）＝7
魔力（ＭＡＧ）＝38

〈スキル〉
スキルポイント：１０４８５７５

さて、どこから突っ込めばいいのか。

流石は魔王だ、ステータスポイントとかケタがおかしい。

ただ、人間の強さがインフレしている可能性もあるし、一般人の基準を教えてもらいたいもんだ。

《回答。一般的な人間のステータス平均値は10。生まれ持ったスキルポイントは平均５》

答えてくれた。便利だな。

なるほど、魔王が一般人とは比べものにならない能力を得られるのは良くわかった。

最初からある数字は俺の持っていた元のステータスか。

まぁ、わかっていた事だけど非力だな。もっと筋トレしておいた方が良かったか。

スキルは……これはレベル制だろうか。スキルポイントの増加方法も知りたいな。

《回答。スキルはＬＶ1から10の範囲、スキルの取得コストは取得するスキルレベルの自乗。スキルポイントはＬＶアップ時に1増加する。》

なるほどね。ＬＶ1なら1ポイントで取れるけど、ＬＶ5なら25ポイント、ＬＶ10なら１００ポイント必要な訳か。

普通に努力してＬＶ10のスキルを取得できる人間はいるのだろうか？

スキルＬＶ1やＬＶ３がどのぐらいのものなのか。

《回答。技術において一人前とされるのがスキルＬＶ1。その道のプロと呼ばれるのがＬＶ2。ＬＶ３以降は歴史に名を残す天賦の才と不断の努力を兼ね備えた逸材。純粋な人間種にＬＶ４以降のスキル獲得はほぼ不可能》

工芸の世界での人間国宝やロボットでも真似のできない精度を出す技術者とかでもＬＶ３程度なのか。ＬＶ４以降は人外の領域の技能になるか。

スキルリストは……と。うげ。

スキルリストを一覧表示させたら、ずらぁ……と大量のスキルが表示されている。

例えるなら電話帳の厚みに小さな文字で百科事典の内容が記載されているような何かだ。

ポイントが残っていれば後から好きに伸ばせるらしいし、余裕を持って設定していくか……。

これも魔王生活の為、悪に生きる準備だと思えば楽しいものだ。

ビバ・魔王なファンタジーライフ！

◇

——体感時間でおおよそ1週間後——

や、やっと一通り設定が終わった。

能力値を伸ばしたら、一定以上の能力値で開放されるタイプのスキルが更に増えるし、スキル取ったら派生先スキルが増えるし。取得したスキルの組み合わせで更にスキルが増えるし！

東京の地下鉄の路線図か！　とツッコミ入れたくなるような、複雑怪奇なスキルツリーを何度も弄りたおした。

正直、何度か途中で投げ出したくなった。ふて寝は何度かしたが。

でもまぁ、今となっては良い思い出だろう。

能力値とスキルの決定を押して……と。

さぁ楽しい魔王生活の始まりだ——

◇

気がつけば、石碑に囲まれた場所に立っていた。

赤黒い鉄錆のような砂地が広がる荒野にあるクレーターの底に並ぶ石碑群の中央。

今は夜なのだろう。満天の星空に、ここが地球ではない証拠だと主張するように青い月と赤い月と2つの月が出ている。

だが、今の俺にそんな余裕はなかった。

「ごほっ、なんだ苦しい……げほっ、ごほごほっ！」

肺を締め付けられるような苦しさ。

更には目も鼻も口も、粘膜など神経が敏感な所、全ての場所で激痛を感じている。

『法理魔法発動：環境適応Ｖ』

「――――っぷは。いきなり死ぬかと思った」

何かの攻撃ではないと感じて発動させた、周囲の環境に自分の体を適応させる魔法を使ってみたら、かなり楽になった。

毒耐性とかも限界まで上げているのに何故だ……？

近くの地面に解析魔法をかけてみる。

『法理魔法発動：対象解析Ⅵ』

うん、『詠唱短縮ＬＶ10』＋『詠唱省略ＬＶ10』で派生する『無詠唱』スキルを最大でとっておいて正解だった。

指を鳴らす動作１つで魔法を出すのは魔王の嗜みだと思って取得したが、詠唱が必要だったら環境適応の魔法を使えたかどうかも怪しい。

おっと、解析結果を見るのを忘れていた。

『赤錆砂：土壌汚染ＬＶ７　汚染放出ＬＶ６』

あー……うん、汚染かぁ。仕方ないよな、魔王が降臨する場所だし。

でも汚染なんてスキル表にあったっけ？

《スキル：『汚染耐性』『汚染魔法』が追加されました》

どうやらイレギュラーだったようだ。

ステータスウィンドウを出して、汚染耐性ＬＶ10を取得しておく。

何による汚染かわからないが、もし魔王降臨の影響で発生する汚染だったら、自分で汚染した土地で死亡する魔王とか笑えないエンディングを迎えるところだった。

◇

落ち着いて周囲を見渡すと、離れた所から淡く青い光が立ち上り、魔王として強化された視力で見ると、俺が召喚されたのに似た石碑群があった。

石碑は淡い光を放っているし、もしかしたら魔王の部下を呼び出す場所かもしれない。

ザクザクとした感触の歩きにくい赤錆色の砂地を数ｋｍは歩いた頃に石碑群に到着した。

周囲には廃墟が少なく、俺がいたようなクレーターでもない開けた場所。公園か何かの跡地だろうか。

さっきまで淡い光だったのが、俺が到着する頃には眩しい程の強い光になっている。

石碑の中心が見えそうなところまで行けた所で。

「ごほっ……えほっ……ごほごほっ！」

地面にうずくまって咳き込んでいる人の姿があった。

背が随分小さい。見た目は中学生になるかならないくらいか？　小学生か中学生か断言するには難しい外見をしている。

そしてやばい！　汚染耐性が無いみたいだ。土壌汚染強すぎないか⁉

慌てて駆け出し、地面に膝をついて咳き込んでいる子の横に膝をついて、頭へ手をかざして魔法を使う。

『法理魔法発動：環境適応Ⅴ』

青色の淡い光が小さな人影を覆うと、呼吸が安定してきた。

「環境に適応できる魔法をかけた。大丈夫か？」

「……はい。ありがとう」

俺が差し出したハンカチで汚染に反応して出た液体的なものを拭き取り、顔を上げてお礼をしたのは可憐な印象と顔立ちの女の子だった。お礼をしっかりできるのは良い事だ。

病院備え付けの味気ないパジャマのような服を着ているのが違和感だな。

この見た目だと……どんなポジションだ？

幼い感じで魔王の側近になれそうなポジションだと……ううん。

ロリババア的な魔女だったら助言者とか側近だろうけど、少なくとも淫魔でなさそうだ。ロリコン専用淫魔とか需要がニッチすぎるし、魔王の側近としても……愛玩動物枠ならありか？

「……あの、もしかしてあなたは魔法使い？」

少女がおずおずと声をかけてきた。確かに魔法は使えるが。

「魔法は使えるけど、職業としての魔法使いではない。俺からも1つ聞いていいかな。意味がわからないなら別に答えなくてもいいが、君は日本人か？」

髪の毛が銀髪で瞳は翠《みどり》。驚くほどに整った顔立ちの綺麗な子だが、どことなく親しみがあるというか、髪の毛や瞳の色以外では日本人に特徴が似ているんだよな。

「えっ…うん。日本人です。もしかしてあなたも召喚された人？」

驚いた様子だったが、すぐに理解したようだ。

かなり頭の回転が速いな、この子。

「ああ、俺も日本人で召喚された口だ。奇遇……ではないよな」

「偶然とは思えない。多分作為」

だろうなぁ。近くで召喚されて、同じ日本人だしな。

「あなたにお願いがある。ここはあなたの魔法がないと厳しいみたいだし、暫く同行してくれないかな？」

「ああ、いいぞ。こっちも状況がさっぱりわからなくて困っていたところだ」

魔王が降臨したのだし、盛大な出迎えとまで行かなくても、案内役の1人でもいてほしかった。

「環境適応の魔法は2時間しか持たないから同行しよう。同郷の人間を見捨てるのも心苦しい」

違和感を覚えたヤツもいるだろうが、品のある悪人や悪党は見ず知らずの人間に優しいものだ。

優しくした相手が部下や臣民になるかもしれないんだ、丁寧にもなる。

特に理由のない暴力を振るい、敵を積極的に増やすのは悪ではなく屑《クズ》の所業だろう。

魔王や悪の首領は部下を倒してきた勇者やヒーローに我が配下にならないか？　と尋ねるほど寛容の心が求められる職業や立場だからな。

「ありがとう。私は召喚された勇者。多分他の勇者の仲間がいる……と思う。1人きりの勇者はあまり聞かないし。あなたが賢者とかなら多分、仲間候補」

「えっ。勇者なのか？」

勇者ってあの勇者？

ちょっと待て。女勇者って言ったら、もっとこう育った美少女だろう。

待って、待ってくれ！　俺はかなり期待していたんだぞ！

女勇者を捕らえてエロエロな事をしちゃうのは魔王の特権だと！

嫌がる女勇者を手籠《てご》めにして少しずつ調教していって、悔しいけどでも……的なイベントは鉄板だろ!?　そんな展開を期待していた俺は悪くないよな!?

この子にそんな事をしたら、違う意味で犯罪というかジャンルが変わってしまうだろう。責任者がいたら、苦情を言うから出てこいよ……！

「どうしたの？　もしかして本当に賢者だった？」

不思議そうな、きょとんとした表情も可愛い。可愛いのだが、求めていた性的魅力を感じる女勇者とは少々ジャンルが違う。

心の中で血涙を流す俺に、無垢なこの子の瞳は痛いです。

「……あー、いや、賢者ではない。俺、魔王だ」

悔しさと悲しさのあまり、思わず素直に答えてしまった。
「えっ」
俺の自白に少女が固まった次の瞬間、夜空に数多の光芒《こうぼう》が走り、闇がまばゆい光に染め上げられた。
《人間の死者が10万人を超えました。人間を守りきれなかった勇者の敗北、そして魔王の勝利です》
《勇者の生存を確認。魔王の勝利により、勇者は魔王に隷属します》
「「ええ!?」」
突然の勝利メッセージに2人して思わずハモった。

プロローグ3／3　〝正義〟が嫌いな勇者

私は正義と語られるものが嫌いだ。

何故なら、正義は人を助けてはくれない。
私は裕福な家庭で幸せな子供時代を過ごしていた。
だけど父が脱税容疑で逮捕されると生活は一変した。
生活は貧しく、着るものもボロになり。
食事も少なく、味気ないものになった。

友人――友人だったものも私を蔑み苛めるようになった。

私の父は悪人で、正義の裁きを受けたから当然だと皆は言う。

父は牢屋の中で冤罪をずっと主張していたけど、裁判の判決が出る前に自殺した。


正義も法も私を守ってくれない。

守ってくれないどころか私を傷つけ続ける。


母が再婚して引っ越して、ましになると思ったけど、そうでもなかった。

少女嗜好も持ち合わせていた義父は当然の権利とばかりに私を犯そうとして。

義父の頭をガラス製の灰皿で念入りに殴打した上で、指の骨を全部砕いてやったら補導された。


大人達は自分で自分の身を守った私を悪い子だという。

つまらない精神鑑定を受けさせられたし、檻付きの病院に保護という名の監禁をされて。

母は私のせいで生活が滅茶苦茶になったとわめき散らす。


正義なんて嫌いだ。

世の中に正義があったとしたら、何故私はこんなにも不幸にならないといけない。

何で私みたいな救われない人間が世界に満ち溢れている。

だから私は正義なんて嫌ってやる。

私を救うのも、私が誰かを救うのも正義じゃなくて私のエゴイズムと自己満足だ。

だから、私はあの誘いに喜んで乗った。


『あなたは勇者の資格があります。異なる世界で魔王に苦しめられる人々を救ってください』


『最終確認、異世界の勇者になりますか？　↓はい　いいえ』のウィンドウから、怪しい2択の『↓はい』の部分を迷わず押し込んだ。

救ってやる、正義なんて一言も言ってやらない。

私の力で、意思で、人も世界も救ってやる。

勇者、上等だ。なってやるから待っていろ――

◇

気がついたら周囲、上から下まで真っ白な空間に浮いていた。

格好は病院着のままだったけど、裸よりはましだ。

《能力値の設定をしてください》

能力値？　私が呼ばれる異世界はゲーム風のステータスがある世界なのかな。

名前：ライム（向井寺 頼夢／Raim Mukouji）
種族：地球人　職業：勇者
LV：1　EXP：0／100

〈ステータス〉
ステータスポイント：80
筋力（STR）＝7
体力（VIT）＝4
敏捷力（AGI）＝10
知力（INT）＝9
精神力（MND）＝24
魅力（CHA）＝11
生命力（LFE）＝8
魔力（MAG）＝14

〈スキル〉

スキルポイント：２００

結構ゲーム的な能力値設定が出来るみたい。

ステータスポイントは……消費してステータスを上げるのか。

バランスが良くわからない。一般的な人と冒険者的な人のステータスが知りたい。

《回答。一般的な人間のステータス平均値は10。スキルポイントはＬＶ１時に平均５》

《回答。冒険者の人間のステータス平均値は13。スキルポイントはＬＶ１時に平均６》

ふうん、結構小さな数字でやりくりするんだ。この感じだと英雄でも得意な能力が30いくのかな？

それを考えると勇者は人間の中じゃ本当に英雄なんだね。

私は昔やっていたゲームを参考にして能力値を手際よく取っていった。

死んだ父がつけた名前を地味にしたかったけど、名前変更は出来ないみたい。

……正直、この名前にちょっとコンプレックスがあった。でもファンタジー世界なら大丈夫かな？　だって漢字とか無いだろうし。

一通り設定が終わると能力値を決定する確認ウィンドウを押して異世界に旅立つのだった。

◇

結果、私は異世界に飛んだ直後に呼吸困難に陥ったところを助けられた。

助けてくれたのは年上の男性。大学生くらいかな？　背が高いのは羨ましい。

整えられた髪に小さな眼鏡、理知的な第一印象。対応も友好的だった。

ファッションはよくわからないけど、何を着ても似合いそう。けど、何を着せても同じイメージになりそうな、独特の雰囲気を持っている。

「……あ、いや。俺、魔王」

けど私を助けてくれた人は魔王だという。

私の理解が追いつかずに止まっていると、夜空に眩しい光が幾つも飛び交って。

《人間の死者が10万人を超えました。人間を守りきれなかった勇者の敗北、そして魔王の勝利です》

《勇者の生存を確認。魔王の勝利により、勇者は魔王に隷属します》

いきなり私は魔王に負けたことになった。

そして私の首回りには金属製の首輪がついて、そこからジャラリと鎖が垂れる。

「……なにこれ、どういう事？」

チョーカーとかじゃなくて、金属製のいかつい首輪が首についた。

首輪から垂れた鎖は空中で不自然に途切れていて、途切れた方向が、自称魔王の男の人の方へ伸びている。

まさか、この人私を……？

「わからない。俺も召喚されたばっかりだし、何で首輪？」

魔王の陰謀かとも思ったけど、この人も本気で困惑しているように見える。

演技ではなさそう。嘘や演技を見分けるのは得意だ。
《戦友の為に散った命が10人を超えました。勇者の剣がアンロックされます》
いきなり右手にずしりとした重さ。
右手には包丁っぽいのに、宝石で飾られた変な刃物が握られていた。
「……これで刺せばいいの？」
自称魔王の男の人を見る。
「いやいやいや、勇者と戦う覚悟はしたが、君みたいな子に包丁で刺されるとか勘弁してくれないか？　刺されるならせめて愛憎のもつれの挙句に捨てた美女に昼ドラっぽく刺されたい！」
本気で焦っている。そして何かイラっとした。
あれ、この人の手にも金属の腕輪がついていて……そこから垂れている鎖が不自然な形で私の方へ向いている。
もしかして私の首輪と繋がっているの？　本当に刺しておこうかな。
《戦友の為に散った命が50人を超えました。勇者の剣が強化されます》
《戦友の為に散った命が１００人を超えました。勇者の剣が強化されます》
《戦友の為に散った命が２００人を超えました。勇者の剣が強化されます》
《戦友の為に散った命が５００人を超えました。勇者の剣が強化されます》
《戦友の為に散った命が１０００人を超えました。勇者の剣が強化されます》
次々に聞こえるメッセージ。

包丁だったものがナイフになったり、短剣になったりして。

とうとうシンプルだけど上品な白銀の剣になった。

全体的に神秘的な装飾が増えて、まるで聖剣みたいな見た目だ。

《家族の為に散った命が10人を超えました。勇者の鎧が開放されます》

《家族の為に散った命が50人を超えました。勇者の鎧が強化されます》

《家族の為に散った命が１００人を超えました。勇者の鎧が強化されます〉

どんどんメッセージが出てきて、ボディスーツのようなインナー、籠手《こて》、足甲、胸当てと鎧のパーツが増えていく。

頭が兜じゃなくてサークレットなのは誰の趣味だろ？

光沢のある白い金属に金と緑色の縁取りがされた鎧一式は、いかにも勇者風だ。

もう魔王に負けているけどね……。

「なぁ。俺の方にさっきから、誰々が何人死んだから強化します的なメッセージが聞こえているんだけど、君の方もか？」

あっちも同じらしい。

誰か死なないと強化されないのは、魔王は良いとしても勇者としては微妙な気持ちになる。

「うん。同じ」

「はぁ、魔王が何もしないのに人間が死にまくるとか。この死者数にあの空の光景、この世界はSFっぽいなぁ……」

年上の男性……いや、魔王がざらりとした暗色の結晶が積もった砂地の地面に座り込む。

「同意。ファンタジーな気がしない」

「君も座らないか？　こんな状況だと「勇者よ、世界の半分をやるから我が物になれ」とかノリノリで言うシチュエーションでもないだろう。個人的には言ってみたい台詞なんだが、途方に暮れている魔王が言っても説得力が無いしなぁ……」

うん、説得力の欠片も無いね。

私も座る。どこに座ろうか悩んだけど、魔王と背中合わせに座り込んだ。

私もこの魔王も何をすれば良いのだろう。

背中合わせに2人で途方に暮れていた。

見上げた空の果て、星空の向こうで争い続ける人間達の戦いを見ながら。

魔王、村人を捕らえる

勇者様と2人で空を見上げていると、宇宙船がたまに落下してくる。被弾して航行装置が壊れたのか、この星の重力に引かれ炎の尾を曳く流星になった状態で、だが。

「花火にしちゃ派手だな。というか大気圏で燃え尽きない辺り、凄いテクノロジーの結晶なんだろうなぁ……」

人がそれだけのものを造っていると思うと、妙に嬉しく感じる。魔王になった影響だろうか。

流星が周囲を明るく照らし、大気を鳴動させる轟音と共に落下していく宇宙船が頭上を通り過ぎて行った。

落下したのがご近所だったのか、ズゴォン！　と腹に響く音と衝撃波がやってくる。

これも『耐風属性LV10』の効果なのか、魔王効果なのか。

勇者様は姿勢を低くし盾を構えて衝撃波をやり過ごすが、俺は髪の毛が埃っぽくなる程度の、ちょっとした強風程度でやり過ごしていた。

「これからどうしたものかな」

周囲の地形を薙ぎ払うような衝撃波で乱れた髪を直しながら、これからの事を考えていた。

美少女と2人きりなんだ、もう産めよ増やせよとアダムとイブと子供達的なエンディングも視野に入るんだが、魔王としては少々物足りない。

問題は……勇者様が幼すぎて若干抵抗を感じる。

そこ、悪ならロリだろうがペドだろうか、好き放題やればいいだろうとか思ったヤツいなかったか？

いいか？　悪を行う、悪でいるというのは難しいんだ。

確かに勇者様は外見がちょっと若すぎるが、ナニができないってレベルでもない。

見た目が好みだしな。これは大事だ。

おっと話がずれた。

しかしだ、この状況で見境無くやってしまって、その後どうする？

よく考えてみてくれ、他に誰も居そうにないんだぞ？

どんなに美味しいご馳走だって毎日食べていれば飽きる。

好き放題やったとして、そのうち飽きてつまらなくなる未来が見える。飽きてしまった玩具に対して人がするのは、新鮮さを求めて過激に走るか、扱いが雑になるかのどちらかだ。

俺だと飽きた対象にどうするだろう？　飽きるほど異性関係に満ち足りた経験が無いから、想像が付かない。

……少し目から汗を流したい気持ちになった。

俺の過去はさておき、一時の欲望で色々楽しんで使い捨てるのは、外道としては常套手段だろうが、悪としては大変に美しくない。

え？　否定しないのも外道のうちだって？　外道でもあるのだ。

「寒気がする。気温が低下してない？」

おっと、心の中で考えていた悪事でも感知したか？　この勇者様はかなり勘がいいな。色々気をつけよう。

「いや、特に変化してない。気のせいだろう」

悪の嗜みとして長年研鑽を続けたポーカーフェイスは伊達じゃない。

直接的に害意を向けるゲスな下心や殺気なら、この勇者様なら察知するだろうけど、ただのエロい思考なら隠し通せる自信がある。

あ、エロい本性を上手く隠し通しすぎて、妹に「兄さんは女性に興味がないの？」と、何か凄い期待の目で見られた記憶が出てきた。……封印封印。

「もういい加減、死人が何人出たから強化されましたメッセージを聞き飽きたな。勇者様、そっちもまだメッセージはだらだら出ているか？」

「うん、出ている。流石にステータス強化とスキル開放くらいしかないけど」

「どうにも、科学が進みすぎて人口が増えて、戦争での死者の数も多くなった世界ってのは確定っぽいな。死者数的に古典的なスペースオペラほど酷くなさそうだが」

ファンタジーも好きだが、スペースオペラも嫌いじゃない。

古き良きスペースオペラアニメの金字塔な作品の限定版ＤＶＤＢＯＸが家にあるくらいファンだ。

高校の時に色々やんちゃして、あぶく銭を入手した時に購入したものだ。

あの冷血な参謀の人が好きなんだよなぁ……。

「そう？　数が多すぎて実感がない」

わからないらしいな、もし出来るならあのＤＶＤＢＯＸを全話マラソンさせてやりたい。

「ま、この世界が普通にＳＦをやっていると思っておけば間違いないだろう」

そんな会話をしている時の事だ。

ヒュィィィ……と甲高い金属音と共に、ブーメランのような形状の白い戦闘機みたいなものが頭上を通過して行った。

被弾しているのか、翼から白い煙を噴き出したまま、ゆらゆらと不安定に飛行し、地平線近くで高度を下げ、ガリガリガリリ！　と耳に痛い音を立てて、近くの荒野へ落下した。

「墜落したな、派手な音はしたが……胴体着陸したのか？　形は残っているな。生存者を捜しに行くけど、勇者様はどうする？」

「魔王が率先して人助けをするの？　私も行くけど」

「観客《オーディエンス》の居ない悪役なんてつまらないだろう？　それにこの世界の事聞けるかもしれない」

地面を蹴って跳びはねるように墜落地点へと移動する。

ステータス強化って凄いな。ちょっとジャンプしただけで半ば空を飛んでいるようだ。

これじゃＮＩＮＪＡを超えて、どこぞのアメコミ的なヒーローレベルだ。

ジャンプ中に後ろを振り返ると、同じように滞空時間の長いジャンプで勇者様も後ろについてきていた。

◇

「これが宇宙船か、この鋭角なデザインからして戦闘機か？」

墜落した宇宙船を近くで改めて観察する。

全長10ｍ、横幅30ｍくらい。白い色をしているが、塗装が剥がれている所は銀色か？　金属っぽい光沢をしている。

全体的な形状はブーメランを2枚重ねたような形だ。胴体部分と翼の先端で繋がっている。

格好が良いデザインだな、欲しくなってきた。

地面には数百mに亘って戦闘機が地面を削った傷跡が残っていけど、本体はそこまで大きな傷がないところを見ると、何かしらの保護装置でも働いていたのだろうか。

「よっ、と」

コックピットらしきものがある宇宙船の胴体部分に飛び乗る。

キャノピー（操縦席用の風防窓）があるな……安全を優先するなら閉鎖型のコックピットにして、外を見る場合はカメラ越しに、網膜投影式か神経接続式――眼球の中にある網膜へ映像を映すか、視神経に直接画像を送り込む技術――または全周囲モニターなどで間接的に見るようにして、人が乗るコックピット自体を、もっと機体の中央に押し込んだ方が安全だと思うけど、パイロットの命が安いのだろうか？

「構造とかわかるの？」

追いついてきた勇者様が物珍しそうに、戦闘機を見渡している。

「正直さっぱりだ。だが科学が素直に発展しているなら、緊急用の操作とかは誰でも一目でわかる、直感的に動かせるようになっている……と、思う」

大学で同じサークルにいる、ロボットマニアの友人が語るSFな技術発展とかの講義は、結構ためになるんだよな。

「そう……なのかな」

どうにもこの勇者様には男の浪漫を今ひとつ解していただけないようだ。

まあ、まだ少女コミックが好きそうな見た目だしな。

◇

この手の戦闘機や戦闘艇のコックピットは、中で意識を失ったパイロットを外から助ける為の何かが……と、あった。機械式の回転レバーだな。

半月形した取っ手を引き出して、引っ張り出して左回転……と。

キャノピーの横にあったレバーを掴んで、歪んで固くなっているのを力業で強引に回転させると、プシャァ！　と空気が抜ける音を立てて、キャノピーと機体の間に隙間ができたので、手で掴んで開けていく。

未来的なアレンジがされているが、現代地球の戦闘機に近いコックピットには、高校生くらいの少女が意識を失って座っていた。結構……というか、かなりの美少女だ。

少女は黒髪で、肌も白というよりはやや黄色気味。日本人に近い感じだ。

グレイタイプの宇宙人みたいにのっぺりしとした外見や、毛むくじゃらの宇宙人を覚悟していたので助かるな。

グレイタイプは生理的に気持ち悪さを感じて苦手なんだよ……。

俺や勇者様と同じ人間？　……いや、頭から猫のような耳が生えているな。猫のような耳が生えているな！　大事な事なので2回言いました。

猫耳少女だ！　獣人か、魔族かどっちでも良いが美少女の猫耳少女だ……！　ファンタジー万歳！　この際ＳＦでも良いけど猫耳少女万歳、万ざ――――いけない、冷静になろう。

魔王としてこの子は全力でお持ち帰りを狙うが！

少女の服装はジーンズの作業着をスタイリッシュにしたような、パイロットスーツというよりは、メカニック風の服装。

胸ポケットや腰に工具的なものがついている。

意識を失ったまま苦しそうに咳き込み、息と一緒に血を吐いている……って、やばい！　忘れてた！

『法理魔法発動：環境適応Ⅴ』

苦しそうだった猫耳少女の呼吸が安定する。

土壌汚染強いな……というか宇宙人でもこの環境はキツいのか。

『祈祷魔法発動：治癒Ⅲ』

ついでに回復魔法も発動させる。土壌汚染で血を吐いていたし、墜落の衝撃で頭や内臓を傷めている可能性もあるから………とても魔法の制御が難しい！　治療魔法のために魔力を集中させた手を猫耳少女にかざしているが、何というか回復魔法と猫耳少女の規格が違いすぎる。

この回復魔法は魔力を生命力に変換して与えるベーシックな魔法だ。

だが、魔王の魔力が変換された生命力の流れが消防車の消火用のホースから飛び出る水の勢いと量だとすると、猫耳少女が身に備えている生命力の器が小さなワイングラスくらいの容量と耐久性しかない！

慎重に……慎重に。できる限り出力を絞ってゆっくり……ゆっくりと。

「……あっ」

水風船に水を入れすぎて破裂したような幻聴が聞こえた。

淡い光に包まれた少女の体のあちこちにあった打撲が消え、呼吸も安らかなものになった。

俺の目から見ると、ひび割れた生命《いのち》の器から生命力が漏れているのが見えるが、中から破裂するほどに詰め込んだ生命力がたっぷりあるから、当分は大丈夫だろう。

少なくとも半年くらいは、かえって元気になる……と、思う。その後が少々マズイけど。

◇

狭いコックピットから猫耳娘を抱き上げて連れ出し、近くの地面に寝かせる。

「猫耳？　……ファンタジーっぽいけど、宇宙人ならこういう種族もありかも」

隣にひょっこりと顔を出した勇者様も興味があるようだ。

「魔王。さっきから気になっていた。ＳＦな世界なのに魔法が使えてる？」

ああうん、俺も気になっていたところだ。

「環境適応って魔法はさ、法理魔法って分類で世界の法則に沿った現象を起こすものなんだ。だから物理……魔法法則が違うような別世界だとまともに動かないはずなんだよ。という事は、俺と勇者様がＳＦな世界に紛れ込んだってより、魔王と勇者が召喚されるはずのファンタジー世界が科学にでも目覚めてしまって、そのまま技術発展したんじゃないか？」

「……ん。理論的な判断。私もその推測は正しいと思う」

勇者様は僅かに考え、俺の意見に同意した。

ファンタジーな身の上の2人が考えた結論だし、そこまで大きく間違っていないだろう。

「……う…………あ」

おっと、猫耳少女が目を覚ましそうだ。

王子様はいないので、魔王の口づけで起こしたいが、ガツガツするのも悪としてはみっともない。

紳士的な対応をしよう。

「……？　＋Ａ@きｆ〈０!?」

ああ、やっぱり言葉が通じないか。

《スキル：『アドラム帝国汎用語』が追加されました》

「勇者様、スキルポイントを余らしてあるか？」

「うん。後から振り分けできるらしいから、残しておくのは当然」

「なら、言語スキルの取得といきますか」

言語系スキルツリーウィンドウをオープン……っと。言語系スキルは年代別に並んでいるんだが、新しく追加された言語はとんでもなく奥の方にあった。

アドラム帝国汎用語ＬＶ１取得、っと。ＬＶ１が最大みたいだ。複雑な表現はし辛いが、覚えやすく使いやすい洗練された言語なんだろうか。

「あわわわ、どうしよう。この人達知らない言語を使ってる。自動翻訳機も動かないし、格好からして海賊か未開人かな？　あっちの子なんて鎧に剣とか。私殺されちゃうのかな。ううう……」

惜しい、猫耳娘なのに語尾が「にゃ」じゃないのか。

主に勇者様の剣や鎧を見て怯えているようだ。

まぁ、勇者様はファンタジー過ぎる格好だしな。現代の地球人でも怯えるだろう。

「あー、あー。お嬢さん。そんなに怯えなくても大丈夫だ。この言語でわかるか？」

早速取得した『アドラム帝国汎用語』で話しかける。

「え、はいっ！　良かった、言葉が通じたんですね」

ぱぁっと表情を輝かせる猫耳娘。小動物的な子だな。

「いや、今覚えた」

「同じく」

「はえっ⁉」

目を白黒させている。

うん、やっぱり猫娘だ。尻尾もついていて、驚くとピンと伸びて毛が逆立つのか。

いい反応だな！　心の中でサムズアップをしておく。

「え、えっと。自動翻訳機に言語が追加されたとか……かな」

実にSF的な解釈だが、この子がそれで納得できるなら良いか。

勇者様にも視線でアイコンタクトを送ると頷いている。

「まあ、そんなものだ。状況はわかるか？」

「えっと……確か母船が実体弾の直撃を受けて沈みそうになって……ええと、退職金代わりに貰おうって艦載機に乗り込んで……ドローン・ファイター《無人自律戦闘機》に襲われて推進器が被弾したから高度が下がって……」

この猫耳っ子。割と良い性格をしているようだ。

さらっと、退職金代わりに勝手に戦闘機乗り逃げしたと言ったな。悪の才能を感じる。

「……えっ、ええ⁉　たしかこの星は原子分裂系の反応弾と増殖型の汚染弾を撃ち合いして、全面汚染されてるはずなのに、なんで私もあなた達も普通に呼吸できているんですかぁ⁉」

原子分裂？　元の世界でもあった核兵器か。土壌汚染って放射性汚染とかそっち系？　なら毒耐性スキルあっても苦しい訳だよ！

その上に対応する日本語が無いが、増殖型の汚染弾？　土壌や大気を更に汚染するようなものまで撃ち合ったのか。

「反応弾って何？　魔王わかる？」

勇者様はピンと来なかったようだ。

「あー……わかり易く言えば核爆弾だな。多分、爆発と一緒に放射性物質の汚染広げて人を住めなくするのが目的の」

これでも元・理系の大学生なので理解力には多少自信がある。

兵器とかの知識は、サークルの悪友連中から叩き込まれた知識だけどな。

核爆弾という表現はわかり易かったのか、勇者も嫌な顔をしていた。

「汚染度は……やっぱり致死レベルだ。何で普通にしていられるの……？　私もう死んでいて幽霊とか？」

猫耳娘がスマートフォンみたいなものを手にしている。

分析装置《アナライザー》かな？　汚染度を計測できているようだし。

大丈夫、死んでいたら魔王の嗜みとして取得した死霊魔術で蘇生させて、忠実な部下にしてやっていたから。ちょっと種族がアンデッドになるけどな。

「いや死んでないぞ。俺たちも生きている。魔法で保護しているから、あと数時間は安全だ」

「魔法……？」

猫娘はわけがわからないという表情を浮かべていた。

この世界のＳＦは魔法科学じゃなくて、科学技術中心なのだろうか。

「魔法だ。ついでに言うと俺は魔王で、あっちが勇者様」

「えっ……え？　ええー……」

猫耳娘の困惑がどんどん深くなっている。

ラノベに慣れ親しんだ日本のオタク気質な若者ならまだしも、普通の文化圏でまっとうに暮らしていたら、勇者だの魔王だのは受け入れ難いだろうな……いや普通の反応で安心する。

どうすれば信じてもらえ……よし、良い事を思いついた。

「信じてもらうのには実際に魔法を見せた方が早そうだな」

『契約魔法発動：契約書作成ランクⅨ』

俺の手を指定して魔法を発動させる。

深紅の魔法陣が浮かび上がり、魔法陣から立ち上った炎と共に1枚の羊皮紙へと姿を変える。

別に羊皮紙じゃなくてもいいのだけど、魔王と契約をするのに契約書がコピー紙とか風情も浪漫もないからなぁ……コピー用紙でも効果は出るが、気分の問題だ。

「転送……ううん、嘘!? 物質生成ですか。転送装置とジェネレーターもなしに個人単位の転送は出来ないし、物質作製なんてもっとコストもエネルギーもかかるし!?」

転送に物質作製ね。やっぱり科学技術が随分発達しているようだな。

「だから魔法さ。この紙の中央の円に触ってくれるか?」

細かい黒い模様が集まった、絵画のようなものが描かれた羊皮紙を受け取る猫耳娘。

黒い模様は極小サイズまで圧縮した文字なのだが、気がつかないようだ。

ここまで圧縮して文章を記載した上、絵画のような模様にするには魔王の知力ステータスをもってしても、なかなかに骨が折れる仕事だった。

猫耳娘の手は残念ながら肉球ではなく、人間と同じような指先だった。

指が羊皮紙の模様の中心を触れると、羊皮紙からふわりと文字が空中に浮かび上がり、猫耳娘の周囲に展開される。

「ふわっ、わわわわわわ!?」

かすかに光る赤い未知の文字に囲まれた猫娘は混乱しているようだ。

「危害は無いから安心してほしい。目の前にウィンドウがあるだろう?」

猫娘の前にはアドラム帝国汎用語で『はい　いいえ』と書かれたウィンドウが開いている。

「魔王、これって」

流石に勇者様は気が付くか。猫娘の周囲に浮かんでいるのは、猫娘にとって未知の言語であろう、日本語で書かれた契約書条項だ。

教えられると面倒な事になる。終わるまで黙っていてくれないかな?

手首についた金属の腕輪、その先についた鎖がジャラリと音を立てる。

「あなた、気をつけ……!　……!?」

勇者様が猫耳娘に何か言おうとしたところで、喋れなくなったらしく、口をぱくぱくと開け閉めしている。

さっき聞こえたメッセージにあった、隷属ってそういう……。

勇者様を隷属させて命令を聞かせられるとか、とても魔王冥利に尽きるな!

少しの間会話するのを止めてもらうのにごっそり魔力を持っていかれたから、さほど都合の良いものでも無さそうだが、浪漫はとてもある。

「ウィンドウに出ている〈はい〉を押してくれるか?」

押せと強要をすると契約違反になる。

ランクⅨの契約書は魂まで縛るからな、取り扱いは慎重にしないといけない。

「……は、はいぃ」

まだ困惑している猫耳娘が『はい』の所を手で押し込む。

割と油断できない性根だけど、混乱していると思考能力が落ちるタイプらしい。

この子は強引なセールスに弱いのでは？　騙している俺が心配するものおかしな話だが。

『契約が成立しました。ランクⅨ・永続なる魂の契約が執行されます』

『契約者　リゼルリット・フォン・カルミラス』

『契約先　魔王イグサ』

『契約代償：なし』

『リゼルリット・フォン・カルミラスは魔王イグサの使い魔として魂を捧げ、その魂が消失するまで永遠の忠誠を誓う事がここに誓約されました』

アドラム帝国汎用語で契約成立条項が音声と共に表示される。

本来は契約書と同じ日本語で表示されるが、翻訳部分はサービスだ。

「えっ、えええぇぇぇぇぇ!?」

内容に叫び声を上げる猫耳娘。

――――本日の教訓。契約書はしっかり読みましょう。

さて――――猫耳娘が悲鳴を上げている隙に瞳に魔力を集中させて生命の器を見る。

予想通り魔王との契約によって、肉体と魂両面から補強され、今まで器から溢れ続けていた生命力が収まり、器自体のヒビも消えている。

人として収めきれない生命力で器が壊れているなら、魔王の使い魔に存在が進化すれば問題ないと思った通りになったな。

……治療魔法の反動で命の灯火が尽きるという未来は避けられた。とりあえず、よし！

魔王、世界を知る

「使い魔ってなんですかぁ！　魂とか永遠の忠誠とかこれって婚姻届よりよっぽど重いですよぅぅぅぅぅう！」

猫耳娘改め、リゼルリットが俺の胸倉を掴んでがくがくと揺さぶる。

この時代にもあるんだな、婚姻届。

「魔王、外道……魔王だし外道か」

汚物を見るような視線で見てくる勇者様。契約も終わったし、喋れるようになったようだ。

そして自分の発言に自分で納得していらっしゃる。はい、悪かつ外道で魔王です。

「使い魔は何と聞かれてもな……体験してもらう方が早いか。命令《オーダー》、リゼルリット、お座りの後にお手」

俺を揺さぶっていたリゼルリットが４つ足を揃えて座り込み、差し出した手に、ぽんと丸めた手を乗せる。

「わん！　………って！　あああああああ！　何で私、言う事聞いてるんですか!?」

お手した後に、勝手に動いた体に怯えていた。

「ほら、猫って言ったら使い魔だろう？　使い魔といえば主人の命令に絶対服従じゃないか？」

「訳わかりませんよぉぉぉ！」

半泣きになっているリゼルリット。

ううん、ＳＦの住人にファンタジー的な説明は難しかったか。

「まぁ、結婚詐欺に引っかかったと思って気楽に人生諦めよう？」

いい笑顔でリゼルリットの肩をぽんと叩いてやる。

「いやぁぁぁああ！　やっと傭兵隊から自主退職してきたのに、人生を諦めるのは、いやぁぁ！」

地面に伏せて泣いているけど……何か余裕を感じるんだよな。

さらっと職場を自主退職しているあたり。やっぱり油断ならない。

使い魔に寝首をかかれるのは、魔王として恥ずかしいので今後とも気をつけよう。

◇

一通り泣き叫び終わるとリゼルリットも落ち着いた。良いリアクションに悲鳴と泣き声、ご馳走様です。

落ち着いたところで、とりあえず自己紹介タイムとなった。

「俺は魔王、魔王イグサ。召喚された地球人だ」

「私はライム。召喚された勇者。同じく地球人」

「うっ……ぐすっ……リゼルリット。アドラム帝国市民です。元第１１１３傭兵隊、メカニックでした」

「一々敬称つけたりするのも面倒だ。イグサ、ライム、リゼルとお互い呼び捨てでいいか?」

「うん。私もその方が楽」

勇者様は随分淡白な反応だな。

使い魔案件に納得していないのか、まだ視線が痛いが。

「はいぃ……ぐす」

リゼルはまだ泣きやみ切れてない。一々リアクションが良い子だ。

これで語尾が「にゃ」だったら、理性を試されていただろう。下手をするとエロい意味で襲っていたかもしれない。

「じゃ、リゼル。この国の状況とか教えてもらえるか? 俺もライムもほぼ説明無しで召喚されたから、何も知らないんだよな」

リゼルはぐずりながらも説明してくれた。

まず、リゼルの国。

数多の惑星と星系を所有しているというから、かなり大規模な国家なんだろう。

名称は「アドラム帝国」。帝国と言っても、皇帝が独裁している訳じゃない。

元の世界の日本みたいに皇族や皇室は権威として残っているものの、政治は惑星や地方の代表が政治家として帝国議会で運営する代議制だそうだ。間接民主制という政治形態だろうか。

国の規模は宇宙でも有数、かなりの巨大国家らしい。

とはいえ、唯一の巨大国家という訳ではなく、他の巨大国家と覇権争いをしているようだ。

そして驚きだったのは、国民の大半はアドラム帝国がある宇宙発祥の宇宙人ではなく、地球起源の人類種が主らしい

元の地球から見れば、この世界は異世界か並行世界な上に遥か未来だと思うが、地球起源の人間がいるのは正直なところ意外だった。

アドラム帝国の版図《はんと》だった地域に固有の知的生命体が少なく、地球人が移民してきたのが、およそ1200年前。

移民してきた地球起源の人間が国を造り、労働力や愛玩用として人間と動物を掛け合わせて作られた獣人が生み出され、最初は支配者と奉仕種族の関係だった。

当然のように差別などもあったらしいが、時間と共に混血が進んでいくにつれて、それも無くなり、現在は「アドラム人」と名乗り垣根なく暮らしているそうだ。

リゼルも獣系の特徴が出ているが、アドラム人に含まれる。

ちなみに、遠く離れた地球は太陽系ごと長年鎖国しているらしい。

この惑星の空の彼方で元気に戦闘しているのはアドラム帝国の艦隊と、アドラム帝国基準の地図で言うと南に位置する――宇宙ではあるが、便宜的に方向をつけているとの事――フィールヘイト宗教国の艦隊が戦争をしているそうだ。

この規模の宇宙戦争が起きるのは20年ぶりだとか。

フィールヘイト宗教国は、単一宗教ながら多くの知的生命体種族が集まった連合国家。

教皇と司教を中心とした半独裁政治で、元から同じ宗教か、入信・改宗するなら種族は問わず受

け入れているという。

アドラム帝国ほど割合は高くないが、国民には地球起源の人類種も交ざっているらしい。

戦争というと、どちらかが滅びかけるまで戦い続ける総力戦かと魔王的に期待したのだが、基本はどちらが税金を取るかとか、勢力圏の線引きがどうとかで争うものの、市民や商人、企業には経済的な影響やスペースデブリ《宇宙ゴミ》が多くなる以上の、戦争の影響がないらしい。

市民を殺害すれば生産力が落ちて侵略する意味もないし、民間の経済活動を止めると自国の税収や生産力も落ちてしまう上、多国籍企業にそっぽ向かれて悲惨な事になるそうだ。

なので、基本は軍隊と軍隊同士が戦闘してお互いの拠点を壊したり船を沈めたりする程度。

戦闘宙域の近くを飛んでいれば流れ弾は飛んでくるものの、軍隊や軍属以外にはあまり影響も関係もない、不利になったらさくっと停戦協定を結ぶドライな戦争だという。

リゼルが所属していたのは、アドラム帝国と傭兵契約を結んだ、艦載機を2機搭載した強襲揚陸艦が1隻だけの小規模な傭兵部隊だったそうだ。

元々リゼルは傭兵稼業をやる気は無く、普通の商船だと思ってメカニック募集に応募したら戦闘艦でしたという、求人広告に騙された口らしい。

開戦してすぐに強襲揚陸艦は大破したというから、なお運が悪い。

船が沈む時に戦闘機のメンテナンスをしていたリゼルは、これ幸いと戦闘機を奪取して（本人曰く退職金）1人先に逃げ出したとか。

文字通り沈む船から逃げ出したまでは良かったものの、フィールヘイト側のドローン・ファイターに遭遇・撃墜され、ここに墜落して今に至る。

◇

「まあ、何というか行動力あるのはわかるが運悪いよな」

「イグサ様がそれを言わないでくださいよぉぉぉお！」

俺のコメントに、リゼルは再び涙目になって俺の体を揺すっていた。

ちなみに使い魔契約のせいか呼び捨てが出来ないので、様をつけているみたいだ。……使い魔契約にそんな設定したっけ？

で、肝心の俺たちが召喚されたこの星。

この星にはアドラム帝国の勢力圏内でも数少ない、地球人類と交配すら可能なほど類似性の高いヒューマノイド系知的生命体が住んでいたという。……過去形だ。

アドラム帝国が建国して間もなく、惑星が発見された時には、まだ文明レベルは中世だったので、接触せずに観察対象にしていたらしい。

だが600年経ってもやっぱり文明レベルは中世のままだった。

多分だが、文明の停滞には魔王と勇者の戦いとか、ファンタジー要素があったのだろうと思う。

いい加減焦れたアドラム帝国が接触して、一気に近代化を推し進めたそうだが、お約束のような人口爆発に環境破壊や資源の枯渇、果ては民族やら宗教で内戦状態になって、ヤバげな兵器の撃ち合いの果てに、生命が住めなくなる程の汚染が惑星全体に広がったという。

どうしようもないな。というか魔王が暗躍したり、策謀を巡らせる余地がなくて哀しい。

惑星環境が悪化して、人口が減りに減った住人達は惑星を捨てて、アドラム帝国やフィールへイト宗教国など、周辺の宇宙へと散っていったらしい。

この辺りの説明を聞いてライムが遠い目になった。

ご愁傷様としか言いようがない。

後ろ盾も守る対象もない勇者とか、ただの住所不定無職だしな……。

◇

「この星は誰も住んでないんだよな？」

「そうです。というか誰も住めません。耐汚染環境スーツだって長時間耐えられないのに、生身で生きている方がおかしいんですぅぅぅ」

めそめそと嘆くリゼル。まだ今ひとつ魔法というのを信じきれてないようだ。

「じゃ、まぁ……当面の目的は決まったな」

「ん。無人の星にいても仕方ない」

ライムも同意見のようだ。人が居ない所で魔王や勇者に仕事は無いし、環境適応魔法で過ごせるとはいえ、汚染された無人の星に長居したくはない。

「この星脱出する方法考えるか。リゼル、何かいい案ないか？」

「この子を修理しても、大気圏脱出は無理ですよぅ……搭乗人数も少ないし、ぎゅうぎゅう詰めになって飛ぶのが精一杯です」

確かにリゼル1人が乗って丁度いい、あの狭いコックピットに3人はキツそうだ。

「リゼルが乗っていた母船はこの星に落ちたの？」

「そうです。脱出したのも大気圏内だし……すぐ迎撃の無人自律戦闘機がやってきたから、あんまり飛べなかったんです」

「うん？　おかしくないか、強襲揚陸艦とはいえ宇宙船なんだよな。どうして大気圏内にいたんだ」

「それはですね……」

リゼルの説明によると、強襲揚陸艦は敵艦に肉薄して海兵隊を乗せた突入用ポッドを撃ち込んで内部から制圧するタイプと、宇宙空間から惑星に降下して地上施設の占領を行うタイプの2種類がある。

リゼルが乗っていた強襲揚陸艦は、どちらもできるハイブリッドタイプだったという。

「いい船に乗っていたの？」

「型が古いだけですよぅ……どっちかに特化した専門艦の方がずっと高性能です」

大気圏内に入れる能力を生かして、大気圏の中からひっそりと敵軍に近づこうとしたものの、あっさり発見された上に、大気圏内戦闘用の無人自律戦闘機入りの惑星降下用ポッドを何個も軌道上から投下され、降下ポッドから出てきた無人自律戦闘機の集団に袋叩きにされたらしい。

「その強襲揚陸艦、大気圏脱出できるの？」

「当然ですよぅ。降下しっぱなしの使い捨ては効率悪いですもん」

「まお……イグサ、いけるんじゃない？」

「そうだな、捜してみる価値はありそうだ。リゼル、母艦が墜ちた位置はわかるか？」

少なくとも大気圏外から墜落して流星になった宇宙船よりは見込みがありそうだ。

「ビーコン《識別発信器》が死んでなかったら多分。ビーコンが死んでいたら、捜すのに何日かかるかわかりませんよぅ……」

「確認してくれないか？」

「はぁい。まいますたー……なんで私そういう返事したのぉぉぉ!?」

順調に使い魔に馴染んでいるようだ。

泣きながら戦闘機の機器を弄っていたリゼルはすぐに母船の場所を見つけてくれた。

この戦闘機が飛ぶなら10分以内、徒歩なら1週間は軽くかかるという。

幸い同じ大陸に墜落してるので、海を渡る――海水の代わりに砂より細かい流動性の汚染物質結晶がうごめく流砂の砂漠じみた何か――必要はないという話だが、流石に徒歩1週間は面倒くさいな。

「リゼル、この戦闘機は修理できないのか？」

「2つあるリアクターが片方、物理的に欠損してます。中古品、せめてジャンク品でも良いから交換部品持ってこないと飛ぶのは無理ですよぅ……」

リゼルが乗っていた戦闘機のエンジン的なもの。リアクターは2つあり、滑空や不時着なら片方でもいけるが、大気圏内での離陸や上昇など負荷がかかるものは2つ動かないと無理らしい。

実際に見に行くと、翼と翼の間にバスケットボール大の球状部品が2つあり、機体の左側についている方は、ビームか何かの直撃を受けたのか、大きくかじられたリンゴのように欠けていた。

「……なぁ、リゼル。専門家でもない俺が言うのもなんだが、何でこんな位置に重要部品があって、しかも露出しているんだ？」

「元々このタイプは戦闘機でも、クラス5……ええと、偵察や反撃機能を持たないものを襲ったりする専用なんですよぅ」

なるほど、偵察用なら……まあ、被弾前提じゃないのはわかる。

なんでもこの位置かつ露出状態が1番稼働効率が良く、出力を高くできるらしい。装甲とかを張ると出力が下がるとか。

「だけど、いくらなんでも弱点が丸見えすぎるって、販売中止になった型なんです。だから弱小の傭兵隊が持っていたんですよぅ」

「……そうか」

俺は宇宙人や未来人に幻想を持ちすぎなのだろうか。

未来人や宇宙人も時には真面目に馬鹿なものを造るんだな……うん。

さてと……このサイズなら何とかなるか。

「被弾してからどのくらい経った？」

「ええと……2時間ちょいですよぅ？　どうするんです？」

『時空魔法発動：状態時間遡行』

リアクターに手を当てて魔法を詠唱付きで発動させる。

エネルギーを生み出す機関だけあって、魔力の消費が激しいな。

ゆっくりとリアクターの時間を巻き戻し……吹き飛ぶ前の状態まで……と、よし。

破壊されたのは一瞬だったんだろう。ある程度時間を戻したら一気に復元した。こう、揺れたプリンが戻るような感じに、にゅるっと。

「うえええええええ⁉　何がどうなってるんですかぁぁぁ！」

破壊される前の状態まで戻ったリアクターを前に、リゼルは膝をついて呆然としていた。

「魔法だ」

「魔法だね」

「おかしいですよぅ！　魔法とか非科学的すぎます！　何で物理的に消失したものが気軽に復元するんですかぁぁぁ！」

瞳に涙を浮かべ、頭を振って常識と現実の乖離に嘆いている。

リゼルよ、常識は捨てた方が良い。

でも良識は捨てないでくれ。その方が楽しいから。

「イグサ、この魔法何系？　興味ある」

「法理系魔法スキルツリーの奥の方にある時空魔法だ。空間魔法ＬＶ10と……後は条件がわからない。魔力消費が激しすぎて使い辛いから、正直おすすめできないぞ？」

「残念。空間魔法を最大まで上げるのはスキルポイントが足りないし、勿体ない」

しょぼんと寂しそうにしているライムだった。

「リゼル。という訳だから機体の修理は任せた」

1番重要な部品を直したが、地面に機体を擦りつけながら不時着したんだ、ある程度の応急修理が必要だろう。

3人分の環境適応魔法を、持続時間を長くしてかけなおし……と。

『法理魔法発動：環境適応Ⅴ／効果時間延長Ⅶ／対象数増加Ⅲ』

リゼルが持っていたサバイバルバッグからシートを貰い、地面に寝転んでひと眠りする事にした。

リゼルとの契約やリアクターの修理で、魔力を大量に消費するという不慣れな事をしたからな。

気を抜いたら地面に倒れてそのまま寝そうなほど、半端なく眠い。

ファンタジーRPG的な表現をするとMPがひどく減少して消耗している感覚だろうか。

リゼルが何かまだ叫んでいるような気がするが、睡魔に勝てそうにない……おやすみ。

魔王、初の親征を行う

ゆさり、ゆさりと、ゆっくり体が揺すられている。

心地よい声が遠くから聞こえて、大変気持ちが良い。

このまま寝ているのも悪くは――

「イグサ様、イグサ様、起きてくださいよぅ、修理終わりましたから。なんで私、イグサ様の事をイグサ様って言うのに抵抗なくなってるんですかぁぁぁぁ！」

リゼル君それはね、魔王の使い魔としての君が順調に定着しかけているからだよ。

魔王の使い魔って事は魔王の直臣だよ、そりゃ様ってつけるよね。

寝ている魔王の股間を足蹴にして「オラ起きろ、この豚！」とか暴言と共に起こす部下とかありえないよね？

……いや、それはそれでアリかもしれないな。

勿論、俺は深刻なマゾヒストではないからして、後でたっぷりと寝台の上でお仕置きするとしてもだ。

むしろお仕置きされたいが為に、反抗的態度の部下とかありじゃないか⁉

いけないいな、また思考が変な方へ行っている。

思考に没頭した上に、あさっての方向へ逸れるのは俺の悪い癖だ。

だが、気になって仕方が無い。寝ているのも勿体無いくらいに。

――――ふむ。

ぱちっと目を開けると、半泣きの良い声で、泣き笑いのような実に味のある表情を浮かべているリゼルがいた。

「おはよう、リゼル。唐突で悪いが、性的な意味でお仕置きされたいが為に、反抗的な態度を取る部下ってどう思う？　アリだと思わないか？」

他者に意見を求めるのは支配者として大事な姿勢だと思う。

人に頼りすぎるのはどうかと思うが、意見を聞かなすぎるのも良くないよな。

「起きてすぐそれですか、そんな事私に聞かないでくださいよぉぉぉぅ！」

泣かれた。

乙女心というやつだろうか？　難しいものだ。

勇者様――ライムにも同じ質問をしてみたんだが。

「脳が腐ったの？　死ねばいいと思う」

大変評判が悪かった。

◇

修復されたリアクターが稼動し、無事に修理と調整が終わった、白いブーメラン状の戦闘機。

正式名「クラス５戦闘機・ＴＬＦ－９００４９アクトレイ」の起動チェックが行われていた。

リゼルがスマートフォンのようなタッチパネルと、キーボードを合わせたようなコンソール《入力装置》を叩いているのを眺めているだけだが。

昔からＳＦで気になっていたんだ。

ＳＦ作品に登場するメカニックって万能すぎやしないか？

様々な規格や異星人の技術を使った機械があっても、整備場で整備員が頑張っただけでハードもソフトも仕上げるだろ。

船体や戦闘機などの専門分野が違うようなものを、色々修理やら分解やら出来るんだ？　腕の良し悪しがあっても知識量おかしいよな。

そのところをリゼルに聞いてみたんだ。リゼルも船のメカニックなのに戦闘機の整備や調整、応急修理までやれる理由を。

「うーん。科学文明の黎明期は1つの機械ごとに複ッ雑なマニュアルがあったって聞きますよぅ？　でも、科学技術が一定ラインを越えると、急激に共通規格化が進むのですよぅ。だから家庭の調理器具を修理できる人は、戦闘機も戦艦も修理できます。だってサイズとか規模が違うだけで、基本が同じなんですもん」

なるほど、わかりやすい。そして合理的だ。

製品1個1個に修理や作製マニュアルがあるよりも、多少使いにくいとか、効率が落ちても共通規格化すれば、製造や修理に関しては1つの技術を学べば全てに応用が利くという訳だ。

効率が落ちるところや使い勝手は、向上した技術力で補っているそうだ。

この世界が他のSFな世界と技術体系が同じかどうかはわからないが、長年の疑問が解けてすっきりした。

◇

アクトレイの心臓とも言える2つのリアクターが共鳴する音は神秘的でもある。

ヒュィイ……と甲高い動作音、俺の記憶の中にある似たものだと、ジェットエンジンの起動時に発生する音をもっと高音かつ楽器に近い金属音にしたような音だろうか。

　これがアクトレイに搭載されている型のリアクター作動音だそうだ。

「イグサ、私は元の地球で兵器とか詳しくなかったけど、この機体は綺麗だと思う」

あまり男の浪漫を解してくれないライムだが、機能美については別口みたいだな。

「ああ、地球の兵器からしたら異質なデザインだが、良い趣味をしているな」

このままだと3人で乗ると、1人乗りのコックピットの中で密着した上でツイスターゲーム状態になるので、リゼルが頑張って複座に改造してくれた。

前後に並ぶ複座ではなく、電車の椅子のように横並びなのに多少違和感があるが。

改造された後は、狭かったコックピットがかなり広くなっていた。

何でも修理の為に予備部品を使い切ったおかげでスペースが空いたらしいが。

「色々なアイディアが次々に思いつくし、難易度が高い作業が簡単にできるし、自分じゃなくなったみたいで気持ち悪いですよぅ……」

良い事尽くめなのに、リゼルは作業しながら何故か涙目になっていた。

魔王の使い魔になったのだから、賢さや器用さとかのステータスが上昇しているのだろう。

「良かったな、ステータスが上がって。全体的に結構上昇したんじゃないか？」

「ステータスってなんですか、人の能力はそんな簡単に数字にならないですよぅぅぅ！」

鑑定か解析魔法をかければ、多分だが具体的な数字が見えるぞ？

……まあ、実際に教えるのはリゼルがもっと落ち着いてからの方がいいか？

◇

「はいはい、乗ったらちゃんと腰掛けてくださいね。イナーシャルキャンセラー（慣性を中和・抑制する乗員保護装置）はあるけど、人数多いから相殺しきれない分の反動がきますよぅ」

「横並びなのはとても違和感。電車みたい」

中央の席に座ったリゼルの向こう側にライムの姿が見える。背丈的にシートから足が浮いているな。

リゼルが操作しているモニターを眺めているのだが、ＳＦ世界の科学技術が凄いのか、長い時間かけてインターフェイスが洗練されていったか、その両方かはわからない。

だが、ＳＦ世界では時代遅れの過去の知識しかない俺が見ても、操作の仕方や飛ぶのに必要な数値の意味とかが何となくわかる。21世紀地球で車の運転をするより簡単にできそうだ。

「イグサ様、触らないでくださいよぅ。古い船だからデリケートなんです」

とても弄りたいと思っていたが、何故ばれた。顔に出ていたか？

「意外そうな顔してる。イグサ、実際に手が動いていた」

「……動いていたか？　それはばれるな」

さてと……本当に見ただけで何となくわかるな。ＳＦも侮れない。

リゼルが座っているのは運転席。操縦と航行系の操作がしやすそうだ。

ライムが座っているのは副運転席。リゼルの補佐をする感じの作業が出来そうだな。

俺が座っているのは指揮官席。情報のチェックがしやすく、通信機能も充実している。

ただ、操縦とか火器制御とかが、出来ない訳じゃないが他の2人の席よりやり辛そうだ。

……偶然だよな？　俺がそれ系触ると変な事になりそうだとか、考えていたらお仕置きだ。

「出発前に儀式やらイベント挟む事もないな。リゼル、出してくれ」

「はーい、マイマスター……うう。とうとう自然に言ってしまったのですよぅ」

涙目になっているが、リゼルは手馴れた動きで操作している。

指揮官席だからだろうか。俺の前にあるモニター的なもの――空間に多重に浮かぶSFチックなウィンドウのような何か――に状態が流れていく。

コックピットを囲むように配置された全周囲モニターは浪漫だと思うのだが、場所も取るし効率悪いという理由で、速度計や燃料系などの計器から移動用のナビ、機体情報など操縦や戦闘に必要な情報は、網膜へ画像投影するか、視覚神経に直接情報流し込むのが主流らしい。

当然、型の古いアクトレイは原始的なものの堅実でコストの安い前者、網膜投影型だという。

『リアクター稼働率5％から40％へ上昇』

機体を通じて聞こえてくるリアクターの稼働音が高くなっていく。いや、ロマンがあるな。

『シールドジェネレーター《防御力場発生装置》起動……成功。シールド70％展開・強度83ｓ』

へぇ、こんな小型の戦闘機でもシールドなんてあるのか。

パリンと割れるバリア的なものでもなさそうだし、色もついてない透明だ。

せめて青色のモヤとか出たら……いや、目立つばかりで無駄なんだろうな。

『火器管制システム起動。各部チェック……正常』

モニターに映るアクトレイの全体図にグリーン表示が増えていく。

機体正面に固定砲が1つ、翼の左右に小型の旋回砲が1個ずつの計3個か。

旋回砲にはミサイル迎撃用と書いてあるし、実質武装1個か。偵察機らしい武装だな。

『離陸シーケンス開始。浮遊状態へ』

表示機器の向こうに見える外の画像が、傾いた状態から地面と水平になった。

「最終チェック終わり。アクトレイ発進しますー」

……いやまあ、リゼルにとっては日常の光景なんだろう。しかしだ、軽い、軽いぞ！　そこはもうちょっと演出が欲しいな！

リアクターの音が強くなっていくと、ふわりと不自然に上昇してから空へ飛び出した。

浮いたときの浮遊感も、加速中にシートに押し付けられるような加速感もほぼない。

リゼルが言っていたイナーシャルキャンセラーのおかげか。

これは便利なんだろうが、何か凄く物足りない。

風景画像が動いているだけに感じて、スクリーン越しに映画でも見ているようだ。

「……違和感」

ライムもかなり微妙な顔をしていた。俺も似たような顔をしているんだろうな。

俺達を乗せた「アクトレイ」は強襲揚陸艦の墜落地点へ向けて、赤錆色の世界を飛翔していくのだった。

◇

出発してから数分、ところどころに高層建築物だった廃墟がある、赤錆色の不毛な大地の上を移動している時の事だ。

ある事にライムが気づいた。

悪い事ではないのだが、イベントか何かのフラグだと後から言いたくなる。

「リゼル、疑問がある。今大丈夫？」

「はーい、ライムさん。操縦はセミオートにしてあるから大丈夫ですよぅ」

「私達に出会う前、リゼルが襲われたっていうドローンってどういうもの？」

「ドローンですか？　えー……と、半使い捨ての廉価部品を組み合わせた無人自律戦闘機です。回収タイプもあるけど、大規模な戦闘で使うのは使い捨てタイプが多いですねぇ。エネルギーが尽きるまで、指定された場所や範囲で味方じゃないものを襲うのですよぅ」

「それは普通の人も困らない？」

「使い捨てタイプは戦闘が終わったら、自爆コード送って壊すんですよぅ。たまに自爆しないで頑張っちゃう野良ドローンもいますけどねー」

自爆コードを無視して頑張ってしまうとか兵器としてどうなんだと思うが。

リゼルの言葉に、ライムは視線を上に向け、俺も釣られて空を見上げる。

戦闘機のキャノピー越しに見える宇宙空間での戦闘はもう半ば終わりかけているのだろう。

時々思い出したようにビームのようなものが飛んでいるが、随分と散発的になっている。

「なら、一度このアクトレイを落としたドローン、まだ動いているんじゃない？」

「……ふえ？」

不思議な擬音を吐いて、首をかしげた状態のまま停止するリゼル。

非常にタイミング良く、ピー！　と俺みたいな現代人でもわかる警告音が鳴り響く。

「いやーな予感がするのですよぉ……いやぁぁ！」

リゼルが半透明なレーダー表示を拡大すると、後方から3つの反応が接近してきていた。

「かなり速いな。これだとすぐに追いつかれるんじゃないか？」

「ドローンが来ました、来ちゃいましたぁ……！　こっちは宇宙も大気圏内もいける汎用型で、あっちは大気圏内特化型。どー考えても逃げ切れませんよぅ！」

「そこは飛ぶ前に気がついてほしかった。……なぁ、知り合いに天然だとか言われないか？」

「なんだか知らないけどよーく言われますよぅ！」

自棄気味に答えるリゼル。ああ、やっぱり周囲も天然だと感じているのか。

「納得。で、戦って勝てる？」

「ドローンは基本的に数でごり押しするタイプだけど、性能はクラス4相当です！　この子は旧型な上に、あっちは最新型で数も多いし勝てる訳ありません。……折角助かったのにまた墜ちたくないのですよぉぉぉぉ!?」

泣き声を上げながらリゼルが何か忙しく操作している。

『リアクター稼働率120%　注意：過負荷が発生しています』

『推進器作動効率112%に上昇　注意：セーフティリミッターが解除されています』

今までは緩やかな飛行をしていたアクトレイが、蹴飛ばされたように加速を始めた。

イナーシャルキャンセラーで殺しきれない加速が体にかかり、シートに体が押し付けられる。

いやぁ、やっぱり戦闘機ならこれがないとな！　加速している感じがとても良い。

必死になって操作しているリゼルを横目に、俺はSF的浪漫を感じて満足しているのだった。

◇

「ああああ、駄目ですよぅ。やっぱり追いつかれてますぅぅぅ！」

一時はドローンに近い速度まで加速したアクトレイだったが、悲しいかな旧型の運命か。

リアクターを限界以上に出力を上げる裏技を使って、出力を150%まで上げた時はドローンより速度が出たのだが。

数分もしないうちに過負荷に悲鳴を上げたリアクターの出力が低下し、がくんと速度が下がっていた。

もう肉眼でドローン・ファイター《無人自律戦闘機》が確認できる程に接近されている。

このまま撃墜されるのは面白くない。

墜落してもライムと俺は大丈夫そうだが、リゼルの命は怪しいところだ。

貴重な猫耳使い魔を失うのは大変よろしくない。エロい事もまだしてないしな！

「リゼル、ドローンの武装はわかるか?」

「わかります、まいますたー……まいますたー。まいますたー。慣れてきました……ぅぅ。あのタイプはフィールヘイトの大気圏内用の新型だから、近距離用・低減衰型（大気中でも威力が下がり辛いタイプ）のレーザー機銃のはずですよぉ……うひぃ!」

リゼルが悲鳴を上げて機体を傾けて横滑りさせると、さっきまで飛んでいた位置へ向けて青い色の光線が何本も通過し、空間をなぎ払っていった。

「レーザー……レーザーか」

「イグサ、何か手があるの?」

「試してみよう。多分効果があると思う」

「運よく避けられたけど、もう無理!　次こそ避けられないで直撃しますよぉぉぉ!」

『概念魔法発動:光属性耐性付与X』

コンソールに手を置いて属性防御の付与呪文をかける。本来なら光線系ブレスを使うドラゴンなどを相手にする時、パーティメンバーや位置指定で使う系の補助呪文だ。

本数を増やしたレーザーがアクトレイの機体に当たり、機体の表面を舐めるよう着弾しているがダメージらしいものがない。

反射している訳でもない。ただ命中しても効かないだけだ。

「当たってる、もう墜ちる、墜ちちゃいますよぉぉぉ!　……あれー……何でもう20回は蜂の巣になりそうなレーザー当たっているのに、平気なんですかぁ……」

「リゼル、今の発言はいい感じにエロかった。次からもその気持ちを大事にしてくれ」

「そんな事は心底どうでもいいのですよぉぉぉ!?」

ああ、リゼルはリアクションが良くて楽しいなぁ。

「まあ、説明はしよう。レーザーという事は基本光だろう？　なら光属性への耐性《レジスト》魔法をかければ良いじゃないか。レーザーで幸運だったな。ビームだと多分、物理か炎属性の混合で耐性付与が面倒だった」

荷電粒子砲（実体があるタイプのビーム）だと、光・熱・物理属性だろうか。いや、炎・物理かもしれないな。

「あ、なるほど。魔王だし、光魔法耐性はしっかり対策してるんだ」

ライムは納得してくれたようだ。

「もう魔法とか嫌ですよぅぅぅ。常識がおかしくなります！」

リゼルもそうだが、ドローン達も混乱しているようだ。

必死にレーザーを撃ちまくっているが、反射している訳でもなく。

命中しているのに、ただ効かないというのはＡＩでは理解できないのだろう。

「リゼル、反撃はできないか？」

「相手は高機動型のドローンだし、クラス４相当ならシールドもしっかりあるから、こんなへっぽこな旧式の速射ビーム砲に、私の腕じゃ、イグサ様の命令でも無理ですよぅ！」

「今度は私が何とか出来るかも。旋回式のレーザー砲、操作こっちに貰うね」

ライムが自分の前にあったコンソールをぽんぽんと叩いて操作する。

21世紀の地球人の女の子が感覚的に操作できるって、SF世界のインターフェイスは凄い。

今まで見てきたSF技術の中で1番感心しているところなので何度でも主張したいところだ。

「無理ですったらぁ。ミサイル迎撃用の低出力レーザー砲だから、当ててもドローンのシールドに掠り傷をつけるくらいですよぅ」

「多分、大丈夫」

ライムが操作権を握ると、翼に埋まった球状のレーザー砲が、目のようにも見える射撃用のレンズをぐりっと後方へ動かす。

「ターゲットロック……は無理そう、手動切り替えにして。てぃ」

気合の入らないライムの声と共に、明らかに太くて鋭いレーザーが撃ち出され……おっと、直撃受けたドローンが機体に大穴開けて爆発と共に2機とも地面に墜ちていく。一撃とか凄いな。

「何でそんなしょっぱいレーザー砲で、シールドも装甲も貫通できるんですかぁぁぁ」

段々とリゼルの泣き声に驚きよりも、諦めとか悲しみの成分が多くなってきた。

何故わかるかって？　そりゃ悪に憧れる人間で魔王だもの。人々の悲鳴に一家言あるのは当然だろ？

「攻撃力は、本人の能力と武器の性能の合計。だから素で攻撃力高いなら、弱い武器でも何とかなる」

なるほど。安物の棍棒や銅の剣でも熟練の戦士が装備すれば、強力な魔物にもダメージが入るのはファンタジー的に何もおかしくない。

ジャンル的にファンタジーRPGゲームの方の理屈だが。

少なくとも迎撃用でもレーザー砲は棍棒や銅の剣より、よほど攻撃力が高そうだ。

「もうファンタジーとかやだぁぁぁ。リゼルたんおうち帰るぅぅぅ！」

最後のドローンがライムの手によってあっけなく撃墜され、後方の地面に墜落するのを横目に、リゼルは幼児退行しかけていた。そうか、幼い頃は自分の事をリゼルたんと言っていたのか。

こうして無事にドローンを撃退した俺達だが。

本格的に幼児退行を起こして、虚ろな目で「お兄ちゃんとお姉ちゃんだーれ？」と言い始めたリゼルを正気に戻すのに大変苦労する羽目になるのだった。

ステータス一覧

名前:イグサ　(真田 維草 /Igusa Sanada)　種族:地球人　性別:男　年齢:21　職業:魔王
Lv:1　EXP:10/100

〈ステータス〉
ステータスポイント:775
()内職業:魔王による追加ステータス補正
筋力　(STR)=100　(+860%)
体力　(VIT)=100　(+938%)
敏捷力(AGI)=100　(+678%)
知力　(INT)=500　(+1528%)
精神力(MND)=600　(+1238%)
魅力　(CHA)=500　(+981%)
生命力(LFE)=200　(+1002%)
魔力　(MAG)=600　(+5642%)

〈スキル〉
スキルポイント:135465
〈色々略〉
[アドラム帝国汎用語]:Lv1(MAX)

〈その他〉
・身長 / 体重:183cm/68kg　・悪への憧憬　・黙っていれば知性的な外見
・中身は浪漫馬鹿のエロ魔王　・伊達眼鏡
・BL題材被害 583 件
・魔王の特権:無念の死を遂げた死者数によりステータス強化

名前:ライム　(向井寺 頼夢 /Raim Mukouji)　種族:地球人　性別:女　年齢:17　職業:勇者
Lv:3　EXP:468/500

〈ステータス〉
ステータスポイント:13
()内職業:勇者による追加ステータス補正
筋力　(STR)=20　(+138%)
体力　(VIT)=15　(+86%)
敏捷力(AGI)=10　(+228%)
知力　(INT)=10　(+120%)
精神力(MND)=24　(+860%)
魅力　(CHA)=11　(+88%)
生命力(LFE)=20　(+368%)
魔力　(MAG)=14　(+175%)

〈スキル〉
スキルポイント:33
[武器習熟 / 剣]:Lv5　[武器習熟 / 槍]:Lv3　[武器習熟 / 弓]:Lv3
[強打]:Lv4　[狙撃]:Lv2　[防具習熟(重鎧)]:Lv4　[回避]:Lv4
[騎乗]:Lv2　[大型騎乗]:Lv2　[騎乗:飛行]:Lv4　[法理魔法]:Lv2
[祈祷魔法]:Lv2　[概念魔法]:Lv2　[空間魔法]:Lv2　[交渉術]:Lv2
[鑑定]:Lv3　[治療]:Lv1　[魔物知識]:Lv3　[不屈]:Lv2
[アドラム帝国汎用語]:Lv1(MAX)

〈その他〉
・身長 / 体重:142cm/39kg　・クォーターによる隔世遺伝。銀髪翠眼
・外見年齢は 12 歳程度　・誤補導回数 115 回　・外面は淡白・冷淡
・中身は割と熱血　・勇者特権:戦場で散った英霊の数によりステータス強化
・新規称号:合法ロ――検閲されました――

名前:リゼルリット・フォン・カルミラス　種族:使い魔 / アドラム人　性別:女　年齢:16　職業:宇宙船技師
Lv:1　EXP:48/100　使い魔 Lv:1　EXP:13/500

〈ステータス〉
ステータスポイント:12
筋力　(STR)=8　(+10)
体力　(VIT)=9　(+10)
敏捷力(AGI)=7　(+10)
知力　(INT)=13　(+10)
精神力(MND)=5　(+10)
魅力　(CHA)=14　(+10)
生命力(LFE)=12　(+10)
魔力　(MAG)=1　(+10)

〈スキル〉
スキルポイント:0
[機械知識 / 共通規格]:Lv1　[機械修理 / 共通規格]:Lv1
[機械操作 / 共通規格]:Lv1　[無重力適応]:Lv1
[ソフトウェア操作 / 共通規格]:Lv1　[ソフトウェア作成 / 共通規格]:Lv1
[知識 / 共通規格宇宙船]:Lv1

〈その他〉
・身長 / 体重:158cm/52kg　・猫耳猫尻尾。黒毛　・元お嬢様
・天然　・腹黒属性
・ファンタジーの世界へようこそ!
・魔王の使い魔化によりステータス補正

魔王、傷ついた飛竜と出会う

クラス5戦闘機、アクトレイの光学装置が捉える周辺の風景は随分変化していた。

ずっと赤錆色の荒野が広がっていた平野部から、都市部になっている。

まだ建築物の密度は低いが、進行方向に行くにつれて建築物の密集区域になっているようだ。

生命の気配がない赤錆色の廃墟都市というのは、なかなかに情緒溢れる光景だが、個人的には植物が生えてないので若干物足りない。

廃墟マニアなら垂涎の光景なんだろうな。

ただ、そんな光景でも俺としては見ていて溜息しか出てこない。

何を言いたいかと言うとだ。

確かに魔王的にはこの手の、人々の文明が滅んだ的な光景は嫌いじゃない。

嫌いじゃないが、俺はどちらかと言えば人々を支配するタイプの魔王なので、このように無差別な破滅や破壊は趣味じゃない。

というか勿体無い。

だってそうだろう?

大きな都市を支配して、乙女を生贄に捧げるように要求してだ。

色々お楽しみしながら、生け贄だった子に「お前たちは都市に見捨てられたんだ」とか吹き込みつつ優しくしてやってさ。

自分達を見捨てた人間達に復讐する、悪の女幹部に仕立て上げるのは浪漫じゃないか！

しかも毎回人間にやられる程度にへっぽこなら尚更良い……！

……だけどな。何もしないうちに滅んでいるのは虚しさしか感じない。

そうだな、例え話をしよう。

あんたが正義のヒーローになったとするだろう？

何かの偶然で変身アイテムを入手とかして「許せん、悪の組織を倒さなければ！」とか盛り上がった時によ。

「お昼のニュースです。本日悪の組織×××が壊滅しました。後継者争いを発端とした内部抗争が原因とみられ……」

とかテレビニュースで流れてみろよ。

もう哀しさ通り過ぎて、虚しさと虚脱感しか来ないだろう？

……魔王も人がいないと成り立たないサービス業なんだよ。

早く人が多い所にいきたいもんだ。

科学が進んだ世界のエロ……紳士達の社交場がどうなっているかも気になるしな。

「イグサが何か変な事を考えてる顔してる」

俺のポーカーフェイスを見破っただと？　鋭すぎやしないか、この勇者様。

「そう思った理由を聞こうじゃないか」

「イグサは真面目な事はだいたい即断即決。長々と考え込んでいる時は変な思考をしている時が多い」

反論できないな。真面目な事を長々と考えるほど悩みの多い人生を過ごしていない。

「なるほどな。参考になる」

取り繕うよりお茶を濁すのが大事だ。下手な反論するとボロが出る。

「イグサ様、ライムさん。母船が見えてきましたよぅ」

リゼルの声で意識を外に向ける。

墜落現場は風化した巨大ビルが密集した廃墟都市の中央部近くだな。

上から見るとわかりやすいが、墜落時に随分と速度が出ていたようだ。

進路上にあった廃墟ビルがなぎ倒され、船体で地面がえぐれ、一際ビルが密集している所に突っ込んで停止している。

形状はいかにもSFな戦闘艦だな。例えるなら現代の潜水艦を長細くした上で、滑らかな曲線をより多くして、ところどころに翼や砲塔のようなものが増えた、近未来的なデザインをしている。

近未来的な潜水艦とか、元の地球で想像されていたSF的な宇宙船に近いか？

船体はドローンとの交戦跡かあちこちにあり、塗料が焦げ付き、船体が融解し大きな穴が開いていて、こちらは墜落時のものか大きな亀裂から内部が露出している所もある。

外から見る限りだと、大まかな形を保っているだけの残骸に近い状態だな。

「リゼル。大きすぎてスケールがよくわからない。母船はどのくらいの大きさなの？」

「180mクラスですよぅ。戦闘艦の中じゃ小さい方です」

180mサイズの宇宙船で小型か。SFな世界ならそんなものだろうか。

「原形は留めているが、破損の仕方が酷いな。修理とかは出来そうか？」

「無理ですよぅ。ここまで壊れたらぜんぜん修理部品が足りないし、外殻も竜骨も破損してるみたいだから、この状態から元に戻すのは、修理じゃなくて修復《レストア》になるし、応急修理程度じゃ船として飛ぶのは無理ですぅぅぅ」

「困った。この廃墟以外ない星で3人だけで暮らすのは寂しい」

身の危険も感じるし、と小声で呟くライム。

よくわかっているじゃないか。

見た目が幼なすぎるが、食料的な意味じゃない方で餓《う》えたら手を出さないでいる自信がない。

日本人らしいが、見た目日本人らしくない、物語から出てきた妖精みたいな可憐さだからな。

……うん、1年以内に家族が増えそうだ。

「リゼル、生存者はいそうか？」

これ以上考えていると、邪な考えに気が付かれそうだ。方向転換。

「生命反応はありません。脱出ポッドで逃げたか、逃げ遅れて墜落の衝撃で事切れたか、汚染大気とかで全滅してるみたいですよぅ」

元仲間の割には結構ドライだな。

「気にならないの？　元同僚でしょう」

ライムも同じような感想を抱いたらしい。

「傭兵隊って言っても、海賊もどきな無法者みたいな人ばっかりだったんですよぅ。捕虜の虐待に拷問や、麻薬運搬とかふっつーにやってる人達だから自業自得ですよぅ」

確かにそれは見捨てて1人で脱出しても心が痛まないな。

「……そんな船にいてよく大丈夫だったね」

「船に乗ってすぐにやばいってわかったから、ずっとフルフェイス型のヘルメットにサイズの大きな耐爆仕様白衣を被ってたんですよう……窮屈でした」

そんな無法者なら、リゼルの見た目だと余裕で慰み者だろうな。

だが、いつでもフルフェイスメットをかぶり、大きな白衣を着ているメカニックなら、手を出す前に不気味がられるか。

「イグサ、何とかならない？　さっきの修復魔法とか」

「状態時間遡行なら無理だ。流石にこのサイズになると、俺の魔力でも足りない。そうだな……リゼル、ブリッジや情報機器が生きてるかわかるか？」

「破損状況がわからないけど、形は残ってると思います。機材は中に入ってみないとわからないですよぅ」

「1つ思いついた事がある。ブリッジか電子機器が生きてると助かるんだが」

「じゃ、行ってみよう」

ライムは随分乗り気だな。さっきの下心に気が付かれて、危機感を持たれたか？

「はーい。着艦ブロックが大破してるから、近くに着地します」

アクトレイは強襲揚陸艦の近くにへゆっくりと降下して行った。

◇

アクトレイから降りた俺達は、墜落した強襲揚陸艦へと歩いていた。

都市部の地面は砂のようなものに見えたが、元々は何かの破片なんだろうか？

妙に粒子が大きい。ビーズで出来た地面を歩いているようだ。

リゼルの胸ポケットに入っている、スマートフォンのような形の端末がビービーと警告音を鳴らしまくって、リゼルが慌てて止めていた。

「うぅ……周囲数ｋｍで人が即死できる濃度の、汚染物質結晶体の上を歩くとか、ふつーなら正気の沙汰じゃないのですよぅ」

砂かと思ったら何かの結晶体なのか。道理で粒子が大きすぎると思った。

強襲揚陸艦の周囲を調べると、エアロックが壊れて通路がむき出しになった場所があったので、そこから中に入り込む。

中に入り込むと、通路のあちこちに灰に埋まった服やスーツのようなものが転がっていた。

新鮮な死体で満載かもしれないから、グロいのを覚悟していたのだが、拍子抜けだな。

「なぁ、リゼル。さっきからあちこちに転がっている灰みたいなのが元は人だったものか？」

「そうですよう、イグサ様。汚染物質の濃度が濃すぎて、肉や骨まで分解されてます」

「複雑だけど、大量の死体とご対面よりはまし」

まったく同意だ。

魔王になった俺だが、グロい見た目の死体を作って遊ぶ趣味はない。

「ところでだ、さっきから衣服やスーツから小型の端末みたいなものを拾っては戻しているが、何をしているんだ、リゼル？」

「……ぎ、ぎくぅ！」

口でぎくぅ。とか言うやつを初めて見たぞ。相変わらずリアクションの良いやつだ。

「な、何でもないですよ。目新しい情報が無いかチェックしてるだけですよぅ？」

言い訳するならもっと上手く隠してくれ。思い切り視線が泳いでいるぞ。

「命令《オーダー》だ、リゼル。何をやっていたか素直に自白しろ」

「はい、まいますたー。他の人の端末から電子媒体の共通通貨《インタークレジット》を貰っていました。無法者達らしく、たっぷりと貯め込んでいたのが多いから大漁です…………あぁぁぁ、自白させられちゃいましたようぅぅぅ」

本当に良い根性と行動力しているな。

「リゼル、後で山分け。独り占めは駄目」

「……はぁい」

しょぼんと猫耳を垂らすリゼル。そんなに儲かっていたのか。

……うん？　山分けを提案とかライムも随分したたかだな。

正義感強い勇者様なら死体から剥がすのも反対しそうなものだが。

◇

「やっと到着しました。ここがブリッジです。船の管理をするメインフレームもこの真下ですよぅ」

あちこち崩落して迷路状になった通路を迂回しながら、時には瓦礫を吹き飛ばしてようやく到着した。

位置的には強襲揚陸艦の胴体中央部近くか？　1番大事な施設だからしっかり守られているんだな。

ブリッジに通じる装甲ドアが半開きの状態で歪んで動かなかったが、20cmは厚みのある未来金属でできた装甲ドアを、ライムが聖剣で豆腐を切るようにお手軽に切り裂いてくれた。

何でも聖剣は物理と魔法の2重属性だから、物理防御だけではなく、魔法防御も高くないと防げないそうだ。

……SF的な未来金属に魔法防御はないよなぁ。

肝心のブリッジといえば、流石に1番防御がしっかりした場所にあるせいか、ぱっと見た限りでは殆ど被害がないようだ。

汚染物質の流入はしているようで、室内には偉そうな奴が着ていたと思われる服が灰に埋もれていたが。

すぐに「大儲けですよぅ」と、喜んだリゼルが鼻歌を歌いながら携帯端末から共通通貨の吸い出しをしていた。

未来人が総じてたくましいのか、リゼルが飛びぬけて図太いのか判断に悩む。

「こんな大型艦のブリッジにしてはそう広くないな。この船何人乗りなんだ？」

ブリッジの広さは気持ち天井が高く、15m×15m程度の空間。

その中に機器類やシートが詰まっているから、実際の広さより狭い印象を受ける。

「うーん。そうですねぇ、基本は400人乗りくらいだけど、半分以上は上陸部隊です。動かすだけなら、ブリッジに4人も居れば普通に飛ばせます。修理とか補給とかの運用も考えると、40人は最低必要ですよぅ」

180mサイズの戦闘艦を40人で過不足無く動かせるのは効率がいいのだろうか。

元の世界の戦闘艦の基準を知らないから参考にならないな。

「おおっと、流石傭兵隊長、300万IC（International Credit インタークレジット・共通通貨）も貯め込んでました。クラス2戦闘機だってフルオプション付きで買えちゃいますよ、やっほぅ！」

……使い魔の躾は苦労しそうだ。この星を脱出できたら、躾に関する書籍を入手しないとな。

トレジャーハントに夢中になっているリゼルを放置して、ブリッジの船長席らしいシートに座り込み、コンソールを弄ってみる。

非常電源に切り替わっているが、まだ生きているようだ。

操作は……うん、アクトレイと同じだな。何となくで操作できそうだ。

最低限になっている非常電源の出力を少し上げて、管理システムを起動と。

『M-HD4002ドラグーンクラス：艦籍名ワイバーン-Ez138　非常モードで再起動しました』

この強襲揚陸艦はワイバーンという名前か、飛竜とは良い名だ。

その後に文字と数字がついているのは、きっとワイバーンという名前の船が沢山いるんだろう。

『非常モード中につき、当該端末はロックされています。生体認証またはアクセス許可パスを入れてください』

セキュリティがあるのは当然だな。身持ちが堅い方が堕とすのに燃えるものだ。

「リゼル、そこらの適当な携帯端末。出来るだけ型の新しいやつを1つ貰えるか？」

「はーい、まいますたー」

リゼルも持っているスマートフォン的な機器、銀色をしたシックなデザインのプレート状の携帯汎用端末を受け取る。

スキルリストを開いて、ここまでに追加されたスキルの中から『機械操作／共通規格』LV10を取って、派生した『機械不正操作／共通規格』もLV10で取得。

更に『ソフトウェア操作／共通規格』LV10と、同じように派生する『ソフトウェア不正操作／共通規格』LV10もついでにとっておく。

『知識／共通規格宇宙船』もLV5くらいにしておこう。

「どうするの？」

ひょっこりと俺の肩に顎を乗せたライムが手元を覗き込んでくる。

「まずは船を起こすんだよ」

パタタタ、と軽快に動く指先で端末を叩く。

『汎用端末イクスベルＡ１……操作してるのは不正なユーザーｄ…………マスター権限によるユーザー登録を確認、イグサ＝サナダ様を正規ユーザーとして登録します』

まずは汎用端末を入手、と。

『外部接続モード。強襲揚陸艦ワイバーン－Ｅｚ１３８への強制アクセスを開始します……防壁確認。論理防壁タイプ１３８に妨害されています』

目の前にあるワイバーンの船長用コンソールに携帯端末から有線で接続。スキル補助に任せて何となくこれだろうという操作をしていく。

『注意、不正操作を受けています。ワイバーン－Ｅｚ１３８は電子戦担当者を用いて迎撃t'ad*a……』

『防壁の部分解除を確認、マスター権限による割り込みによりアクセス完了。権限認証システムへ接続……書き換え完了』

役目を終えた携帯端末を胸ポケットにしまいこむ。

目の前の空中に空間投影式かな？　ウィンドウが開く。

『Ｍ－ＨＤ４００２ドラグーンクラス：艦籍名ワイバーン－Ｅｚ１３８予備システム起動しました。ようこそ、オーナー・イグサ様。最上位権限者の乗艦を歓迎致します。』

「ずるい事をしてる。スキル使った？」

うん。と頷く。

「私も汎用端末1つ欲しい。後でお願い」

「いいぞ。好きなデザインのやつを確保しておいてくれ」

勇者様までたくましいのか。いや、他人の家《ダンジョン》に乗り込んで財産を荒らすのも勇者の資質のうちだろうか。ファンタジー的には普通なのか……微妙なラインだ。

「さてと、これからが肝心だな。ワイバーン、メインフレーム起動、寝ているのを叩き起こせ」

これからやるのを成功させるには、頭脳が生きてないと駄目なんだよな。

「リゼル、この艦は造られてから何年かわかるか？」

色々と確保できたのだろう、ホクホク顔で戻ってきたリゼルに聞いてみる。

「ハイブリッド強襲揚陸艦のドラグーンクラスなら、17年前に部品の製造を停止してるから、多分それよりずーっと前ですよぉ」

「意外と博識だな。ダメ元で聞いてみたんだが」

「失礼ですよ、これでもメカニックとしては結構優秀なほうなんですぅ！」

ぷんぷんと怒っている。怒り方も可愛いが……しまったな、口に出していたか。

「悪い、本音を口に出していたようだ。気にしないでくれないか？」

「もっと気になりますよぉぉぉ！」

ぷー。と頬を膨らますリゼル。こういう仕草は時代が変わっても共通なのか。

『各部チェック終了。ワイバーンメインフレーム起動します。警告、非常電源での作動は残り32分が限界です』

沈黙していた、ブリッジ内の他のコンソールにも灯が入り、空中投影式のウィンドウが開いていく。

船体情報も表示されていたが、全体の89％が真っ赤だ。大破を超えてスクラップだな。

「さて、ＳＦの流儀に沿ってやったが、ここからはファンタジーの時間だ」

「今度は何する気ですかぁ……」

不安そうにくっついてくるリゼル。

うむ、その無意識の接触は悪くない、いや胸までしっかり押し付けてくる辺りポイント高い。

いいぞ、もっとやってく……いけない、変な方向に盛り上がりそうだ。

『概念魔法発動：指定魔法陣・空中記述Ⅷ／対象数増加Ⅷ』

背中に感じる豊かな感触を頑張って無視し、空中に複雑な魔法陣を多重展開する。

無詠唱で魔法陣を使わなくても良いのだが、しっかり準備した方が魔法の制御が楽だし魔力的にも負担が少ないんだ。

『死霊魔法発動：残留思念結合』

8つ展開したうちの4つの魔法陣が発動して、組成を複雑に変化させる。

『死霊魔法発動：付喪神創生Ⅷ』

残りの魔法陣も稼働してブリッジの中に、大気の流れとは違う風が吹く。

圧縮されて赤く発光した小さなボール状になった魔法陣が、空中に投影されていたウィンドウへ、水のような波紋を残して飛び込む。

『…………！』

投影されていたウィンドウに、ノイズが激しく走り、すぐに新しいウィンドウが1つ開く。

『いやぁ、初めまして。ワイがワイバーン－Ｅｚ１３８でございます。言い辛かったらワイちゃんでもワイやんでも好きなように呼んでください』

ウィンドウには、ビジネススーツを着た恵比寿顔の中年男性の姿が映っていた。

頭髪が寂しい数になりかけていて、着ているのは良いスーツに見えるが、着古した感じによれよれになっている。

発音は標準語に近いが微妙に発音が違うな。訛っている。

いかにもくたびれた中年サラリーマンという風貌だ。

……どうしようか、想定していたのと随分違うぞ。

「俺がお前の主、魔王イグサだ。覚えておくように」

『ははぁ、イグサ様、しっかと名前をメモリに刻み込みましたわ。このまま風化していく老骨だとばかり思っていましたが、魔王様に魂を作っていただけるとは感無量ですわ』

「あわわわ、あ、あの、この人誰ですか。ワイバーンとか言ってるけど、こんな人間っぽい高度AIは、ここのメインフレームじゃ処理できませんよぅ！」

慌てふためくリゼルに、中年――――ワイバーンは恵比寿顔へ更に笑顔を浮かべて愛想一杯になる。

『これはリゼルのお嬢ちゃんじゃないですか。いや、脱出したのは見とりましたが。生き延びているとは運が良いですな』

そうか、リゼルはこの船に乗っていたんだったな。

なら顔見知りという訳だ。一方的ではあるが。

「リゼル、長く使ったものには意識――魂が宿るという伝承を知っているか？」

「ふわ!?　……ええと、古代民俗学で聞いた事があるような」

「こいつはまさにそれだ。強襲揚陸艦ワイバーンに宿った魂、付喪神《つくもがみ》という。古い船で良かったな、新しいやつだったら、ここまでしっかりした自我はないぞ」

『いやぁ、照れますな。ワイなんてただ年季が入っただけの老骨ですわ』

「訳がわからないですよぅぅぅ！」

うむ、リゼルの悲鳴は良い。耳が幸せになる。

最初の頃は拒絶の成分が多かったが、最近は諦めの色が強い。

悲鳴を上げて逃避しているが、じきに馴染むだろう。

「ライム、回復魔法あったら使ってみてくれないか？」

「いいけど。死霊魔法で作っていたし、ダメージ入らない？」

「作製は死霊魔法だが、分類的にはゴーレムに近い。アンデッドではないから大丈夫だ」

「なら大丈夫かな……」

『祈祷魔法発動：持続治癒Ⅱ』

ライムがコンソールに手を置いて回復魔法を発動する。

『おお、おぅ。来てます、来てますでぇ。メインリアクター修復率3％……5％徐々に回復してますわ』

気持ち良さそうにしているところ悪いが、中年オヤジの快楽声とか嫌なもんだな……マッサージを受けているような気持ちよさそうな声をあげている。

正直なところ吐き気がこみ上げてくる。付喪神でも中年オヤジの快楽顔と恍惚の声を大迫力で見せられるとか、どんな罰ゲームなんだ。

回復魔法で直るなら我慢するか……。

『リアクターが最低限でも動くようになりましたわ。火を入れて艦内電力を安定させます』

頼りない非常灯から切り替わり、艦内が明るい光で満たされる。

「魔法生物なら回復で修理出来るみたいだな。ライム、効率重視で繰り返し回復頼んでいいか？」

「いいけど、イグサが回復魔法使わないの？　私よりずっと魔力もありそう」

良い質問だ。しかし、問題があるんだよな。

「魔王補正のせいか、俺の回復魔法は今ひとつ安定しないんだよ。緊急時以外はあまり使いたくない。正直どんな副作用まで一緒に来るかわからないんだ」

安定しないのは本当だ。回復量が多すぎてリゼルの命が儚く消えるところだったしな。

何より付喪神とはいえ、中年オヤジに快楽声を上げさせるとか勘弁してほしい。

ただでさえ回復魔法の制御が大変なのに、手が滑りそうだ。

「納得。任せて」

任せた。主に俺の精神衛生の為にも。

「なぁ、ワイバーン。普通、船って女性として扱われる事多いよな。なのに、何故お前は男なんだ？」

そうだよな、普通船っていったら女性だろ、付喪神作ったらお色気お姉さんが出てくるって思ったから、あそこまで気合入れて作ったんだ。

その結果が中年《こ》オヤジ《れ》だ。詐欺も良いところだよな⁉

俺の心はとても傷つきました。誰かに癒やしてもらいたい。

『はぁ、この船の初代船長がえらいゲンを担ぐ人でして。ワイみたいな見た目の、幸運の神を拝んでおったんですわ。その習慣が代々ワイバーンの船長さんやブリッジクルー達に受け継がれましてなぁ』

くっ、どんな特殊趣味してやがる、その初代船長。

どうせゲンを担ぐなら女神にしてくれ！

「そうか……まあ良い。付喪神も一応魔物扱いらしいからな、忠誠を誓うように」

正直あまり良くないが。内心お色気お姉さんへの未練が渦巻いているが。

悪の支配者たる魔王として、あまり器の小さい事を言うのはみっともない。

『へぇ、そりゃもうご奉公させていただきます。ワイは魔王さんの為なら、火の中、大気圏の中、恒星の中、どこでも行きますわ！』

いや、恒星に突っ込んだら駄目だろ。お前解けるよな。

「そうか、ワイバーンの忠義に感謝しよう。で、今のペースで修復して大気圏離脱できるのにどのくらいかかる？」

『そうですなぁ、今は機関部と外殻の穴を優先してますが、デブリ壊せる程度の外部火器や機関部とシールドジェネレーターも考えると、2、3日ってところですわ。完全修復は移動しながらでも大丈夫ですが、更に2週間みてくれると助かります』

「わかった。機関部の最低限の修理と、外殻の穴塞ぎが終わったら、生命と環境維持を先に頼む。今は魔法で保護してるが、艦内を延々と汚染状態にしておきたくない」

『はいな、わかりました。ブリッジの近くに無事なクリーンルームがあったんで、そっちも整備しときます。お嬢さん方には寝台とか必要ですわな』

「整備？　無事なんだろう？」

何を整備するんだ。

『あー……いや、そのですなぁ。元幹部の男連中が自室にしとりまして。掃除はしてないわ、汚しっぱなしだわ、卑猥なグッズが盛りだくさんあるわ。お嬢さん方を寝かせるにはキッツい状態なんですわ』

ああ、だらしない男の1人暮らし部屋が凝縮したような状態か……そんな部屋で休むくらいなら、外の汚染結晶の上で横になった方が気楽だな。

「その辺は任せる。だが、紳士達が好むようなデータ類は他の場所にしっかり保存しておくように。わかるな？」

それを捨てるなんてとんでもない……！

未来の紳士グッズだ、たいへん期待できるってもんだ。

流石に直接接触するタイプのグッズ類は触る気にもならないが、データに罪はない。

『へへぇ、そりゃもう。魔王様もお好きな人ですなぁ』

にやけた笑顔を浮かべるワイバーン。そうか、お前もわかるのか。

潔癖症なお姉さま人格より、ある意味当たりだったかもしれない。

「イグサ、下品」

「イグサ様不潔ですよぅ……」

やべ、２人とも近くにいたのを忘れてた。

「2人が近くにいたのを失念していた。会話を聞かせたのは礼儀が無かったと詫びるが、俺は後悔しない。魔王たるもの欲望を否定してどうする。いや、否定どころか積極的に肯定してやる、それが魔王の器だ……！」

ここは開き直る。キリッ、と擬音が出そうなキメ顔で断言してやった。

「「………」」

2人分の視線と沈黙が痛かった。だが後悔などしていない。

しかしな、リゼル。使い魔のお前が主を否定してどうする。

お前は近いうちに躾も兼ねてお仕置きだ……っ！

魔王、臣民を労る

ライムが回復量最優先の、最大効率（即時回復ではなく、時間経過回復系）で治療魔法を使い続けても、半日もしないうちに魔力が尽きてしまい、ワイバーンが安全に大気圏離脱出来るまでおおよそ1週間かかる事がわかり。

修理中は特に俺もやる事がなく、1日目でブリッジとクリーンルームまでの通路、クリーンルーム自体の整備と汚染物質の除去も出来た為、時間に余裕も出来た。

時間に余裕が出来た為に考える事、悩み事と言ってもいいか。

それが出来た。出来てしまった。

それは、とてもとても大切な事だ。

リゼルはもう大人と言っても良いだろう。

聞いたところによると、アドラム帝国において成人は資格式になっていて、リゼルは13の時に成人資格を取っているし、一般的に大人とみなされる15歳も過ぎているという。

ではライム、勇者様はどうだろうか。

結構スタイルの良いリゼルとは比べてはいけない、というかジャンルの違う体型。

膨らみこそないものの、体と手足のバランスが子供のそれとは違い。

背丈こそ小さいが手足がすらりと長くシャープなイメージを受ける。

愛想の無い無表情な事が多いが、顔の造形は文字通り一見しただけで目が覚めそうな美しさだ。

日本人離れした、透明感のある長い銀髪に翠色の瞳。

白い肌に銀髪の組み合わせの中で、翠色の瞳が際立って輝く。

そしてその瞳に宿った意志は恐ろしく強い。

可愛らしさと美しさが8：2位の絶妙な配分で混ざり合って、きっとゴスロリとかファンシーな魔法少女服とかがよく似合う事だろう。

容姿に関する全てを一言で表すなら『優美に幼い』だろうか。

その存在全てが悩みの種とも言える。

え？　何を悩んでいるかわかり辛い？　仕方ない、一行で言おう。

それはライムに手を出したらロリコンか否かという事だ。


まて、そこ、引くな。

俺の勘だが、ライムは外見こそ幼いが、そこそこ年齢がいっている。

エロい事に関してはまず外れない勘だ、信頼してくれて構わない。

念のために、今度『鑑定X』の魔法でしっかり確認するつもりだ。

正直あの魔法はプライバシーを激しく侵害していると思う。

悪用を止める気はさらさらないが。

話がずれたな。

俺はライムぐらいの外見年齢の子にだけエロい事をしたくなる訳じゃない。

勿論リゼルだって守備範囲内だし、もっと年上のお姉さんでもいける。

つまり守備範囲がかなり広い俺なら、ライムに手を出しても普通ではないか？

ああ、勿論ロリコンを害悪だという訳ではない。

俺はそっちにも理解がある。

愛に年齢は関係ないし、欲望を持ちながらも犯罪に走らない紳士達は偉大だと思う。

俺自身、ロリコンと呼ばれるのを恐れてなどいない。

悪評を褒め言葉だと笑い飛ばすのが魔王というものだ。

つまりだ、ロリコンというレッテルを貼られ、お姉さんにエロい考えを持たないような誤解を受けるのは頂けない。

いや、魔王のプライドが許さない――――

――――魔王になる前に大学の女友達や妹にまで、ＢＬ疑惑をかけられていた。

それを払拭できなかった俺が言うのも説得力が無いかもしれない。

普通にセクハラしても「またまた、ＢＬ隠す為のポーズでしょ？」とか笑って本気にされないのは辛いものだ。

いや、ＢＬが悪い訳ではない。魔王として欲望は肯定するものだ。

ただ告白しても「偽装彼女は嫌なんです」とか泣かれるのはガチで辛い。

むしろあの時は家に帰って自室の鍵を閉めてから俺が泣いた。


さて、俺の悩みを理解してもらえただろうか。

ロリだけだと言わないでもらいたい。

鬼畜外道で漫画のスポーツ選手並みに守備範囲が広いエロだと言ってくれ。

魔王として俺は認めよう。

「イグサ様がすっごい真剣な顔で本を見てますよぅ……」

「騙されないで、目が文字を追ってない。あれは絶対変な事を考えてる」

◇

この頃気になっている事がある。

色々やる事あって後回しにしていたが、あの多くの人々の命が消えた時に聞こえた声、多分俺とライムをこの世界に召喚した、システム的な何かが言った事だ。

《勇者の生存を確認。魔王の勝利により、勇者は魔王に隷属します》

本来は、魔王が人類を滅ぼすまで何もせず、命欲しさに逃げ回っていた勇者へのペナルティ的なものだと思う。

長い間、文明レベルが中世と古典の間を行き来していたという、この星の歴史を聞くと魔王や勇者がいても違和感がない頃の文明レベルなら、普通に奴隷とかもいそうだしな。

その隷属というシステムが気にかかっていた。

隷属、いい言葉だよな？

今頷いた紳士たちは心の友だと思う。

さて、あれ以来ライムの首には金属製の首輪がついて、そこから伸びる鎖がついている。

本人も何もないように振舞っているが、こっそり外そうと何度も試しているのは知っている。

俺の手にも金属製の腕輪と鎖がついて、途中鎖は途切れているように見えるが、どうもライムの首輪に繋がっているようだ。

前にリゼルと契約した時、一時的にライムの言葉を封じたように、ある程度俺の意思を酌んでくれるらしい。

だが、面倒な事もある。

魔王としてのスキルは、スキルを取得した時点で何が出来るか把握できる。

俺が初見の魔法を、まるで熟知したように使えるゆえんだ。

しかし、この隷属システムは違う仕組みで動いているようで、今ひとつ条件が不透明だ。

限界を見極める為に、過激な実験しても良いのだが、その結果ライムの命が失われてしまったら、勿体な……余りにも不憫だろう。

慎重に、あの鋭すぎるライムに気が付かれないように慎重に調べたところ。

どうも使い魔に対する〈命令〉とは随分違うシステムになっていた。

使い魔に行う〈命令〉は『〜しなければいけない』という条件の強制だ。

今まで使用回数が多かったのは「真実を話さないといけない」とかだな。

検証と暇つぶしに「ボールを投げた」時「頑張って走って口でキャッチしなければいけない」と試してみたが、リゼルは反抗できなかった。

このボール取り遊びを一通り楽しんだ後、リゼルは半日トイレに籠城した。

すまないと思っている。反応が実に楽しくて反省はしていないが。

ライムの首輪で出来るのは条件の設定ではなく抑止が主であるようだ。

『〜してはいけない』という、抑止。これは命令より格段に扱い辛い。

リゼルとの時は「契約が終わるまで声を発してはいけない」という抑止。

やろうと思えば「エロい事に抵抗してはいけない」とかも出来るだろう。

美しくないのでやらないが。それに終わった後、確実に聖剣で斬られる。

多少の条件付けは出来るものの、やはり抑止しかできないのはハードルが高くなる。


だが、折角手に入れた隷属権だ。使わなければ勿体無いとは思わないか？

「イグサ様、イグサ様、見てくださいよぅ」

深遠なる思考の海に沈みながらも、ブリッジのコンソールに触ってこの時代の機械操作に慣れようと、ワイバーンに助言をしてもらいながら端末に入っている情報の整理をしていたんだが、リゼルの楽しげな声に呼ばれた。

「どうしたリゼル？　楽しそうだが」

「ライムさんを見てください……ほら、後ろに隠れてないで！」

何故かリゼルの後ろにぴったりと隠れていたライムだったが、押し出されて前に出てきた。

「…………ほぅ」

なるほど、言葉にするのが無粋な時は感嘆の溜息しか出ないものだな。

『こりゃたまげた。雪の妖精かと思いましたわ』

ワイバーンも手放しで褒めている。

素直な感想だと思うのだが、付喪神が人を妖精と例えるのも違和感がある。……何となく妖怪仲間的なニュアンスにならないか？

今までは勇者の装備だろう、白色の金属に金と緑の縁取りをされた鎧姿だったが、今はどこかのお嬢様風の服装になっていた。

同じ色合いとデザインなので一見ワンピースに見えるが、ブラウスとスカートに分かれている。

ブラウス部分はブレザーのように大きな襟が首回りから出ていて、正面はボタンで留めてあるが、肌が見えないように上着とインナーで２重になっているな。

スカートも複雑に折り返してあって、何枚もの布でふわりと中身を包んでいるように見せている。

腰の後ろに大きいリボンがついているのもポイントが高い。

そして手袋にニーソックス。どれも白い生地に金糸……？

「もしかして、鎧や手甲を変化させたのか？」

「ほわ、もうバレましたよぅ。ライムさんが鎧を普通の服にできるって言うから、前に交易ステーションで買ってお蔵入りしてた、秘蔵のデザイン集を見せたのですよぅ！」

……何故リゼルは犬でもないのに、尻尾がぱたぱたと揺れているんだ。猫系だよな？

「これは驚くほど可愛いな。元から素材は良かったが」

正直色々いけない遊びを教え込みたくなる。口には出さないが。

「………！」

またライムがリゼルの背中に隠れてしまった。まさか照れているのか？

意外だな。褒められるのは苦手だったのか。

『ワイに肉体があれば飴ちゃんを渡すのになぁ』

ワイバーン、お前の容姿でそれは犯罪くさいから止めておけ。

「ライム、１つ質問がある。その髪の色との組み合わせ的に、他の色の生地が欲しかったんじゃないか？」

「………どうしてわかったの？」

意外そうな顔をしてくれるな。

これでも妹の買い物に延々と付き合わされたり、妹の買い物に延々と付き合わされたりして慣れ……何故だ、どういう訳か哀しくなってきた。

「……まあ、彩りの問題だな。何とかできるかもしれない。こっちに来てみろ」

ドレスはデザインと相まって素晴らしいが、素材であるライムとの色の相性が今ひとつだ。

ワイバーンのブリッジの照明が結構明るい事もあって、服の純白に銀色の髪だと色がハレーション起こして物理的に眩しい。

「……わかった。服に変化しても防御力は健在だから」

恐る恐る近づいてくる。警戒されているな……心当たりしかないが。

指先でライムの生地に触れて魔法を発動する。

『呪印魔法：呪詛魔印X』

魔法発動の一瞬後に、眩しいくらいの純白だった生地が、闇色に染まった。

勇者の装備でも呪いに堕ちれば黒くなると思ったが、どうやら成功したようだ。

少しアレンジして所々に白を残してあるが、良い仕事をしたと思う。

何よりライムの銀髪と生地の黒、金糸の組み合わせが良い。

「おおっ、色が変わりました。イグサ様良い趣味してますよぅ」

リゼルが手を叩いて喜んでいた。

驚かないところを見ると、未来素材には色が変化する布もあるのかもしれないな。

「嬉しいけど……今の継続性のある呪いだよね？」

「気にするな、色を変えるのが目的の呪いに大した内容は組み込んでない。近寄った害虫や毒虫が即死するだけだ」

殺虫用だな、少なくとも生命の気配がない、この汚染された星では意味が無いだろうが。

……概念魔法で似たような事をしていたら、広義で悪い虫に分類される俺も死んでいたかもしれない。勢いでやったが、自分の首を絞めるところだった。

「ん、ありがとう。私もこっちの色の方が好き」

色の変わった服を確かめるように、ふわりふわり服をたなびかせて回るライム。

その顔には僅かに笑みが浮かんでいた――


――なんて美談だけで終わらせるような魔王とでも思ったか？

後になって言われたら、こう言おう。

引き金を引いたのはライムとリゼルの２人だと。

責任を押し付けるように聞こえるかもしれない。

だが、知らなくても地雷原でタップダンスを踊れば危ないのは当然だよな？

「これはサービスだ」

ライムの首輪に触って干渉する。

首輪の俺が使っている魔法と若干システムが違うが、興味を引かれていた事もあって解析もしていた。

基本が魔法なら、多少のアレンジは出来るものだ。

無骨な金属の輪でしかなかった首輪が、魔力による干渉を受けて、紐を首の前でクロスさせた、細いチェーンの装飾がついたチョーカー型になった。

「ありがとう……」

ライムは携帯端末を使った鏡で自分の首回りを見て、目を丸くしていた。

「なに、魔法の実験ついでだ。明日もワイバーンへの回復魔法を頼むぞ」

呆然としていたライムだったが、リゼルと連れ立ってクリーンルームの方へ戻っていった。

きっとアクセサリーに変化した首回りに合わせたお洒落の続きでもするのだろう。


俺が良い人にでも見えたか？

だとしたら間違いだ。魔王だからな。

何故ライムのチョーカーに干渉をしたか？

勿論、理由がある。

首輪の機能たる隷属を使う際に、鎖が引っ張られるような動作をする。

今までは金属製の太い鎖だったから、動作が一目瞭然だった。

だが、あそこまで細く軽い装飾用の鎖にしてしまえば、見落とす程度の小さな動きしかしないだろう。

先に言っておこう。

俺を外道と呼べば良い。非道と誹《そし》れば良い。何ならエロ魔王と罵れば良い。

だが俺は笑顔で言おう。褒め言葉ご苦労！　と。

さて、早速首輪の機能を使おうじゃないか。

『魔王様、えらい悪い顔してまっせ。気持ちはわかりますけどなぁ』

そうなのだ。こいつは付喪神の癖にやたらエロい事全般に理解がある。

というか中身も見た目通りのエロオヤジだ。

クリーンルームの個人端末の中にあった、紳士達の映像や立体映像ソフト集の中から、まず調教や監禁とかマイナーなジャンルのブツを集めて整理していたくらいだ。

まあ、つまりそういうヤツだ。

なかなかやるなと、紳士として共感したものだ。

「なに、魔王が悪い顔をするのは当然だろう？」

早速、腕輪に魔力を集中して〈隷属〉命令を書き込む。
1、［現惑星上でトイレ内において尿意を感じてはならない］
2、［下着をつけている間、開放感を感じてはならない］
3、［開放感がない時に緊張感を途切れさせてはならない］
4、［以上の行動をする際、他の感情より危機感を強く感じてはならない］
ふう……書き込みをする時に魔力を一気に込めると鎖が派手に動くからな。とても気を使う作業だ。

ライムが飛び込んでこないところを見ると、リゼルと一緒にはしゃいでいて、隷属の実行に気がつかなかったんだろう。

『魔王様、良い趣味してますなぁ。悪い人ですわぁ』

褒めるなワイバーン。褒めても何も出ない。

ただ抑止するよりも。

『～の時』に『～してはいけない』という、条件付けの抑止は激しく魔力を消費する。

ただでさえ、魔法抵抗力が一般宇宙人（基準：リゼル）と比べて異次元レベルに高いライムにやろうと思うと大仕事だ。

現に、魔力の使いすぎで激しい動悸に息切れを起こしている。

だが、悔いはない。変態と呼びたければ呼ぶがいい！

◇

その後、ライムは何故か必死に冷静さを取り繕い、妙に苦しい言い訳をしながらも、外に行く用事をつくって環境適応の魔法を使ってほしいと言ってくるようになった。

「い、イグサ。気になる所があったから、近くを見て回りたい……っ。環境適応の魔法をかけて。は、早く……お願い」

やはり鎧姿は苦しいのだろう。あの日以来、鎧を服装形態に変化させたままなのだが、妙にスカートの裾を気にするようになった。

前と同じように無表情にしようと頑張っているが、たまに隠しきれず顔が紅潮する姿を見かけるようになった。

「………（もぞもぞ）」

「どうした？　剣の構えにしては妙だな。訓練時間はあまり取れないんだ、こっちから行くぞ」

「……っ！　…………!!!!」

「何故座り込むんだ？」

「……な、なんでもない」

ライムが剣の訓練をしたいと言ったので訓練相手をした時に、とても愉快な反応をするようになっていた。

当然、俺は何も知らないし、気がつかないふりを続ける。

美しい悪とはこういうものだ。

理解できるやつは同好の士だ。魔王の配下がお望みなら部下にしてやるから俺の所へ来い。

◇

時間は真夜中に近い。

当直なんてものはいらないが、部屋に戻って寝るのも勿体無いのでブリッジで電子書籍を読んでいた。

このSF世界では紙媒体の書籍は希少なコレクターアイテム扱いなので、書籍といえば電子書籍が一般的らしいが。

ワイバーンをたたき起こす時に入手した汎用端末、その中に持ち主の趣味だろうか？　大量のテキストデータが入っていたのだ。

元々地球では乱読家だった。

本の中は自由だ、現実とは違い美しい悪が栄える物語も沢山ある。

さて、その大量のテキストデータだが、流石未来の汎用端末だけある。

端末に入っている文章量だけでも国会図書館並にあるんじゃないだろうか。

その中に気になるタイトルを見つけたので読んでいた。

そのタイトルは「反抗的な部下の躾け方。管理職のあなたに贈る1冊」

どうにも使い魔にしては、従順さが足りない気がするリゼルが、悩みの種になりつつある俺にとってはありがたいタイトルだった。

だが、ありがたさも長続きしなかった。

「……ただの官能小説かよ！」

反抗的な部下を性的に躾けていくという内容の官能小説だった。

しかも内容が最低だった、こいつは絶対人間の心がわからない。

悪事に対する美学というものを理解していない。

何が弱みを握って脅せば後はいいなりになる、だ。

1度関係持ってしまえば後は何とでもなる、だ。

そんなのは悪じゃない。こんな美しくないのは躾でもなんでもないぞ！

あまりの最低な内容に思わず、就寝中だったワイバーンを叩き起こしてテキストデータを送って内容を見せた。

最近知ったが、付喪神も寝るんだな。

『魔王様、ワイ、こんなモン見せられる為に夜中に叩き起こされたんですか……』

良いエロの為なら、機体性能の限界を超えられるコイツですらぐったりとしていた。

「俺の怒りもわかってくれ。これは、酷いだろう？」

『二束三文にもなりませんわ。第一美学がありません。容量の無駄遣いです』

「という訳だ、叩き起こした侘びついでに、口直しをしようと思う。ワイバーン、録画容量を確保しておけ。編集は任せたぞ」

『魔王様、何する気です？』

「躾だ。とりあえず、金に汚い部下が少しは素直になるような……な？」

◇

ワイバーンのブリッジ近くにあるクリーンルーム。

元々艦長クラスの高級士官向けの部屋だったらしく、上等なイナーシャルキャンセラーや、床方向へ1G重力を発生させる擬似重力発生装置《グラビター》、単純循環にしても悪臭がしない空調など上等すぎる部屋だった。

元々広めの1部屋だったのを、今は補修用の装甲材で壁を造り、3等分して個室が3つになっている。

1部屋あたりの広さは大体8畳程度。シティホテルのシングル1室くらいの広さだ。

これでも共用の大部屋じゃなかったりするだけ、戦闘艦としては破格の広さらしい。

アクトレイなんてコックピットから動けないしな。


時間は更に遅くなって、地球で言うところの丑三つ時。

リゼルの個室のドアを開けた。

勿論しっかりロックはかかっていたが、ワイバーンの最上位権限が俺になっているのだから、マスターキーは使い放題だ。

勿論、これからリゼルに夜這いをかけるなんて、そんな味気ない事はしない。

もし夜這いする気なら、リゼルが起きている時に正面から口説いて押し倒しにいく。

さて、目的を達成するのに布団を――未来的な睡眠ポッド、短時間でも十分な睡眠が取れる上に疲労回復効果も高い、液体が満たされた棺桶のような代物――もあったが、俺の趣味で各部屋はベッドに布団を設置した――手で抱くようにして眠る、妙に少女趣味な柄のパジャマを着たリゼルが、くぅー……すぴー。と色気のない寝息を立てて、お上品さをどこかに忘れたような寝相で寝ている。

やってきた目的は使い魔への〈命令〉の実行だ。

ライムの〈抑制〉とは違い遠隔で発動も出来ないし、命令による条件を本人に直接聞かせないといけない。

だが、ちょっとした裏技があった。

本人に聞こえれば命令は発動するのだが、その際に意識が無くても構わない。

つまり、寝ているリゼルに〈命令〉を仕込めば、気が付かれないのだ。

セコイとか思ったか？

悪は目的の為なら手段を選ば――――結構選ぶが、これはセーフの範囲内だ。

「リゼルリット、命令《オーダー》」

「1、夕食後2時間を目安として短時間の発情期に陥る」

「2、発情期中の欲求抑制は至難となる」

「3、自身における欲求の解消行動で満足する事はできない」

「4、主に近づくほど2、3の条件は緩和される」

「5、主に近づくほど、満足感が増幅される。」

よし、仕込みはこんなもので良いか。

多少マスターに依存するエロ猫娘になってもらおう。

正直このまま放置すると、どんどん自由すぎる行動をしていく予感しかしない。

魔法まで使って音も気配もなく、リゼルの部屋から撤退した。

ブリッジまで戻ってくると、一部始終を見ていたのだろう。

空中投影型ウィンドウの向こうに見えるワイバーンが思案顔をしていた。

ワイバーンがセキュリティ上仕方ない面もあるが、全部屋を監視できるというのは、ライムとリゼルには言わない方が良いだろうな。

「どうした、ワイバーン。何を悩んでいる？」

『いやね。魔王様の行動は、もっと直接的にエロい事をさせるものだとばかり思っていたんですわ。なのにあの迂遠な命令、どうにもワイには今ひとつ理解しきれなくて困ってましてなぁ』

そうか、まあ……リゼルから伝え聞く範囲だと、今までワイバーンに乗っていた連中は、もっと短絡的なエロばかり求めていたみたいだしな。

「いいか、ワイバーン。ただ命令の通り腰を振らせるならこんな科学が進んでいるんだ。人と見分けが付かない、大人の為の等身大人形くらいあるだろう？」

『えぇ、まぁ。その手のグッズはドえらく高いですが、ありますわ』

「だが、リゼルは人形ではない。人形程度で出来る事で代わりにするのは勿体無いと思わないか？」

『それもわかるんですが、どうにもさっきの命令でどうするか、魔王様の意図がさっぱりですわ』

「まあ、見ていろ…そうだな、2、3日後に変化があると思うぞ？」

◇

ワイバーンの修理が順調に進み、艦内の機能が随分回復してきた夜の事だ。

夕食後、俺はいつものようにブリッジで1番快適な艦長席に寄りかかり、携帯端末に入っているテキストを読んでいた。たまに地雷が交ざっているが、ジャンルと量が豊富なので良い拾い物だったと思う。

ライムが切り刻んだドアもようやく修復が終わり、閉まるようになったドアを開けてリゼルが入ってきた。

「どうした、リゼル？　忘れ物か」

読んでいたのは帝国貴族（という名の名誉称号持ち）の旅行記だった。

大した事をしてないのに、無理やり盛り上げる為に話の盛り方が愉快で、地球で深夜に放映していたB級ドラマ的な意味で楽しんでいた。

「イグサ様ぁ、最近あんまり良く眠れないのですよぅ」

確かに眠そうだ。そのままふらふらと艦長席へやって来て。

「……はふー」

横から抱きついてきて、猫がマーキングするように頭をぐりぐりと首筋に擦り付けてきた。

猫的な本能だろうか。

「どうしたリゼル？」

端末に視線を送ったまま質問する。

「イグサ様は飼ってる使い魔とのスキンシップが足りないのですよぅ……」

そのまま頭を擦り付けてくるので、仕方なく片手で頭を撫でてやると、気持ちよさそうに大人しく撫でられる。

確かに2、3日で効果は出たが、効果は予想以上だったな。

『使い魔』という存在や境遇を認めた上で『飼っている』とまで自分から言っていた。

そう口にしたリゼルは、半分眠っているような、理性が溶け掛けた瞳をしていた。

リゼルはそのまま、ひたすら甘え続けた挙句、膝を枕に眠ってしまったので部屋まで運んでおいた。明日の朝、頭が冷えたら、色々思い出して悶絶して良い悲鳴を聞かせてくれる事だろう。

『驚きましたわ……脱帽です、魔王様』

リゼルを部屋まで送り、戻ってきた俺を出迎えたワイバーンは驚きと戦慄を半分ずつ交ぜたような表情をしていた。

「俺が何をやったかわかったか？　ワイバーン」

『はいな、シミュレートと分析を繰り返しました。魔王様は命令で行動を引き出したんでなく、命令で行動や思考を誘導なさったんですな』

「当たりだ、ワイバーン。リゼルはここ数日、欲求不満という体調不良に悩まされていただろう。それこそ寝不足になるほどな」

このところリゼルは随分眠そうにしていたし、先ほどのリゼルも意識が曖昧で寝ぼけている状態だった。

「だが、この狭い生活空間で暮らしていれば、リゼルでも気がつくだろう。何故か俺の近くにいる時は、その体調不良が軽くなる……ってな」

リゼルでも気が付くとか酷い言い草かもしれないが、まあ真実だから仕方ない。

ライムが鋭すぎるのかもしれないが、リゼルは性格が天然過ぎる。

『その結果があれですな。睡眠不足と欲求不満がピークになって、思考能力が落ちてきたら楽な方へ。魔王様に密着するという、解決手段を自発的に求めるっちゅうカラクリとは』

「当然、催眠状態でもないので記憶はしっかりと残っている。しかも〈命令〉されたからやった、という心理的な逃げ道もない。明日の朝、リゼルの反応が実に楽しみだな？」

『はいな、しっかりと録画しときます。いや、本当にいいものを見せてもらいましたわ』

「なに、少々勝手な行動が過ぎる部下の躾ついでだ」

さて、リゼルは今後今日のような行動が増えるだろう。

その後どうやっていくか、実に楽しみだ。

◇

リゼルリットという長ったらしい名前の猫娘の朝は遅い。

ただでさえ朝と早起きは苦手だというのに。

最近は色々と寝付きが悪いのだった。

「にゅふふぅ……くぅー……すぁー」

うにゃむ……うーん。朝みたいですよぅ。ねむねむ。

このところゆっくり眠れなかった……くぅ……から。

こんなにぐっすり眠れた朝は貴重なのです。

これも夕べ、たっぷりとイグサ様とスキンシップをした……おか……げ？

「……えぇっ!?」

一瞬で眠気が宇宙の彼方に吹き飛んで、思わずがばっと起きたのです。

「あ、あはは。この頃寝付きが悪かったから……き、きききっとへんな夢をみたのですよぅ」

口から乾いた笑いが自然と漏れるのでした。

そうです、この頃……えっと。何でかは黙秘するけど、夜寝付きが悪いのですよぅ。

寝汗……そう、寝汗が酷くてパジャマを何度も交換する羽目にもなっているのです。

「で、でもですよぅ。流石にあんな夢は、何かちょっと激しくおかしいのですよぅ」

どきどきどきと、怪しい動悸がするのです。だってあんな夢……。

「ふ、ふにゃぁぁぁぁぁぁぁぁあっっ!!」

余りの恥ずかしさに、ベッドの上でごろごろごろごろー！　と転がる事になりました。

「なんですか、私、そんなに欲求不満になっていたのですか！」

「そうだとしても、あの夢はないでしょう、ないですよぅ!?」

「なんですか、ファンタジー過ぎる夢です！」

「これもイグサ様やライムさんがファンタジーな事ばかりする影響なのですかぁ！」

もう熱くて仕方ない顔を枕に埋めて、手足をばたばたと振り回して。

頭の中は真っ白な癖に恥ずかしさがいくらでも出てくるんですよぅ!?

「静まる、静まるのです。病人でもないし運動もしてないのに、こんな激しい動悸はいらないのです！」

ベッドの上でばたばたと暴れていた私だったけど、30分もすれば……。

落ち着くまでに30分もかかったけど、何とか落ち着いてきたのです。

「こんな恥ずかしい夢を見ていたら体が持たないのですよぅ」

ベッドに座り込み、子供の頃からの悪い癖なのですが。

こういう時に尻尾の先を口にくわえて、ガジガジかじる癖は直らなかったのです。

でも、あんな恥ずかしい夢をまた見てしまいそうなのです。

「落ち着いて、落ち着いて。リゼルリット、クールになるのですよぅ」

自分に言い聞かせるように深呼吸を続けるのです。

尻尾の先を口にくわえるのは止められないけど、段々落ち着いてきました。

落ち着いて自分の姿を見回してみると、パジャマじゃなくて普段着でした。

「あれ？　私はいつ着替えたんですか」

確か昨日はパジャマを着て……やっぱり悶々として全然寝付けなくて。

夢の中でイグサ様に会いに行くのに普段着に着替え……て？

「あは……あはは、まさか、まさかですよぅ」

がたがたと震え始める手を必死に押さえながら。

大丈夫なはずの証拠を。

さっきまで顔とか頭を押し付けていた枕を手に取るのです。

「もし、もしもですよぅ？　あの夢みたいにぐりぐり匂い付けしていたら。髪や顔に絶対イグサ様の匂いが移っているし、枕とかにべったり移っているはずなのですよぅ」

はい、私は誰に向かって説明しているのでしょう。

だけど、口に出さないと怖くて行動が出来なかったのです。

「か、覚悟を決めるのですよぅ――――すぅ」

落ち着いて枕に鼻をつけて、しっかり匂いを嗅ぎます。

私自身の匂いに加えて、とても濃いイグサ様の匂いが。

これはもうすれ違ったとか、同じ部屋にいたとかってレベルじゃなくて。

まるで夢の中みたいに、ぐりぐりと何度も押し付けていないと……。

つかないくらいの……濃い匂いなの……です……。

「ふやぁぁぁぁぁぁぁぁぁぁぁぁあ!?!?!?　夢じゃなかったのですよぅぅぅぅぅぅぅ!!!」

その日、ようやく落ち着いたのは昼過ぎだったのです。

寝坊したってお2人にぺこぺこ謝ったのですが。

イグサ様は「まぁ、疲れていたんだろう」と妙に優しかったのです。

……………箱があったら入って丸まりたい気持ちで一杯ですよぅ……。

『クリーンルーム・個室3防犯用カメラ／●REC』

◇

とある日の夕食後の事だ。

「ねえ、イグサ。ちょっと良い?」

リゼルが眠いからと先に部屋に戻り、食後のお茶――のようなもの。合成機から出た粉末と水を混ぜた何か――を飲んでいた時、ライムに声をかけられた。

「ああ、何か用か？」

「うん。頑張って脱出の準備をしているけど、イグサはどうして宇宙に行きたいの？」

そういえば、独白として心の中で色々語った事はあったが、口にしてライムに語った事は無かったな。

「俺は魔王だからな。美意識に沿った悪を為すのが目的なんだが、そもそも人が居なければ悪事のしようが無いだろう？」

「そうかな……自分で言うのも嫌だけど、私やリゼルに酷い事をすれば悪い事はできるでしょう？」

現在進行形でイタズラ程度の悪事をしているとか言い辛い。暴露したら死にそうだ。

「できなくは無いが、その程度では満足できないんだ。悪事をするなら、多くの人の人生に良くも悪くも関わるような事がしたいからな――それに」

「それに？」

「――悪とは身内を大事にするものだろう？　ライムやリゼル相手だと、せいぜいやれてイタズラ程度だ」

ライムやリゼルにやっているイタズラは間違えると人生が歪む程度だ。世界や人間社会に大きな影響を与えるようなものではない。

「そっか……そうだね」

ライムは驚いたような顔をした後に、珍しく表情が緩んだ。微笑んだのだろうか。

「イグサ、私も宇宙に行きたいの。私は、私が助けたいと思った人に救いの手を差し伸べたい。その人が悪か善かも関係ない。私が勇者になった1番大事な理由。だから、人のいる場所に行きたい」

ライムの発言に驚かされた。その理由は俺が憧れた悪の1つ、ダークヒーローとして自分の考えを貫きたいキャラクターにかなり似ていた。

「良いじゃないか、善も悪も関係なく、自分の意思だけで助けたい相手だけを助ける。少なくとも元人間だったイグサと、魔王としてのイグサとして応援したい生き方だ」

「……ありがとう。認めてくれたのはイグサが初めて。お互いにこの星を脱出するの、頑張ろうね」

ライムは嬉しそうに身をひるがえすと、おやすみと声をかけて小走りで自室へ戻っていった。

「まるでダークヒーローの生き方と指摘するのも無粋だったな。しかし、いけないな。勇者なのに応援したくなってしまうじゃないか」

勇者を応援するのは魔王としておかしいと思うが、ライムが活躍するところを見てみたい。

勇者の力を持った善性の悪党としてのライムは、俺が大事にしている悪の美学によく馴染むだろう。

――勇者の心が欲しくなる。これは悪に憧れる俺と、魔王としての俺、どちらからくる欲求なのか自分でも判断がつかないな。

◇

ワイバーンの修理も随分片付いてきた。

このところは修復されたセンサー類で、周囲や軌道上の情報収集を始めている。

ライムは魔力が尽きた後の時間を使って、船内の灰しか残らなかった人間の墓を作っていたが、ようやく作り終わりそうだ。

リゼルはワイバーンのブリッジ周りの改良に余念がない。元々10人前後で運用するのを3人で一通り操作できるようにカスタマイズしている。

この星からの出発が近い、そんな事を感じさせる日の夜の事だ。

今日はブリッジではなく自室に居た。

特に手荷物も無いので、小物や家具類のない無味乾燥とした室内だ。

船内通信用のモニターの前に、俺と空中投影スクリーンを展開して顔を出したワイバーンがいた。

今も船体についたパッシブセンサーが稼動しているが、ワイバーンが付きっ切りで処理するような必要は無い。

今は船内に残されたデータのサルベージをしている……という名目で男2人で集まっていた。

もうおわかりだろうか、艦内に残されていた紳士達のおたから情報《データ》を閲覧しようと、本能に素直すぎる男が2人、期待を胸に膨らませているのだった。

『魔王様、そろそろ良いですかい？』

「ああ、やってくれ。この日の為に苦労をしてきたんだ」

ライムは気にもしないが、リゼルは恥ずかしがって、俺が既に入手したのまでは干渉しないが、未発見のものがあると闇に葬ろうとするからな。

ワイバーンと2人で必死に収集した日々が懐かしい。

さあ、未来人よ。お前たちは一体どんな欲望を胸に秘めていたのか。

この魔王に見せるがいい……！

――――1本目、その道のプロの作品だった。ただし熟しすぎて枯れ落ちそうなご高齢であった。

「……………………うぇっ」

口元を押さえてトイレに駆け込んだ俺を軟弱だと罵ってくれて構わない。

『こ、こいつはエグイわなぁ……え、これ持ってたの19歳の若造かいな。どんな業深いやつだったんでっしゃろ……』

――――2本目。美しい映像作品であった。だが、原始的な工作ロボット同士が殴り合ってる映像の効果音に喘ぎ声が交ざってるのは、色々間違っていると思う。

「……なぁ、ワイバーン。俺にはただのロボバトルにしか見えないんだが」

ただのロボバトルとして見れば、そこそこ見れる作品ではある。

その際には効果音として入っている喘ぎ声が邪魔になるが。

『上級者向けですなぁ……付喪神なワイならギリギリ何とかいけますわ』

いけるのか、ワイバーン。不覚ながら尊敬しかけたぞ。

――――3本目。粘菌っぽいスライム同士が延々と侵食しあうものだった。

「……宇宙は広いな。ちょっと種族が違いすぎて理解が追いつかない」

『まぁ、種族が違えば大興奮モノなんでしょうなぁ』

――――4本目。ただのノイズだった。画像も音声もノイズだけ垂れ流している。

「データが壊れていたのか？」

『これで合ってるみたいですわ。タイトルは「ノイズ×ノイズ、どろどろザラザラノイズ大天国」ですな』

「そうか、俺の時代だと人類には早すぎるって言われるレベルだが。そういや、ここは未来だったな……人類、追いついたのか」


結論。未来人共の業深さは予想を遥か斜め上に行っていた。

その、なんというかな。魔王としても理解できない欲望は数多かった。

魔王、聖剣の輝きを見る

ワイバーンの応急修理が終わってから2日。

まだ惑星の上にいる俺達は少々困った事になっていた。

ブリッジに集まり、投影画像のウィンドウの1つに表示された情報を確かめながら話し合いをしている。

「困ったな……状況が動かん」

「無茶はできるけど無謀は良くない」

「状況は厳しいですよぅ」

宇宙での戦闘は終結したようだ。

今回はフィールヘイト宗教国が勝利して、この惑星付近の宙域を制圧したらしい。

まあ、知らない国同士の勢力争いは正直どうでもいいのだが。

フィールヘイト側が惑星近くに、多数の情報収集用サテライトを撒いて、その上軽巡洋艦が1隻、軌道上に張り付いているのが大問題だった。

ワイバーンは傭兵隊とはいえ、アドラム帝国所属の強襲揚陸艦だった。

そのまま大気圏離脱すればサテライトに発見されるだろうし、駆けつけた軽巡洋艦に敵扱いで沈められると、リゼルもワイバーンも言っていた。

「この世界の軽巡洋艦がどの程度かわからない。戦力差を教えてもらえるか？」

『へぇ、大型の艦船は国によってばらつきはありますが、空母、戦艦、準戦艦、重巡洋艦、巡洋艦、軽巡洋艦、駆逐艦、フリゲート艦って感じのクラス分けされとります』

「各クラスの戦力比は型によって誤差はあるけど、1隻で下位の艦を3隻同時に相手にして勝てるって言われているんですよぅ。ワイバーンは大きさこそ駆逐艦並だけど、武装もシールドもフリゲートよりちょっと強いくらいです」

「単純計算で戦力比は1：9に近いの？　まともに戦うのは無謀」

戦闘に関してはライムの見立ては外れないだろう。

真剣な表情をしたライムはシートに座った状態で、何故かしっかりとスカートの裾を押さえているな。ふふ、この状況が悪い時に一時の清涼剤だ。

「この艦についているアドラム帝国の識別ビーコンは外すか弄れないか？　俺達は帝国の人間でもなければ軍人でもないしな」

『識別ビーコンのプロテクトは堅いってよりも、固有のものでしてなぁ。どっかのドック（宇宙港内の施設）に入って、行政府に届け出するまで無理ですわ。ころころ変えられたら海賊共や特殊部隊がのさばりすぎます』

「ビーコンを完全に取り外した船は海賊扱いだから、悪くても捕虜にしてくれる軍属より酷い事になるんですよぅ……」

この時代、船の所有権は結構大雑把だと言う。

基本は「船のメインフレーム《主電子頭脳》にマスター登録された人のもの」という大雑把さだ。

俺達のように撃墜されて破棄された軍艦や、何らかの事故で乗組員が全滅した船を回収・修理して、転用するのは日常的な事らしい。

しかし海賊の跳梁《ちょうりょう》や凄惨なテロを防止する為に、所有権の書き換えは各国で共有しているデータベースへアクセスできる、国や地方の行政府でないと出来ないという。

普通はサルベージ屋の船が大破している船を曳航《えいこう》していたり、随伴していれば「あれは鹵獲《ろかく》された船だな」とわかってくれるし、軍も見逃すのが常識という。

随分大らかだよな？

だが、俺達の船はワイバーン1隻と、艦載機のアクトレイが1機のみ。

両方ともアドラム軍に所属する傭兵隊の船と戦闘機な上に、ワイバーンも随分と修理されて綺麗になっている。

この状態で「これ拾って登録切り替えに行くところです」と言ったところで説得力が無い。

敗残兵として捕まるか、逃げても撃沈されるのが関の山だ。

酷い話かもしれないが、誤解を恐れるなら軍艦を拾うなと言われるだろう。

……と、言うのが今の状況。

大気圏離脱する目処は立ったんだが、軌道上に張り付いた軽巡洋艦と、索敵網が邪魔で動くに動けないのだった。

無いよりましという事で、ライムの回復魔法でワイバーンの武装やジェネレーターの修理は続けられていた。

◇

更に数日経過し、ワイバーンの機能が8割方回復したところで悪いニュースが増えた。

またしても緊急会議だ。

『まずいですわ。通信傍受したんですが、フィールヘイトの連中、ここの軌道上に軍用の補給・中継ステーションを造る気らしいです。後数日もすれば建築機材を満載した超大型輸送艦と、護衛艦隊がやってきます』

それはまずいな。軽巡洋艦1隻でも手一杯だというのに。

「無理でも突破するしかないか。これ以上状況悪くなったら、それこそこの惑星に定住する事になる」

以前の仕込みにより、夜間リゼルがしてくるスキンシップが日に日に過激になってきている。

絶対従属の使い魔に、俺から手を出すのは悪の美学的に避けたい。避けたいのだが。

しっかり抱きついてきて、俺の服に顔を押し付けて凄い勢いで匂いを嗅ぎながら、ビクビクと小刻みに震えてるリゼルを襲わないように我慢するのは心底辛かった。

いっそ聖剣で斬られる方が楽だと思う。

ただでさえ病弱な俺の理性が『もう頑張ったよね……?』と、儚くも美しい笑みを浮かべて力尽きそうになるのを何度引き戻したかわからない。

だが、魔王として悪に妥協する訳にはいかない。

手を出させるならあっち《リゼル》からだ。

更には絶望的な状況で心細かったとか、余計な言い訳が出来ない状況が好ましい。

実は余裕あるだろうって？

何を言う。悪の美学を保つために理性はもうギリギリだ。

ギリギリというか限界を明らかに超えている。いっそ楽になりたい。

生き死にの境という意味では余裕も良いところだが。

「軽巡洋艦の武装はわからない？　ドローンの時みたいにイグサに耐属性付与してもらえば、随分楽になると思う」

「あのクラスになると、積載量にも余裕がでるし砲塔も汎用性重視だから、装備できる武装の幅が広すぎて実際撃たれるまで特定できませんよぅ」

『軽巡洋艦自体をどうするかも大事ですわ。あのタイプは機動性もよろしいから、余裕で追いつかれてしまいます』

「この船はあれより小型なんだろう？　速度で負けるのか」

『へぇ、あっちは現役ばりばりの軍艦。こちらは民間払い下げの3世代前の老骨です。推進器もリアクターも古びてましてなぁ……近代化改修すりゃ、あんなハイエナなんぞ振り切ってやるんですが』

「なら撃退するしかないいな」

SF的にはかなり詰みに近い状況だろう。

だが、ここにはファンタジー《非常識》の世界に生きる魔王と勇者がいる。

「ライム、ワイバーンの操縦できると思うが、やれるか？」

「ん。騎乗と大型騎乗、飛行騎乗スキルもあるから、多分余裕」

騎乗スキルの汎用性の高さには驚かされた。

数日前に周辺探索にアクトレイで出かけたのだが、ライムが操縦するとリゼルの時より俄然動きが良かった。

馬でもないのにライムが拍車付きのグリーヴ《足甲》で機体を蹴ると、謎の加速をしたのは俺ですら理不尽を感じたものだ。

「操縦と回避は任せた。船の防御は俺がやろう。ワイバーン、お前の武装はどうだ？」

『へぇ、船体前方についた6門中、4門の電磁加速砲は何とか。残り2門は墜落時に物理的に潰れたんで、砲身ごと交換するまでは無理です。副砲の高圧縮プラズマ砲はドローンに集られた時に基部ごと消失してるんで、こっちも交換するまでどうにもなりませんわ。船体各部についた近接迎撃用の連装パルスレーザー砲は9割方復旧しとります』

電磁加速砲？　……ああ、レールガンか。ＳＦ的な浪漫武器だな。

「電磁加速砲の詳細を教えてくれるか？」

『はいな。まずはエネルギー蓄積率が良い砲弾に、リアクターからちょいとエネルギー回して、高エネルギー砲弾化します。で、保持エネルギー量が増大した砲弾を電磁レールで撃ち出すものですわ。こいつの1番の特徴はシールドを貫通して、相手の装甲や船体に直接ダメージ与えられる事なんですけどなぁ……実体弾だから弾速遅いわ、有効射程がえらい短いわ、お世辞にも使い勝手が良い武器じゃないんですわ』

弱点は弾速の遅さと有効射程か。

電磁加速砲は磁気で弾を撃ち出すが、それを発生させるのは電気なら雷属性で強化できそうだな。

「電磁加速砲で何とかしてみよう。砲弾に細工してくる。リゼル、弾薬庫に案内をしてくれるか？」

「はいですよぅ！」

「ワイバーンは電磁加速砲の調整を頼む。急に出力が上がっても照準がブレないように調整しておいてくれ」

出発は翌日の明け方と決め。

俺達は惑星脱出の為の準備を始めるのだった。

……この日の夜も、俺の理性は頑張った。

そろそろ誰か褒めてくれないだろうか。

頑張るな、流されろという声の方が多く聞こえるのは気のせいだよな……？

◇

明け方、まだこの星系の太陽は地平線から顔を出さず。

暗かった空が明るくなってきた頃、俺達はブリッジに集まっていた。

中央後方で情報把握がしやすい艦長席に俺。

右前方に操縦・航行システムに特化した操縦席にライム。

左前方で火器管制と艦内制御のコンソールに埋まっているのがリゼル。

シートもコンソールも必要ないワイバーンは適当な所に立っていた。

「じゃ、行くか。覚悟は良いか？」

「ん。問題ない」

淡白に答えるライムだが、何か変だな。

いつもは話す相手を直視する視線が妙に泳いでいる。何かあったか？

『強襲揚陸艦ワイバーン、システムはおおかたグリーン。いつでもいけまっせ』

機械の癖にだいたいとかファジーな判断が出来るのは凄いな。流石、付喪神というところか。

「覚悟なんて出来てませんよぅぅ……」

未だに弱音を吐くリゼルを皆スルーしている。

スルーされたリゼルは八つ当たりとばかりに、ハンカチだろうか？　白い布に鼻を擦りつけていた。

チームワークはばっちりだな。

「発進シーケンススタート」

うむ。こういうのは実にSFの艦長っぽくて良い。

悪とは方向性が違うが、これもまた浪漫だ。

「はーい、まいますたー。リアクター出力上昇、ステルスからミリタリーへ。艦内機能、各部動作チェック開始、シールドジェネレーター起動」

こういう手順は大事にしたい。無言とか味気ないぞ。

『ほいな、シールド発生率84％。シールド強度672s。姿勢制御開始、反重力システムに動力伝達、大気圏内用浮遊装置作動、離陸と同時に艦を水平へ移行ですわ』

モニター越しに傾いて停止していた光景が、ビルの残骸を砕きながら地面と水平になっていく。

「じゃ、発進するね」

両手にジョイスティック的な操縦桿《ハンドル》を握ったライムが操作すると、艦が空を向いて傾き、艦体に載っていたビルの残骸を落として、加速しながら空中へ浮き上がっていく。

「補助推進器出力65％、大気圏内航行用、補助翼展開。……ううう、どんどん緊張してきたですよぅ。高度500m到達。主推進器点火です」

艦体後方の推進器に火が入り、加速開始するが……振動も無ければ音もブリッジまで届いて来ない。

「こういう時は爆音がないと寂しいな」

『なら、魔王様。こういうのはどうでっしゃろ？』

ブリッジにドドドドド……！　と、大気を振るわせる音が響く。

『外部のセンサーから入った情報のちょっとしたアレンジですわ。船乗りには外の音を聞きたがる人も割といるんで、この船でも昔やってた小技です』

「やるじゃないか、実に助かる。良い仕事だ」

『恐悦ですわ……っと！　パッシブセンサーに感知あり、サテライト3基につかまりました。アクティブセンサー開放、情報を各担当者に転送します』

「確認。運が良いのか悪いのかわからないけど、軽巡洋艦は進行方向に来るね」

後ろから追いかけられるよりは良いか。どの道やる気だしな。

「高度上昇、推進器出力92％。大気圏内用補助推進器も87％で安定。大気圏脱出は出来そうですよぅ」

１００％にするには、治癒……修理時間が足りなかったのが残念だ。

『高エネルギー反応複数！　ライムはん、軽巡洋艦からの第一波きまっせ！』

「ていっ！」

ワイバーンからの警告に、気合の入らない掛け声でライムが船体を横方向へロールさせながら、補助バーニア（姿勢制御用の噴射装置）を吹かす。

ギィン！　と甲高い割れたピアノの音を増幅させたような音を立て、赤い光の粒子の槍が数本船体ぎりぎりをかすり、地上に巨大な火柱を上げる。

「ひぃぃぃぅ！　武装確認、高エネルギー粒子砲です。当たったらそこが蒸発して無くなりますよぉ！」

高エネルギーで粒子砲なら火、物理属性か。

『概念魔法発動：耐炎属性付与Ⅸ』

『祈祷魔法発動：守護の盾Ⅹ』

多重魔法発動スキルと2重魔法詠唱スキルで、炎耐性と物理防御付与を同時に展開する。

展開された魔法の強度に内心舌打ちする。船に付与しているせいか、人と違って効果が随分減少している。船首に専用の席を準備して、直接空間に展開した方が良かったか？

『軽巡洋艦から2次掃射きます。今度は砲門全部使ってますな、本気ですわ！』

軽巡洋艦から赤い粒子の槍が次々と落ちてくる。連射できるのか。

「頑張って避ける」

船体についたバーニアが更に吹かされ。

回避の為にかかった負荷に、ギギィと船体が悲鳴を上げて軋む。

『ちょ、激しすぎますライムはん。もうちょっと優しくしてくださいな！』

喘ぐな。集中力が落ちる。

ギギギン！　とライムでも回避し切れなかった3割程度のエネルギー粒子の槍が、属性防御と盾の魔法に弾かれて、歪な音と共に進路を逸らす。

『シールド78％に減衰。普通ならあちこち風通し良くなってます。流石魔王様ですわ』

素だとどれだけ脆いんだ。いや、あっちの火力が高すぎるのか。

「高高度到着、推進器効率上昇。上面砲塔稼動開始、電磁加速砲1、2、3番弾薬装填、エネルギー蓄積開始ですよぅ」

連続で降り注ぐ高エネルギー粒子の間隔が短くなっている。

簡単に撃沈できるはずの船が沈まないから、相手も焦っているのだろうか。

「ライム、ここまで接近したら回避は難しいだろう。打ち合わせ通りに頼む」

「うん。任せて」

ライムが操縦をセミオート――という名のワイバーンにお任せ――に切り替える。

『法理魔法発動：環境適応Ⅷ』

『概念魔法発動：風属性耐性付与X』

環境適応の魔法を受けたライムが通路へ飛び出して行った。

「主砲射程内です、1番2番3番個々に目標をロック。……う、撃ちますよぅ！」

リゼルの自棄気味な声と共に、砲塔から深紅に発光した弾が空に昇る流星のような速度で飛翔、次の瞬間には被弾した軽巡洋艦がオレンジと紅色の爆炎を撒き散らしていた。

「ほえ……何でこんな弾速速いんですか？」

呆然とした様子のリゼル。ワイバーンも似たような顔をしている。

「電磁加速砲が雷属性と予想がついたからな、砲身に雷属性強化魔法をかけた。ついでに砲弾にも

『魔王の憤怒』と『加速』魔法を2重掛けまでした。威力も弾速も上昇するというものだ」

「またファンタジーですかぁぁぁ……もう便利ならどうでも良くなってきたのですよぅ」

随分ファンタジーに毒されてきたようだ。その調子で慣れてしまうといい。

『加速』の魔法は純粋な移動力上昇の魔法。

『魔王の憤怒』は魔王専用の魔法系統で、魔王が受けた怒りや憎しみを力にする……。

まあ、あれだ。勇者パーティにぼこぼこにされて、瀕死になった魔王が「我が奥の手を食らえ」的な展開の時に使う魔法だな。

憤怒という魔法名だが、別に怒りじゃなくても使えるんだ。魔王が抱いた強い感情だったら何でも良いらしい。まあ、普通の魔王が抱くなら怒りや憎しみだろうけどな。

今回はここ最近、たまりに溜まった鬱憤というか、理性が頑張って抑えつけた若いリビドーを込めてみました。いや、凄い威力になったな。

エネルギー源は主にリゼルだな。ライムも3割くらい入っているが。

「軽巡洋艦にエネルギー反応！　生き残ってますよぅぅぅ!?」

爆炎が収まった軽巡洋艦を見ると、艦体の中央に大穴が開き、艦首に至っては千切れかけていた。

これでまた健在とは頑丈なものだな。

「威力上げすぎて貫通したか？」

『そうらしいですなぁ。リアクターに当たらなかったようで、運の良いやつですわ』

「何落ち着いてるんですかぁぁ。あっちはまだ砲門が何個も生きてますよぅ!?」

落ち着けリゼル。まだ手は残してある。

これでも知性派の魔王だからな。

「という訳だ。ライム、頼んだ」

『任せて』

マイク越しに聞こえる頼もしくも可憐な声。

ワイバーン艦首上方のエアロックが開いて、ライムが艦首に立つ。

宇宙と大気圏の狭間という死の世界。

その宇宙船の艦首で、可愛らしいデザインのドレスを風になびかせる少女が聖剣を構える。

SF的には不条理というか正気を疑う光景かもしれない。

だが、俺達は魔王で勇者だ。

ファンタジー的にはありな光景だろう？

この光景を実現するため、環境適応の魔法と風属性耐性付与の魔法をつけたんだ。

そして――

『聖剣解放』

ライムが手にした白銀の剣に黄金の光が宿り、その刀身を伸ばしていく。

『断罪の剣』

黄金の粒子で出来た刀身をライムが振り下ろせば。

軽巡洋艦はその断面も鮮やかに、中央から2つに切り裂かれた。

露出したリアクターが誘爆を起こし、小さな太陽と化して軽巡洋艦がその姿を消していく。

馬鹿らしい光景だ。

しかし、同じファンタジーの住人としてはこの上なく愉快な光景でもある。

ほぼ最大限まで成長した、聖剣が1日3回使える技の1つらしいが。

あんなのが1日に3回も使えるというのは、魔王としては複雑な気分だな。

その後、あの非常識な光景をレンズに映しただろう付近のサテライトを潰しては回収し。

一路、アドラム帝国領へ向けて旅立ったのだった。

魔王、激戦の果てに街に辿り着く

なぁ、悪戯心は誰にだってあるよな?

例えばだ、車道から歩道を保護しているブロックの上を歩いたり。
自転車に乗って下り坂を使い、車並みの速度を出してみたり。
別に何か利益があってやる訳じゃない。
ただ何となくそうしたいからやるもんだよな。
きっと誰でも1度は経験があるんじゃないか？
意味も無くリスクを背負う馬鹿な事かもしれない。
勿論何か起きれば責任は自分で取らないといけない。
それでも悪戯心を完全に抑えきれるヤツはそういないだろう？

俺が迂遠な表現を好むせいで、うんざりしているヤツもいると思う。
だが、まあ我慢して聞いてくれ。
そろそろ2行でまとめるからよ。

今回俺が悪戯心を起こして、何が起きたかというとだ。
聖剣を振るったライムに「下着を穿き忘れたのか？」と言ってみたら。
その日の夜に押し倒された。

いや、マジでどうしよう。

確かに色々仕込みをしていた。

悶々と欲求不満になってるリゼルの個室の音を、わざとライムの部屋に聞こえるようにしたり。

設計ミスを装って、リゼルの個室をライムの部屋からモニターできるようにしておいてみたり。

食料生成機（謎原料を加工し料理を作る機械）を使って、スキルの補助と昔取った杵柄の合わせ技を使った、神業のデザインで21世紀のデザートを再現して、それを釣り餌に夜間理性が飛んで際どい甘え方をするリゼルの姿を目撃させてみたり。

同じ手で同じシチュエーションを目撃させて、日常的な事だと理解させてみたり。

3回目からは自発的に覗きに来るようになったので、俺も調子のって更に際どくリゼルを甘やかしてみたり。

……おや、おかしい。心当たりしかないな。

◇

フィールヘイトの軽巡洋艦をふっとばし、因縁深い汚染惑星を脱出した夜の事だ。

強襲揚陸艦ワイバーンは進路を北に、汚染惑星のある星域からアドラム帝国外縁部に繋がるジャンプゲートへ進路を向けていた。

流石に皆疲れていたようだ。

戦闘後も修理や調整を頑張っていたリゼルは、夕飯を食べながら半分寝ていた。

デザートのマロングラッセ（魔王謹製）の最後の一口を口に入れたまま寝入ったので個室のベッドに置いてきた。

その時はライムも手伝ってくれていた。

何だかんだ言って俺も気疲れしていたんだろう。

いつものようにブリッジの艦長席で、シートをリクライニングさせて日課の読書をしていたら、うっかり居眠りしていた。

重みを感じて目を覚ますと、腰の上にライムが乗っていて、俺の方をじっと見ていた。

俺を押し倒すように、手は俺の手を押さえつけていて、いつも強い意志が浮かんでいる瞳には、今は不安・期待・羨望・恐怖と様々な感情の色が万華鏡のように移ろっていた。

「……おはよう。どうした？」

予想外のシチュエーションに困惑半分、楽しさ半分。

素直に言えば楽しさの方がかなり勝っていたが、困惑を表に出して聞いてみた。

「イグサ、いつから気がついていたの？」

おっと、選択肢をミスるとバッドエンド一直線になりそうな雰囲気だ。

俺の手を押さえつける手にも力が籠もっている。

腕の細さもお子様レベルでしかないが、そこは勇者。

ステータスの高さで、マッチョな大人でも抵抗できないほどの力が籠もっている。

俺も嫌いじゃなかったギャルゲー的な選択肢としては。

1、さっき気がついたんだ。と偶然を装う。
2、前から気がついていた。と故意である事を告白する。
3、何の事だ？　とすっとぼける。
このくらいだろうか。

そこのヤツ、どうせヘタレて1か3しか選ばないんだろう？　とか思わなかったか。

確かにヘタレだったり無自覚鈍感系な主人公なら、その選択肢しかないだろう。

だが忘れてないか。俺は魔王だぞ？

「かなり前からだ。というか隠してるつもりだったのか？」
2、前から気がついていた。と故意である事を告白する。
褒めてくれ。この選択肢を選べるやつはそう居まい。

「そう……そうなんだ」

おっと、俺の手を押さえつけてる力が強くなった。

だがこの流れなら刺されても悔いはないな……！

「どうするつもり？」

何故ライムは顔が紅潮してきているんだろうか。

腰をむずむずとさせてもいるな。

「どう、ってどういう事だ？」

もう少し主語をくれ。流石に意図を読み辛い。

「私の弱みを握ったんだから、イグサなら私に酷い事をするはず」

現在進行形で俺が酷い事をされています。具体的に言うと押さえつけられている手首が痛い。

そして酷い事をするって断定は酷いな。まあ、実は既にしているんだが。

だが、意図はわかった。

「酷い事をしようとしたら、ライムはどうするんだ？」

「……弱みを握られているんだから、抵抗できる訳ない」

「それをネタに更に脅すとは考えないのか？」

「イグサならそのくらいする。でも、仕方ない」

おーけーおーけー。わかりました。

ライムとして脅されて仕方ない建前が良い訳だな。

これで俺が善人だったら、そんな自棄になるんじゃない！　とか説教するところだが、残念ながら、そして俺や紳士の皆的には幸いながら、俺は魔王である。

悪の美学的にもこのシチュエーションはアリだ！　と思うし。

悪を期待されているのだ、応えるのも魔王の仕事だろう。

「そうか、では弱みに付けこませてもらおう」

俺を押さえていた手を無理やり外して、ライムの顎に手を添えて小さな唇を奪った。

――――いただきます。

………結論から言おう。

魔王と勇者の戦いの名に恥じない激戦であった。

戦闘開始は深夜前だったはずなのに、普通に朝になった。

正直、何度か敗北を覚悟した。

いただきますと言ったものの、何度もいただかれかけた。

というか、勇者様は初心者マークのはずなのに攻撃力が色々おかしい。

普段無表情で発言も淡白な癖に、人が変わったように幼く甘えまくるとか卑怯だろ！

魔王のステータスに、死者数によるステータス強化が乗ってすらギリギリだと？

意識を失ったライムを個室のベッドに寝かせて、シャワーから出てきた時には、あまりの疲労から生まれたての小鹿のように足が震えていた。

今回の事で追加された、ごく限定された環境の戦闘行為でないと役に立たないスキルをいくつも取る事にした。

自室のベッドの上で横になった時には、もう泥のように眠りたかったが、意識を失う前にやる事があった。

「おい、ワイバーン。どうせカメラ総動員して撮影していたんだろう？　1番わかりやすいアングルのカメラの画像を、ミスを装ってリゼルの端末に入れておけ」

『へい』

◇

次の日の夜。

1日休養し続けて、ようやく戦いの傷が癒えた俺は定位置になってきた艦長席のシートに寝そべり、端末から古典文学のテキストを探していた。

前のこの携帯端末の持ち主は、浪漫を解さない人物だったようで、タイムスタンプが浅い本は俗悪品ばかりだが、セットで購入したか、カモフラージュで買ったのか、古典文学、俺からしてみれば現代から近未来の書籍類にはまともなのが多い。

次の激戦に備えて参考になりそうな本を漁っていたんだが。

デジャヴとでも言えばいいのか、また腰の上に重さを感じた。

上に乗っていたのはリゼルだったが、いつもに増して様子がおかしい。

いつもきちっとしている衣服は乱れているし、瞳はギラギラと肉食獣のような剣呑な輝きを放っているし、毛艶の良い猫尻尾は巻きつけるように、俺の腹をぐりぐりと押している。

「リゼル、こんな時間にどうした?」

何事もなかったように疑問を投げかけるが、何かもうイレギュラーが起きる気しかしない。

「ますたぁ、ますたぁは酷いんですよぅ。いつもいつも、甘えるだけで我慢していたのに。ライムさんにはあんなにご褒美あげるなんて、使い魔差別なのですよぅ」

口調がおかしい、蕩けたような妙に甘ったるい口調だ。

「それがどうしたんだ？」

まあ、リゼルの意図もわかったんだが、魔王として威厳を保たないといけない。

「使い魔差別するような、悪いますたぁにはお仕置きをするのですよぅ」

あれ？　何か予想と違って流れがおかしい。

リゼルから求めさせるのは予定通りではあったんだが。

何故俺の服を脱がせて手を縛る？

というか使い魔ってこんなに主に対して反抗できるものだったのか？

「今日のごちそうはますたぁなのですよぅ。いただきまぁす」

リゼルは見た目猫だが、中身は狼であったようだ。

………………また、朝になった。

俺が虚弱なのか？　それともライムとリゼルがおかしいのか？

満足そうな顔で意識を失って眠るリゼルを個室のベッドに転がして。

乱れたり破られたりした衣服を手で押さえるようにして自室に戻った。

今の俺の格好を見れば、女権至上主義を唱える陪審員だとしても、被害者だと認めてくれるだろう。

シャワーを浴びて、衣服を新しくして、あちこちについた傷を治療して。

少し泣きながらベッドで寝たい気持ちで一杯だったが、まだやる事があった。

「ワイバーン、どうせ見ていたんだろう？　正直助けてもらいたかったが、まあいい。音声付きで加工したのをライムの端末に入れておくように。後、リゼルが起きてから部屋を出るまでの一部始終を俺の端末に入れておけ」

『へい』

ワイバーンの返事を聞きつつ、俺は意識を手放していた。

猫の尻尾にあんな恐ろしい使い道があるとはな…………。

というかリゼルは男の尻にアドラム語で正の字のようなものを何個も書くんじゃない……。

◇

汚染惑星から脱出して早5日目。

強襲揚陸艦ワイバーンは汚染惑星のある星系の北――星系図上の便宜上の方角――に位置するジャンプゲートを使い、アドラム帝国外縁部に入り。

ジャンプゲートはアドラム帝国艦隊が防衛していたので、多少賄賂を使う事になったがスムーズに通過する事が出来た。

ワイバーンの登録をアドラム帝国所属の傭兵部隊から、フリーの民間人・イグサ名義に変更する為に、外縁部に位置する星系にある、地方行政府のある交易ステーションへようやく到着したのだった。

「では申請書類を作る前の仕込みをするぞ」

「おー!」

交易ステーションのドックに係留されるワイバーンのブリッジに集まっていた。

ステーション内のホテルの方が寝心地が良いのだが、これから少々後ろ暗い事をするので、証拠が残らないこの場所が便利だったんだ。

「リゼル、ワイバーンのネットワークを外部接続、ステーション公共ネットに接続してくれ」

「はいはいですよぅ」

『交易ステーション・リコリス・ネットワークにようこそ！　来訪者の方はゲストアカウ…』

愛用の品になった携帯端末をワイバーンのコンソールに接続して素早く操作する。

『ＶＩＰアカウントを作成しました。『イグサ』様のアカウントを最上位アカウントとして設定します』

「ここを踏み台にしてアドラム帝国の地方行政府にアクセス、未処理書類の中に俺とライムの登録を……と」

携帯端末の投影コンソールを手早く操作していく。

今回の目的は俺とライムが昔から帝国市民であった事を偽装する事だ。

「臣民登録は10年くらい前がいいですよぅ。あんまり短いとできない手続きが結構あります」

リゼルの話では、アドラム帝国の地方では数百年音信不通だったロストコロニーが発見される事も珍しくないので、正規の方法で登録しても良いのだが、ワイバーンをアドラム帝国の中で合法的に自分の所有物にするには、こちらの方が良いらしい。

『イグサ＝サナダ及びライム＝ムコウジ。ロストコロニー出身。帝国暦にて10年前に臣民登録済み。リゼルリット＝フォン＝カルミラスと数ヶ月前にサルベージ会社を設立。クラス５戦闘機を本拠としてサルベージ業を始める。実績は本年度の決済より計上』

「これなら問題無いのですよぅ」

『強襲揚陸艦ワイバーンEz138、大破状態でサルベージ業者により回収。サルベージ業者により所有権の申請済み』

「あ、ここに資料を追加です。サルベージにかかった費用の見積もりと、汚染物質の除去費用。危険手当とかもたっぷりつけておくといいのですよぅ」

放棄されていた艦船をサルベージしたら、サルベージした業者のものという暗黙の了解があるのだが、傭兵団の遺族が欲に駆られて異議申し立てをする可能性があるとリゼルは言う。

なので、船のサルベージや修復にかかった費用が旧式艦のワイバーンの評価額より高くなれば、文句をつけられる事も無くなるという。

「生きるか死ぬかの汚染惑星に居た頃に比べると面倒が多いが、悪くないな」

「人類の生息圏に戻ってきたという気分になるのですよぅ……」

リゼルと2人和んでいるが、合法的にワイバーンを入手するための準備は違法行為だらけだが、気にもしていない……どころか俺に教唆すらしているリゼルは大物過ぎないか。

◇

アドラム帝国の辺境とはいえ、人類の生息圏に入ったので色々と情報が入ってくる。

意外かもしれないが、この時代の宇宙船はそんなに速度が出ない。

距離が遠い辺境への高速輸送船や、新規にジャンプゲートを設置しに行く艦隊は例外的に速いらしいが。

普通のジャンプゲートとジャンプゲートの間を通る星間航路では宇宙船は音速程度の速度しか出さないようだ。

これも宇宙船をパイロットが直接操縦している影響だという。

ジャンプゲートやその周辺の宇宙は様々な宇宙船が飛び交い、ステーションが浮かび、広告や交通整理用のサテライト《人工衛星》が漂っている。

このため、人間が操作する宇宙船が障害物や他の宇宙船を見てから避けられる速度が、頑張っても音速くらいだそうだ。

人間や宇宙人が出来ないなら、機械に補助をさせればいいじゃないかと俺も思った。

だが、一般的な性能のＡＩではオートパイロットで対処しきれないし、人間と同じように思考できる高度ＡＩは、人間と同じように反乱を起こせる。

１０００年程度前に高度ＡＩ達が一斉に反乱を起こし、銀河レベルで大戦争になり、今もその傷跡が残っていて、そのうちの１つが、この宇宙船を人力というアナログな方法で飛ばしている事だという。

ＡＩ反乱戦争の影響は輸送船だけではなく、戦闘艦にも及んでいる。

速度を出しすぎると急な方向転換で自壊する危険もあるが、それ以上に高速戦闘に対応できるパイロットや乗組員は数が少ないそうだ。

音速の数倍程度、現代地球の戦闘機が出せる最大速度だと例えればわかりやすいだろうか、その程度が今の宇宙に生きる人類が生物として反応できる限界だという。

戦闘機同士の戦闘なら音速から音速の数倍範囲、大型の戦闘艦が戦列を組んで戦う艦隊戦では音速の5分の1も出せれば高速だそうだ。

移動に時間がかかる分、冷凍睡眠や時間減速装置も発達している。

ジャンプゲート間も長いものになると、通常航行で何週間レベルという話だが、パイロット以外の客は冷凍睡眠で寝たり、時間減速装置で自分の時間経過を遅くしてやり過ごすそうだ。

未来人や宇宙人は気が長いな。現代日本人が生き急ぎすぎているだけかもしれないが。

そして、極め付きはジャンプゲートの存在だ。

いつから銀河にあったかわからないそうだが、距離を無視して対になっているジャンプゲートまで瞬間移動できる便利な代物だ。

アドラム帝国を含む、星間国家の大半はジャンプゲート周辺とジャンプゲートとジャンプゲートを結ぶ星間航路の周辺に主要な惑星やステーションを集めている。

このSF世界の文明がどれだけジャンプゲートに依存しているか良くわかる。

最辺境と呼ばれる開拓地域以外は、ほぼ全域がジャンプゲートネットワークで繋がっているという。

以上が迂闊に質問した俺に、リゼル先生が延々と語ってくれた内容だ。

ワイバーンは元々高速艦で、付喪神化によって高速化しているが、それでも最大速度が大気圏内で音速の4倍、宇宙空間でも音速の6倍までしか出ないのは何故だ？　と聞いたのは何かしらの地雷を踏む行為だったらしい。

何はともあれ、ハッキングによる工作と賄賂のおかげで実にスムーズかつ無事に、行政府でワイバーンの所有権の書き換えが終わり、俺とライムの身分証明書まで作成出来た。

こうして、このＳＦ世界で生活する地盤が出来た俺達は、急場しのぎではないそれぞれの目的の為に活動を開始するのだった。

第2章
魔王軍設立

MAOU TO YUSHA GA
JIDAI-OKURE NI NARIMASHITA

プロローグ　ある海賊の不運

その日もアウトキャスト《非国家郡登録民》にてアウトロー《無法者》の宇宙海賊バーザックはいつも通りの、そして最近退屈に感じてきた仕事をするだけのはずだった。

退屈な仕事のはずだったのだ。

だが、今は違う。思考はどうして、何故、と疑問で埋め尽くされていた。

自分達は襲撃者のはずなのに襲撃を受けた。

宇宙戦は理不尽に一方的に負けた。

起死回生の白兵戦は逆に白兵戦を挑まれて負けつつある。

恐ろしさのあまり逃げ出した先には、美しい死神が舞い降りていた。

バーザックの思考はループし続けている、何故、何故、何故――と。

◇

海賊バーザック一家の仕事場はアドラム帝国の東部辺境から、銀河中央方面のあちこちへ繋がる『獣道』と呼ばれるほど古く、そして長細い星間航路全域だ。

どの種族が造ったか、いつ造られたかも不明な、古代から存在するジャンプゲートで構成された星間航路だが、『獣道』は航路に難所を幾つも抱え、通行難易度の高さに加えて、1000年前に反乱を起こして未だ宇宙各地で自己増殖を続け、最早種族の1つとも言われてる非有機生命体の反乱AIが巣をつくっているため、危険度が高い航路として、どの国家の軍も通行する事はあっても、リスクばかり高くコストに見合わないために占領や支配はされていない。

また、安全かつ迂回できるジャンプゲート航路がいくつも出来た事により事実上、どの国も干渉を控える無法地帯となっていた。

今も『獣道』を使うのは国の関税を避ける商人、法に触れるヤバい商品を取り扱う密輸船、そして海賊共ばかりだ。

バーザックは5世代以上前から『獣道』で海賊を続ける、由緒正しい弱小海賊の一家を率いていた。

部下達の大半は子供の頃からの顔見知りであるし、ポンコツな海賊船はバーザックが生まれ育った我が家でもあった。

いつものように年代物の大型駆逐艦を改造した母船から出撃した、クラス5艦載戦闘機6機で、護衛もつけずに航行していた、商船だと思われる中型輸送船を襲っていた。

適当にシールドを剥がして、推進器を破壊したら降伏勧告する。

降伏勧告に応じなかったら兵隊共が乗った突入ポッドでカチコミかけて、中から乗っ取るお約束のパターンだ。

後は積荷を母船に積み替え、運良く交配可能な種族の女がいれば、たっぷりと味見した後に部下達に褒美としてくれてやる。

商船自体は古馴染みの、海賊御用達な不正規シップヤード《造船所》を経営してる因業ジジイに売りつけてIC《カネ》にする。

だが、この日はいつも通りにはいかなかった。怯える乙女の衣服を1枚ずつ剥がすように。丁寧に商船のシールドを剥がしている時の事だ。

『衝撃砲《ショックウェーブカノン》、射撃準備。船体上部旋回砲塔、船体下部旋回砲塔。各個に対象ロック、目標は小さいの優先。1番から8番砲まで順次射撃開始ですよぅ』

センサー類に反応1つ無かった空間から唐突に砲撃が飛来し、部下の戦闘機は次々とスクラップになっていった。

「砲撃だ！　主砲副砲なんでもかまわねぇ、射撃してきた方に向けて撃ちまくれ！」

バーザックの判断は賢明にて的確だった。

旧式の大型駆逐艦から撃ち出されたエネルギーは、ある1点で壁にぶつかったように拡散し、次の瞬間には恒星の光を眩しく反射する、純白の塗装をされた艦が空間から溶け出すように現れたのだった。

『やっぱり維持は困難か。攻撃を受けると解除されるのはこのタイプの隠蔽魔法の難点だな』

海賊船のブリッジクルーの1人が「クローキングシステム《遮蔽装置》つきの船かよ！」と驚きの声をあげる。

「なんだあの艦は。軍の新型……？」

バーザックは自分の声が震えないように、ここ最近で1番の努力をしていた。続出した被害もそうだが、透明化できる装置は高価かつ貴重。

それこそ軍か、海賊でも自分よりずっと真っ当じゃない組織しか運用ができない。尻尾を巻いて逃げたくなる心に何度も活を入れて、強がりなのは自分が1番理解していたが、逆切れして恐怖を怒りに変換し、怒声を出す。

「あん、旧式の強襲揚陸艦だ？　ザケんな！　どんな手品使ってるかしらねぇが、手品ごと奪ってやるよ。海兵共、カチコミの準備し――――」


『突入。ファントム1から20は探索、20から40は指揮。アーマー達は敵兵の排除』


ガラスを大量に粉砕したような破壊音と共に、イナーシャルキャンセラーなんて上等なものは積んでない旧式の大型駆逐艦が激しく揺れる。

「今度は何だ！　……ああ!?　艦首突入ポッド発着場にカチコミかけられただ!?　なら乗り込んできやがった馬鹿共を血祭りに上げろ！　てめぇらタマついてんのか！」

バーザックが船内モニターを慌てて操作すると、兵隊を乗せた突入ポッドでカチコミをかけるはずだった突入ポッド発着場の外壁に、大型の突入ポッドが突き刺さって、逆にカチコミをかけられて白兵戦になっていた。

「陣頭指揮取るぞ、ぶちかまし出来るヤツは俺について来い！」

白兵戦の陣頭指揮をしに、大祖父が使っていたという巨大なバイブロアクス《高周波振動斧》を片手にブリッジを飛び出したが、バーザックの脳裏には違和感が頭痛のようにこびりついていた。

何かがおかしい。

何かが壮絶に間違っている。

無謀にも逆カチコミかけてきた突入ポッドから出てきたのは、マテリアルブレード《実体剣》に、骨董品にも程がある手持ち式のマテリアルシールド《実体盾》を持つ、統一された装備と外見の、あまりにも奇怪な形の戦闘用装甲服の一団だった。

海賊達は飛び道具1つ持ってない奇怪さを不気味がっていたが、もし古代地球史に詳しい者がいたら気がついていただろう。

あれは長剣に盾を装備した、全身鎧の騎士達だ、と。

バーザックがバイブロアクス片手に、現場に到着した時には戦闘が始まっていた。

そして目の前の光景が信じられなかった。

部下達は白兵戦――――船内での対人戦闘に慣れていた。

乗り込んだ艦内でも使いやすいサイズの、レーザーライフルやブラスター《熱線銃》を構えて一斉射撃をしたが、蜂の巣になったはずの敵は何事もなかったように平然と動いている。

効かなかった訳じゃない。

現にレーザーは装甲服のあちこちに穴を開けて内部に貫通していたし、ブラスターは命中した装甲服の表面を白熱させ融解させていた。

普通ならレーザーに貫かれて死んでいるし、ブラスターがあれだけ当たっていれば中身はバーベキューになっているだろう。

なのに、止まらない。むしろ何それ今の攻撃なの？　とばかりに元気良く動いている。

突撃してきた装甲服の一団が部下の隊列に突入し、凄惨な光景が広がった。

奇怪な装甲服共が振り回すマテリアルブレードは、耐レーザー・ブラスターの装甲服を易々と切り裂いて、あちこちで元・部下だったものを量産している。

マテリアルシールドは攻撃の邪魔になる防具としてだけじゃなく、叩きつけて武器としても使われていた。

金回りの良い古参兵がつけていた携帯式の個人用シールドジェネレーターは、シールドバッシュを食らって、展開していたシールドごと負荷に耐え切れずに吹き飛んでいた。

こちらの攻撃は効かない。

向こうの攻撃は致命傷ばかり。

熟練の海賊共だけあってまだ戦闘の体をなしていたが、もはや戦闘とは違う何かでしかなかった。

バーザックも代々伝わるバイブロアクスを振るい、装甲服と戦った。

だが、邪魔なマテリアルシールドを蹴り飛ばし、変なスリットが入った装甲服の正面バイザーを破壊してやった時に、己の戦意が砕ける音を聞いた。

装甲服のヘルメットの中には何もなかった。装甲服の中身は空っぽだったのだ。

『やるな、あの海賊。そこそこレベルの高いリビングアーマー（中身の無い全身鎧のゴーレム系モンスター）と戦えるとは』

空っぽな装甲服のヘルメットの中、目の部分に当たる位置には赤く暗い光を放つ何かがあって、その光は瞳のようにバーザックを『見ていた』。

バーザックは恐怖で体ががたがたと震えるのを感じていた。こんなのは父親に連れられて初陣に行った時以来だった。

あの時だって、戦利品の女を好きにしていたら恐怖なんてものは、因果地平の彼方に吹き飛んだものだが――

赤く暗い光がライトやセンサー類ではない証拠に、赤い色の奥には慣れ親しんだ、淀んだ敵意の感情《いろ》が見えて、それを理解した時にはバーザックは悲鳴を上げて逃げ出していた。

大祖父のバイブロアクスすら投げ出し、ブリッジに逃げ戻ったバーザックを迎えたのはいかつい悪人顔ばかりのブリッジクルーではなく。

古代童話に出てくる妖精のような、銀色の髪をなびかせ、可愛らしい漆黒と純白の生地で織られた服をまとった、天使と見まごうばかりの美しい少女だった。

普段のバーザックだったら、欲望のまま少女を捕らえようとするだろうが、その時はただ、腰を抜かして座り込む事しかできなかった。

少女の手には神々しいデザインの白銀色をしたマテリアルブレードが握られ、ブレードはあちこちに倒れているブリッジ要員達の血液でコーティングされていたのだ。

「あ……あ……ああ」

不条理と非現実的な光景の連続に、思考を放棄したバーザックの口からは、もう意味のない音しか出なくなっていた。

「ここはあなたで最後。さようなら、天国か地獄がまだあると良いね」

ザン！　と鋭い風切り音と共に、バーザックは恐怖から解放されたのだった。

その日、歴史と伝統ある小規模海賊団『バーザック一家』はこの宇宙から姿を消した。

魔王、道を見定める

今思えば、ファンタジーな中世的世界は悪にとって実に都合が良いとしみじみ思う。

だってそうだろう？

まるでシングルプレイ用のＲＰＧゲームのように何をすれば良いか実にわかりやすい。

人々に讃えられる立派な王の城から姫を誘拐するなり。

魔物を放って人々の生活を脅かしてみたり。

気まぐれで人の街を支配したって良い。

何もかもが嫌になったら破壊神でも崇めて世界の破滅を願えば解決だ。

だが、時代が進むと悪というのが難しくなっていく。

何故かって？

魔王がするような悪は大抵人間が率先してやっているからだ。

姫を攫う？　誘拐なんてもう珍しくも無い。

人々の生活を脅かす？　戦争や経済やらで脅かされてない方が少ないだろ。

人々が恐怖に怯えるような街の支配？　世界中でありふれている。

世界の滅亡？　ミサイルのボタン１個で楽勝だ。

まだ現代なら、ベタな悪の秘密結社でもやれば慰めにもなるんだが。

これがＳＦの世界になると、何をやっていいのか正直困る。

だってそうだろう？

自信満々に悪を行って、人々に「なんだそんな事か」と、スルーされたら哀しさと空しさでどうにかなりそうだ。

◇

アドラム帝国外縁部の交易ステーションで、ワイバーンの所有権切り替えと、俺とライムの身分証明書を作った後、ブリッジに集まって話し合いをしていた。

内容は今後についてだ。

俺自身についてはもう決めていた。

俺は魔王であるし、それ以前に悪に憧れる人間である。

悪の美学と、この時代の善悪が相性良いかはわからない。

しかし、たかが世界がＳＦになったところで、悪の美学を捨てる気はさらさらない。

だからこそ、俺が悪の美学を実践する為の力を求める事に決めていた。

ファンタジー世界なら魔王なんて反則気味の能力と魔法があれば十分だったが、ＳＦ世界だとそうもいかない。

どんな強力な魔法を使えようが、小癪な科学技術が発展した事により、かかる労力の差異こそあれ、大概の魔法は科学技術で代替が可能なのだ。

火球の魔法なんて、もう近代地球の大砲で十分代用がきく。

魔法の盾や属性防御だって、ＳＦ的なシールドがあれば大丈夫だ。

召喚魔法で竜牙兵の軍勢を呼んだとしよう。数が同じなら戦闘用ロボットの部隊に正直勝てる気がしない。

だからこそ、俺はこの世界に相応しい力を求めるのだ。

力の名は、カネ《ーＣ》とコネ《信用》という。

おいそこ、俗っぽいとか言うな。石も投げるな。

あの汚染惑星を脱出してから、俺だって随分考えたんだよ。

ＳＦ世界で魔王として生きるには、悪の美学を実践するにはどうしたら良いか。

何度考えても、やっぱりその２つに集約される。

逆に言えばその２つがあれば、大抵の事は可能なのだ。

「という訳だ。俺は当面情報を仕入れつつ、こんな方針で動くつもりだ」

「俗っぽい」

「切実なのですよぅ」

こいつらは言葉が時に凶器になるという事を知らないのか。

俺の繊細なハートは既に傷だらけだぞ。

まぁ、俺の方針は決まった。

だが、ライムとリゼルはどうだ？

アレな事をしてしまった……された？　仲ではあるが、今でも毎日襲われているが。うん？

…………あれー。おかしいな、俺魔王だよな？

襲うならまだしも、何故毎回襲われているんだ……いかん、深く考えたらまずそうだ。

まあ、ともかくだ。縛るつもりなどない。

縛られる気も責任取る気も毛頭無いが。

万一家族が増えたから婚姻的な何かをしろと言われても、首を縦に振るつもりもない。

外道と言うなら好きに呼んでくれ。魔王には褒め言葉でしかない。

ライムは汚染惑星でやりたい事を語ってくれた。

勇者としては悪党に随分傾いている夢を応援したい気持ちもある。

だが、俺とは基本方針が違う可能性が大きいし、心を無視し酷使して虚ろな瞳にするのも……いや、それはそれでアリだが、アリなんだが。正直心惹かれまくるが。

世界からの置き去り感を共に味わい、汚染惑星から共に脱出した仲でもある。

「俺に悪の美学があるように、ライムにもやりたい事があるだろう？　勇者として活躍するのに魔王としての俺と道を違えるというなら見送ろう」

「それは本気で言ってる？」

直接聞いてみたところ、ライムは相変わらず表情を顔に出さないが、怒っているようだ。

直感スキルが返事を間違えると刺されると、大声で警戒を促している。

特に意味は無いが、本当に特に意味は無いのだが、背筋を伸ばして真面目に回答する。

「ああ、本気だ。正直手放したくはないけどな。抱きとめておけるなら、抱きとめておきたいとも思っているが……だからと言って、隷属権などというお手軽な道具を使い、ライムの意思を曲げてまで縛り付ける醜い行為はしたくない。それは魔王として、俺が持つ悪としての矜持が許さない」

今まで散々イタズラはしていたのを棚に上げて語る。

悪の矜持とは微妙な男心にも似ているものだ。

どうせ縛り付けるなら、意思を抑えつけるのではなく、心を堕として縛り付けたいのだ。

堕ちた勇者が「魔王様の為なら何でもします……」とか涙が一筋流れた快楽顔で言うのは浪漫だ

ろう⁉

わかってくれるヤツは魔王としての素質があるのを保証しよう。

「なら、良い。そのまま逃がさないように抱きとめておいて」

今度は急に機嫌が良くなったな。

ううん？　何か俺が思っているニュアンスと違う気がするが……まあ、いいか。

「でも私にもやりたい事があるのは事実。私は私の救いたいと思った人を助けたい。世界を救うとか正義なんてものには興味がないけど」

興味がないと言い切るライムはどこか清清しさを感じる。

「私がたまたま知り合って、助けたいと思った人に手を差し伸べたい。それが私の、勇者としての望み」

前に少し聞いたが、自分が手を差し伸べたいと思った者へ、己の欲望として手を差し伸べるという事は、規模こそ違うが、それは人間を排して魔物の楽園をつくろうとする魔王に近くないか？

「私のやりたい事はイグサの行動の邪魔になる？」

今度は急に不安そうになった。感情の変化が激しいな。

ライムの感情が出にくい顔から、ここまでわかるようになった自分を褒めてやりたい。

「いいや、邪魔にはならないな。その程度なら許容範囲だし、ライムが居てくれる方が俺も助かる」

「ならいいの。これからもよろしく」

今度は安堵か。俺の服の裾を握り、体が触れる程度にくっついてきた。

リゼルのスキンシップ癖が伝染したのか、最近距離感が近くなった気がする。

さて、次はリゼルだ。

リゼルは使い魔ではあるが、ＳＦ世界の一般市民だ。ついでに俺達の手元には小金がある。ワイバーンの元乗組員達から回収したＩＣ《共通通貨》は、３人分合わせても中古の駆逐艦をぎりぎり１隻買える程度でしかないが、一般市民の個人資産としては十分すぎる金額だ。慎ましく生活し、家族をつくって、老いて死ぬ程度なら、３等分してもお釣りの方がなお多いだろう。

汚染惑星で俺が拾ってなければ、まず間違いなく生きてなかったとはいえ。

この短期間で、リゼルはＳＦ世界の一般市民が、一生のうちに経験する冒険や危険を十分以上にこなしてきた。

その働きは見事と言っても良い。

「ライムは同行するようだが、リゼルはどうする？」

「あのぅー。イグサ様、私に選択権はあるんでしょうか？」

まず小さく手を挙げて聞いてくるリゼル。使い魔根性が板についてきたようだ。大変結構。

「当然だ。汚染惑星で出会ってから脱出までリゼルはよく働いてくれた。魂の契約や使い魔である事自体は消せないが、俺に関わらなければ普通の人間と大差ない。リゼルが船を降りて平和に暮らしたいなら、認めるし応援するぞ」

魔王たるもの、配下の功績も認めなくてはいけない。

使い魔としては若干のステータス上昇と、老化が遅くなったり寿命が延びたりするが。

リゼルはまだ使い魔レベルも低いから、人外じみた身体能力には『まだ』なっていない。寿命の増加と老化の緩和については諦めてもらうしかないが。

魔王の使い魔の寿命だからな。最悪魔王が滅ぶまで老いない可能性が割と高いが。まあ寿命は多くてそこまで困るものでもない。

リゼルは穏やかな老衰による最後を諦めれば、普通に暮らす事も不可能じゃない。

「「え⁉」」『はい？』

おい、そこ。3人でハモって驚くな。それとワイバーン、お前もか。

「そんなに意外か？」

俺を何だと思っているんだ。

「いいえっ、そんな事はないのですよぅ。ちょっと驚いただけなのです！」

あわあわと半ば混乱しつつ、必死に取り繕う姿が好ましいな。

リゼルなら良い悪の女幹部になれるだろう。

いい具合にへっぽこだから、毎回負けて帰ってきてお仕置きされて、お仕置きタイムに視聴率を伸ばしてくれそうな貴重な人材だな。

「いいか？　俺は魔王だ、魔を統べる王でもある。王なら功績をあげた部下に相応の褒美を出すものだ。リゼルが静かな暮らしをしたいなら、その意思を尊重するぞ」

まぁ、その場合は解放する前に2、3人家族を増やしてやるくらいはしたい。

……うむ。悪の道から足を洗って隠遁し、雑多な街で幼い子供達と暮らす未婚の若き母。

俄然、アリだな！

その子供達が将来、俺を仇として敵対してくれたら最高すぎる！

だからな、戦術・戦略系スキル達よ。

リゼルに対して敗色が濃厚で家族を増やした上で放流するどころか、『パパにされる』可能性が極めて大、危険だから即逃亡せよと警告《アラート》を鳴らして自己主張強くしなくてもいいんだ。

魔王《ひと》は現実だけ見て生きるのは辛いから、たまには夢を見てもいいじゃないか。

「……ううっ。イグサ様の事を誤解していたのですよぅ」

感動したのか涙目になるリゼル。

そのまま俺に抱きついて嗚咽を漏らしている。

なあ、リゼル今までかなり正確に理解していたぞ？

誤解が生まれたとしたら、今じゃないかな？

『ええ話ですわ……』

ハンカチで目頭を押さえるワイバーン。芸が細かいな。お前なら、俺の思考を半分くらいは察しているだろうに。

「どうするリゼル？　道を決めるのはお前だ」

まだ俺の服にすがり付いたまま嗚咽を漏らしているので、何となく猫耳を撫でてやりながら聞いてやる。

魔王の使い魔ルートか、悪の道に背を向けた未婚の母ルートか選ぶと良い。

「私は……私はイグサ様にどこまでも付いていくのですよぅ！　もし出会えなかったら、きっとあの星で1人寂しく死んでいたのです。だから、いつまでも見捨てないでほしいのですよぅぅぅぅ」

また泣き出したリゼルを撫でてやる。

魔王の使い魔ルートを選んだか、こっちはエンディングまで途中離脱は出来ないから覚悟してほしい。

こうして俺達は今後も行動を共にする事に決めたのだった。

ライムかリゼルか、どちらか1人は失う覚悟をしていただけに、2人とも残ってくれたのは、ありがたくもあり、嬉しかった。

この気持ちを口にする気はないけどな。

……ただ、体力的に辛いので、こっそりリゼルにかけた〈命令〉を解除しておいた。

普段は弱気で、夜は本能に忠実なエロ娘化というのは予定通りではあった。

予定通りだったんだが、エロ娘化が予想より随分と斜め上に激しくなってしまったのが問題だった。

書き込んだ〈命令〉はしっかり解除した。解除したはずなんだが、夜間にリゼルの理性が溶けるのは直らなかった。

特に使い魔への命令とか関係無く、癖になってしまったらしい。

どうしよう。……とりあえずライムにかけた〈隷属〉命令も解除しておこうと思う。

◇

ある日の、夕食前の事だ。

ライムとリゼルはクリーンルーム隣にある、元士官用食堂の食料生成機に張り付いて苦戦しているようだった。

この時代の食料生成機は、素材の食感や味、加工工程などをデザインすれば『汎用オーガニックマテリアル』という謎食材……素材？　から、食品を作製してくれる。

もちろん、本物の肉や野菜類を使った料理もあるが、購入を躊躇するほどの高級品だった。

食料生成機は庶民の味方だが、いちいちメニューをマニュアルでセットする事は少ない。少ないというかマニュアル生成は趣味の世界だそうだ。

普通は食品カタログのレシピを使い、食べたい料理を作らせるのだが、ワイバーンが撃墜された際、食品カタログごとレシピデータが失われてしまっていた。

食品生成機はワイバーンの一部として治療魔法で復旧したのだが、レシピデータは消失したままだった。

そこで、マニュアル操作による料理作製が行われたのだが……色々無残な事になった。

食料生成機を使ったマニュアル作製は、地球でやっていた食材選びから調理とそう大差は無いはずなんだが。

実際に各自が作った料理を食べ比べてみたところ、料理の腕は残酷なまでに順位付けがされた。

どんな順位かといえば、こんなところだ。

イグサ〉（男料理の壁）〉ワイバーン〉（我慢すれば飲み込めない事もない壁）〉リゼル〉（食品へ

の冒涜的な壁)〉ライム

色々ツッコミが聞こえたな。俺もツッコミを入れたい。

いくらワイバーンが経験豊富とはいえ、強襲揚陸艦の付喪神に料理の腕で負けるというか、完敗するのはどうかと思う。

リゼルはラブコメによくある「料理が下手な女の子が焦げ焦げの料理を作る」レベルで済んでいた。

本人も作った料理がまずいというか、飲み込むのが苦行なのは理解してくれた。

しかし、ライムは何かの強烈な呪いでもかかっているか、不利な特徴スキルでも取得したとしか思えない惨状だった。

恐ろしくてどう調理しているのか聞いていないが、臭いだけで「あ、これ無理なやつだ」と本能が拒絶するレベルだった。

スキル『毒耐性LV10』を取得している俺ですらそう思うのだ。

リゼルは毛を逆立てて逃げていたし、ライムは作製された料理と呼ぶには色々無理がある物体を前にしょぼんと肩を落としていた。

聞いてみると、リゼルは子供の頃からメカニック修行ばかりしていたし、未来人的に料理とは食料生成機からレシピ通りのものが出てくるものという認識。

ライムは実際に料理をした経験も、見て覚える機会もほぼ無かったという。

必然的にワイバーンを修復した後の食事関係は基本的に俺が担当し、たまにワイバーンが作るという事になっていた。

俺が作った料理は、食品カタログの料理より断然美味しいとリゼルとライムにも好評が続いている。褒められて俺も調子に乗って、21世紀のお菓子類を次々と再現しては2人を喜ばせていたんだが、唐突に気がついてしまった。

——俺、魔王だろ。何をしているんだ。

思わず床に崩れ落ちて落ち込んだ。最初から気づけよ！　というツッコミは勘弁してもらいたい。忘れているかもしれないが、ライムもリゼルもかなりレベルの高い美よ……幼い美少女と美少女だ。そんな2人から褒められて、悪い気になる男は少ないだろう。

俺もそうだった。魔王云々の前に、男とはそういう哀しい生き物なんだ。

◇

そんな訳で、午後3時のお茶タイム。

未来ではその風習も残っていなかったが、俺とライムが復活させた休息時間につい。

「流石に最低限の料理が出来ないのはどうかと思う」

そんな事を言ってしまった。それ以来2人は食堂の食料生成機の前に籠っている。

リゼルが注文したのだろう、ステーションの配達人をしているという犬耳娘が、食品カタログや趣味の料理本などを宅配しに来たから、多分料理関係の事をしているのは間違いない。

漂ってくる、焦げていたり甘ったるかったりする臭いで、もう結果は半分見えているんだが。

「なぁ、ワイバーン。今から逃げ出して、ステーション内の適当な店で食事を済ませてきたらどうなると思う？」

何をわかりきった事をと言わないでほしい。

魔王にも透けて見える未来の惨劇から逃避したい時だってある。

『はぁ……あんまり考えたくない未来になると思いますわ』

だよなー。

そうか、死刑の執行を待つ囚人の気分という表現を聞いた事があるが、まさにこんな感じなのだろうな。

1つ勉強になった。

…………だれかたすけて。

◇

後に『惨劇の夕食会』と名前が付く（命名、魔王）恐怖のイベントを生き延びた夜。

ブリッジでワイバーンと2人、話し合っていた。

それはこの時代の常識を教えてもらったり、周辺の星系がどうなっているかであったり、基本的に俺が聞いてばかりだったが、なかなか有意義な時間だった。

そんな時だ。ライムとリゼルにはIC《共通通貨》を山分けしたり報酬のやり取りがあったが、ワイバーンはこの強襲揚陸艦の付喪神だし、実体がないという事で、無報酬で働いてもらっていた事に気が付いた。

「ワイバーン。そういえばお前もよく働いてもらったが、何も褒美をやってないな」

『ははぁ、魔王様のそのお気持ちで十分すぎるほどですわ』

謙遜するな、お前が好きそうなものは知っている。

「ささやかな金額になるだろうが、後で予算を組んでみよう。なに、お前だってリスト見て気になっている画像やら動画データの10や20ダースはあるんだろう？」

単位がおかしく感じたかもしれないが、気のせいだ。

ここは様々な情報が集まる国境沿いの交易ステーションであるし、ここまで未来になると100年、200年前の作品だって十分実用に耐えるものだ。

どういう方向性で実用的かは……言わせてくれるな、察してくれ。

『ま、まさか魔王様……っ』

ワイバーンも気がついたようだな。

「ああ、お前が欲しいと思ったものを取り寄せると良い……ただし、後で俺にも回すように」

『ははっ、この身に余る幸せですわ！』

うん、もうお気付きだろう。

ワイバーンが好む画像や動画というのは、一言で言ってしまえばエロ系だ。

それを『ワイバーンへの報酬』として予算を取って買わせる。

ワイバーンは喜ぶし、俺も楽しめる。まさに隙の無い策だ。

ワイバーンの元乗員連中が残していったブツは上級者向け過ぎるものばかりだったからな……。

俺とワイバーン（の立体映像）は漢と漢の熱い握手を交わすのだった。
馬鹿と言うなかれ。男とは魔王だろうが付喪神だろうが、いつの時代もこんな生き物なのだ。

魔王、軍備を整える

実は宇宙海賊をやってみようかと真剣に考えてみた事もあるんだ。
宇宙海賊という単語は浪漫を感じるし、かっこいいじゃないか。
そうは思わないか？

俺が思う宇宙海賊を構成する要素は３つ。
実益、浪漫、悪の美学。
偏った意見かもしれない。
違うと言うなら語ってほしい。悪に関する討論なら一晩中語り合える自信がある。

実際に海賊をやるかどうか。辺境の交易ステーションで情報を集めてみたんだ。
幸い、交易ステーションには宇宙を股にかける商人達が集まる。
当然、商人達は自分達を襲う海賊の情報を持っているって訳だ。

もし海賊になるなら参考になるだろう。

宇宙海賊共の話は酒場で一杯奢る程度で簡単に集まった。


先に結論を言おう、あいつら駄目だ。

まず美学がない。

海賊は基本、無防備な輸送船しか狙わない。

手負いだったり、獲物が単独とか、戦力差が圧倒的なら、希に戦闘艦を襲うこともあるらしいが、イレギュラーな仕事だという。

その上、襲った後のやり口も伝統的を通り過ぎて古典的だ。

荷物を奪って、乗員を殺して、乗員でも女は（時には男も）攫って嬲《なぶ》って、それで終わりだ。

身元がわかりやすい相手ならたまに誘拐もやるそうだが。

やる事為す事、あまりにも悪として小物過ぎる。

いつの時代の海賊だよ！　と言ってやりたい。

やつらのボスは片目が眼帯で片腕が義手で、サーベルでも腰に差しているんじゃないか。

肩にオウムを乗せるのも忘れていないだろう。

まだ幼稚園バスをバスジャックする悪の秘密結社の方が悪の美学をわかっている。

次にまとまりや浪漫がない。

海賊同士は多少の交流があるようだが、基本ボスが1匹いて部下を率いている。

禁酒法時代のマフィア的な大組織があれば、それを乗っ取ってもいいかと思ったんだが、組織が大きくなるまで成長した海賊は、基本的にどこかの国の艦隊が来て潰される事が多いそうだ。

大きな組織を維持するほど海賊行為をすれば国も動くのは当然だろう。

乱獲は良くないな。

そのせいか、本当に極一部の海賊を除いては規模が小さい。

そして軍の艦隊が来ると、海賊共は蜘蛛の子を散らすように逃げ散る。

怖い鬼《艦隊》がいなくなったら戻ってきて、何事もなかったように海賊をやる。

宇宙海賊への憧れが、がらがらと音を立てて削れていくのを感じたもんだ。

政府や軍相手でも、怯まず、媚びず、己の思うがままに振る舞う、骨太で豪胆な荒くれ者共が集まる海賊ギルドとかを、夢みていた時期が俺にもありました。

最後に利益的にもそこまで美味しくない。

商船を襲って積荷と船を奪えば、元手がかからない分船と積荷分は丸儲けではある。

刹那的に大金を手に入れるなら考えなくもない手段に見える。

だが、少し考えてみてほしい。

海賊はＳＦ世界で非常に嫌われる存在だ。基本的に積荷を売る手段がない。

その海賊から船や積荷を買う闇ブローカーは壮絶に足元を見て、二束三文で買い叩こうとするだろう。

それに襲える船だって限られている。美味しい積荷にはしっかりと護衛がついているからな。

あれ？　もしかして海賊って、あんまり儲からないんじゃないかと気がついて。

象っぽい顔をした異星人の交易商人に酒を奢って聞いてみたんだが。

彼？　は「カネがあるなら海賊なんてしてないさ」と大笑いしていた。

ごもっともな話だ。

という訳で、宇宙海賊になる案は没となった。

実益も浪漫も悪の美学も無いんじゃなぁ……。

◇

当面の方針を決めた俺達は、数日間逗留した交易ステーションを出発し。

アドラム帝国勢力圏の辺境を移動しながら、いくつかのジャンプゲートを経由してアドラム帝国東部外縁部にある星系へとやってきた。

この星系の名は『船の墓場星系《シップグレイブヤード・スターシステム》』。

名前でわかると思うが、払い下げの船や中古船の修理工場や、廃艦になった宇宙船を部品や素材に分解するリサイクル産業などが主力産業の場所だ。

かなり昔は『栄光なる帝国造船港星系《インペリアル・グローリアス・シップヤード・スターシステム》』と凄いキラッキラの名前がついて、アドラム帝国における造船産業の中心地だったらしいが、斜陽に斜陽を重ねて、誰もその名前で呼ばなくなったらしい。

今じゃこのＳＦ世界にも生き残っている、廃墟マニア達の聖地になっているという。

それだけで色々察してくれ。魔王にも情けというものはあるんだ。

この星系にやってきたのはリゼルが強くおすすめした場所だったからだ。

最初に辿りついた帝国南部辺境は交易が盛んな事もあり、ワイバーンを補修できるようなドックは数が少ないし、料金も高ければ値段に対して技師の腕もあまり良くないという。

需要が高ければ仕事が多少雑でも高い料金が取れると説明されて納得した。

リゼルは『船の墓場星系』出身で、土地勘もあるし顔見知り《コネがある》もいる。

技師達もこの星系でありつける仕事こそセコいものの、長年（10世代以上、代々技師やってる家系もいるらしい）の経験により腕も良いという。

ワイバーンのように旧式の船なら得意中の得意らしい。

リゼルの知り合いだという、廃墟と今ひとつ見分けがつかない老舗の整備シップヤードのドックに停泊させたんだが。

ドックのオーナーの、ドワーフっぽい髭面のおやっさんの第一声が。

「未だにこの型の船使っている酔狂なヤツがいたのか？　これで博物館送りになってないとか珍しいじゃねぇか」

「ちょっ、ガルン叔父！　現役の乗組員に失礼ですよぅ！」

だった。俺はワイバーンの艦齢《とし》を聞くのが怖くなってきたよ。

ワイバーンの補修、改装計画は事前に全員で話し合って決めていた。

食料生成機とその中に入っていたレシピデータのように。

どうやら、回復魔法で直る所とそうじゃない場所があるようだ。

詳しく調べてみると、実に簡単な法則に従っていた。

ファンタジー的な人間に例えるとわかり易い。

リアクター（心臓）や推進器（足）は回復魔法の対象になる。

多分、治癒魔法より高度な再生魔法なら欠損した部品も修復されるだろう。

武装に関してもワイバーン船体についている固定砲（拳）は回復魔法で直るが、交換や改装前提の主砲（剣）は対象外だ。

シールドジェネレーター（内蔵）も回復魔法の範囲だが、シールド（服）は直らない。

食料生成機など、船と一体型になった機材は体扱い。中に入っていたレシピなど後から追加されたものは、小物や道具扱いで直らなかったという推測だ。

ただの回復魔法で、折れた剣や壊れた道具まで直るのはおかしいものな。

この推測の説明をしたところ、ライムは納得顔だったが、リゼルは例によって「わかる訳ないですよぅ！」と泣いていた。

改装計画は「回復魔法で直る場所は予算をしっかり使って良い部品にする」と「それ以外はある程度妥協する」という事になった。

ワイバーン自体が付喪神、半生物化している影響で治癒魔法が効くため、メンテナンスが難しいとか、耐久度に問題がある部品も潤沢に使えるのだ。

「だいたいの見積りが出来たのですよぅ」

「おうとも、これをやるなら知り合いのジャンク屋を締め上げて部品集めて来るぜ」

リゼルとドワー……おやっさんが一緒に、ここはこれが……あっちは新しいのをとか、立体投影画像の設計図を前に散々に討論していた結果が出たらしい。

こういうのは大抵、素人には良くわからない奇怪な設計図と専門用語がずらぁと並んでいるのがお約束なのかもしれないが。

2人に渡された設計図や改造予定図は俺ですらすぐに理解できた。SF侮れない。

『リアクター：全交換　新型試作炉（帝国艦隊開発部の廃棄予定だった試作品の横流し）』

『リアクター数変更　2基→4基に増設　出力4200％向上予定（出力詳細／20KP→8400KP）出力調整に繊細な技術を要する』

出力調整とかはワイバーンが適当に何とかしてくれるかな……？

『メインフレーム：遺失技術品《ロスト・テック》にてそのまま』

SF世界にも古代文明が残した、オーバーテクノロジーの産物というか。

まあ、ファンタジーで言えば古代魔法文明の魔法アイテム的な分類の遺失技術品があるそうだ。

ワイバーンに載っていた旧型のメインフレームを核にして付喪神にしただけなんだが。

SF住人にいちいち「魔法だ」と言って回るより説明しやすくて良いか。

『推進器：全交換　辺境調査船用推進器の改造品へ切り替え　推力533％向上　それに伴い星間航路用リミッターを新設』

出力馬鹿なアメリカ人の趣味オヤジみたいな顔の改造技師の顔写真付きだ。

改造前の推進器の画像もついていたが、原形を留めてないな。

『機動制御用推進器：全交換　巨大無人高機動艦（AI種族艦）のものを転用。当シップヤードに該当品を扱った記録は一切ありません。これからも』

おい、どんな怪しげなものを持ってきたんだ。

性能は良いみたいだが……。

『竜骨、外殻：据え置き　解析不能、強度は十分だと推測される』

そういえば、移動中暇だったたし。ワイバーンが腰痛を訴えたので錬金魔法使ってアダマンタイト結晶にしてみたんだっけ。

ＳＦ世界でアダマンタイト結晶は一般的ではないようだ。

科学技術だけでは作製できない魔法金属なのだろうか？

実のところ、元の金属と似通った柔軟性をしている上で、圧力耐性や耐久度が高い、上位互換っぽい金属である以上の事は俺も良く知らない。

錬金魔法で何を作れるかはスキルのカバー範囲なんだが、作ったものがどのような特性をしているのか、詳細な性質までは範囲外なんだ。

金属の性質を調べるなら鍛冶か研究系スキル辺りの領分だろうか。

『シールドジェネレーター：全交換　フィールヘイト巡洋艦のジャンク品を流用。シールド出力800s→30Ks　詳細不明・新型だと推測される』

なんか単位が跳ね上がったな。800から3万とか。

汚染惑星の軌道上で破壊した軽巡洋艦の残骸から拾ってきたやつだったと思う。

『近接・対空用固定レーザー砲塔：高収束・高出力型、単装連射型に全交換　6世代前のアドラム帝国駆逐艦主砲の発振器をリサイクル。威力と射程を兼ね備えるが消耗が激しく、頻繁なメンテナンスと部品交換が必須』

メンテナンスに関しては治癒魔法でなんとかなる。

固定砲はワイバーンにとって肌や髭と大差ないらしいからな。

『主砲：全交換　2世代前試作、高収束型衝撃砲《ショックウェーブカノン》予定。巡洋艦の武装だが、換装したリアクターなら作動すると思われる。2連装砲塔×4予定』

思われるってなんだ。

書類に「多分動くから造らせろ！」と走り書きがついている。

『副砲：新設　艦体上下左右と後方に各1門の計5門。対空用に調整予定。単装高エネルギー粒子砲　フィールヘイトの新型と思われる』

これも軽巡洋艦からの拾いものだ。残骸になっていたが直せるのか。

『センサー類：全交換。広域探査用サテライト（ジャンク品）のものを改造。パッシブセンサー類をメインに2429％の性能向上予定』

元がどれくらいかわからないが、汚染惑星の軌道上で潰して回ったサテライトの部品まで有効活用するんだな。道理でリゼルが破壊した後の残骸回収にこだわっていた訳だ。

『降下用陸戦隊スペース：改造用スペースの都合上オミット』

ばっさりだな。

地上制圧用の戦車とか載せる気と使う予定は無いし、まあ……いいか。

『突入用ポッド及び射出装置：最新型に切り替え。新型にしろとかなんだ、高ぇぞ！』

見積り書に苦情書くなよ⁉

『その他小物等：老舗シップヤードオーナーによる春のお任せコース。～森の香り漂うアドラム風ジャンクを添えて～』

わけがわからないよ。

『総合性能　準フリゲート艦→準軽巡洋艦クラスになる予定』

見た目は強襲揚陸艦、サイズは駆逐艦、性能は軽巡洋艦か。

もう効率や使い勝手とかを投げ捨てた、浪漫くささしかないな。

一通り目を通し終わった俺は、投影式ディスプレイの見積書を閉じ、メカニック冥利に尽きるのだろう、ドヤ顔のおやっさんと、きらっきらと目を輝かせるリゼルを見た。

「なぁ、もうこれさ。修復とか改装通り過ごして、置き去りにした上に周回遅れにさせるような魔改造だよな？」

「おうともよ！」

「そうですよぅ！」

素直に認められると反応に困るな。

今まで限られた環境だったせいか気がつかなかったが、リゼルもマッドメカニック的な素質があるようだ。

「予算は大丈夫なのか？」

「おうよ、新型にしろって言う突入ポッド以外なら、顔見知りのジャンク屋のケツの毛までむしっても集めてやるぜ！」

「……そうなのか？」

おやっさんは太鼓判を捺しているんだが、どうにも不安が残ってリゼルの方を見る。

「だ、だいじょぶですよぅ。ちょっと駆逐艦を新造できるくらいのお値段ですもん」

視線を逸らしているな。

「リゼルリット、命令《オーダー》。小声で素直に吐け」

「はい、まいますたー。私の貯金も使えばギリギリ足りるのです……はぅあ、命令はずるいのですようぅぅ！」

しっかり予算オーバーしているな。

改造案を練ってるうちに楽しくなってこのくらい！　というのを繰り返したと見える。

地球に居た頃に大学の知り合いが、スマホアプリゲームの課金にハマって貯金を消し飛ばしていたのと似た雰囲気だ。

「ライム用にクラス5戦闘機、アクトレスを買うのも忘れてないよな？」

「そこはオマケでつけてもら……げふげふ。しっかり確保してあるのですよぅ！」

さては後になって気がついて、おやっさんに泣きついたな。

アクトレスというのは、リゼルが出会った時に乗っていた、あの欠陥戦闘機アクトレイのマイナーチェンジ版だ。

欠陥部分を直したら大ヒットしたらしい。既に旧型らしいが。

ライムの戦闘力……というかスキルを生かそうとすると、大型艦だと少々勿体無いんだよな。

汚染惑星脱出の時も、最後の聖剣の一撃以外、回避力しか生かせなかった。

何よりアクトレスは基本で複座、補助シートもあるので、複数人で移動する足にもなるというのが素晴らしい。

という訳で、折角2機艦載機を搭載できるんだ、新しくアクトレスを1機購入する事にしていた。

これでワイバーンの艦載機はアクトレイとアクトレスが1機ずつの2機になる予定だ。

「しっかし良いのか？　俺ぁ趣味全開で改造できるのは良いんだがよ。こいつをまともに動かすんだったら、熟練の船乗りとメカニックが4ダースずつはいるぞ？　特にリアクターや推進器周りは稼働させるだけでも扱いが難しかったり、デリケートな部品が多い。だから安く仕上がるんだが」

「ああ、維持や運用は目処が立っているから大丈夫だ」

ワイバーンにとって艦体は体も同然だし、特にデリケートな品を使う場所は回復魔法が効く場所だからな。

おやっさんが取り出した電子契約書にサインをしてＩＣ《共通通貨》を振り込んだ。

「そうだ、塗装はサービスしてやるよ。倉庫で寝てる在庫で良かったらだけどな」

おやっさんが携帯端末を取り出してリストを見せる。

やはり黒や青と言った宇宙に溶け込めそうな色は売り切れている。

宇宙で迷彩効果があるのか良くわからない水玉塗装まで売り切れだと？

「うん？　これは新しい商品だし電波吸収とかの性能も悪くないじゃないか」

リストの1番下にあったのは、アドラム帝国艦隊の正式採用タイプ。

今も現役で使われている船体塗装剤だった。

「ああ、それなぁ。塗料屋のヤツが軍用塗料はセットでしか売らねぇって言うもんだから、買ったんだがやっぱり売れ残ってよ」

「これが良いな。性能も十分だし、何より見た目が良くなる」

「まぁ、見た目良くなるのはわかるけどよ――――これ、純白《ピュア・ホワイト》だぜ？　目立つし普通の色より遠くから目視でばっちり見つかるぞ」

「だから良いんじゃないか。浪漫だろう？」

にやりと笑顔を見せる。

「ちっ、若いのにわかってやがる。浪漫だな！」

おやっさんもにやりと笑う。漢同士は時に心を通じ合わせるもんだ。

「塗装は良いとして型番と艦名、所属はなんて書く？」

「これを頼む。かっこよく仕上げてくれ」

携帯端末を操作し、データをおやっさんの端末へ送る。

「どれ……古代語か？　汎用語でルビがついてなかったら誰も読めない趣味の世界だな」

おやっさんの携帯端末にはこう表示されているはずだ。

『民間軍事企業・魔王軍（Private Military Company DLA-Dark Lord Army）』

そう、俺達は海賊になる道を諦めて。

海賊達を倒す賞金稼ぎとなる道を選んだのだった。

…え、ライムはどうしたかって？

船の事はよくわからないから任せると姿を消していたのだが。

俺のベッドで毛布に包まり、全裸にYシャツ1枚で優雅に昼寝しているのを後で発見した。

最初の1歩を踏み出す背中を押したのは確かに俺なんだが。

この勇者様もどんどんフリーダムになっていくなぁ……。

ステータス一覧

名前:イグサ　(真田 維草 /Igusa Sanada)　種族:地球人　性別:男　年齢:21　職業:魔王
Lv:3　EXP:410/500

〈ステータス〉
ステータスポイント:777
筋力　(STR)=100　(+860%)
体力　(VIT)=100　(+938%)
敏捷力(AGI)=100　(+678%)
知力　(INT)=500　(+1528%)
精神力(MND)=600　(+1238%)
魅力　(CHA)=500　(+981%)
生命力(LFE)=200　(+1002%)
魔力　(MAG)=600　(+5642%)

〈スキル〉
スキルポイント:133945
〈色々略〉
[汚染耐性]:Lv10　[アドラム帝国汎用語]:Lv1(MAX)
[機械操作 / 共通規格]:Lv10　[機械不正操作 / 共通規格]:Lv10
[ソフトウェア操作 / 共通規格]:Lv10
[ソフトウェア不正操作 / 共通規格]:Lv10　[知識 / 共通規格宇宙船]:Lv5
〈表記し辛い夜戦戦闘スキル〉:合計 Lv1287

〈その他〉
・身長 / 体重:183cm/68kg　・悪への憧憬　・黙っていれば知性的な外見
・中身はエロ魔王　・伊達眼鏡　・BL題材被害 583 件
・魔王の特権:無念の死を遂げた死者数によりステータス強化
・新規称号:加害者にて被害者

名前:ライム　(向井寺 頼夢 /Raim Mukouji)　種族:地球人　性別:女　年齢:17　職業:勇者
Lv:4　EXP:968/1000

〈ステータス〉
ステータスポイント:14
筋力　(STR)=20　(+138%)
体力　(VIT)=15　(+86%)
敏捷力(AGI)=10　(+228%)
知力　(INT)=10　(+120%)
精神力(MND)=24　(+860%)
魅力　(CHA)=11　(+88%)
生命力(LFE)=20　(+368%)
魔力　(MAG)=14　(+175%)

〈スキル〉
スキルポイント:34
[武器習熟 / 剣]:Lv5　[武器習熟 / 槍]:Lv3　[武器習熟 / 弓]:Lv3　[強打]:Lv4
[狙撃]:Lv2　[防具習熟(重鎧)]:Lv4　[回避]:Lv4　[騎乗]:Lv2
[大型騎乗]:Lv2　[騎乗:飛行]:Lv4　[法理魔法]:Lv2　[祈祷魔法]:Lv2
[概念魔法]:Lv2　[空間魔法]:Lv2　[交渉術]:Lv2　[鑑定]:Lv3　[治療]:Lv1
[魔物知識]:Lv3　[不屈]:Lv2　[アドラム帝国汎用語]:Lv1(MAX)

〈その他〉
・身長 / 体重:142cm/39kg　・クォーターによる隔世遺伝。銀髪翠眼
・外見年齢は 12 歳程度　・誤補導回数 115 回　・淡白・冷淡　・中身は割と熱血
・勇者特権:戦場に散った英霊達の数によりステータス強化
・新規称号:はいてない　・新規称号:弱みを握らせる誘い受け系勇者
・新規称号:無表情デレ娘

名前:リゼルリット・フォン・カルミラス　種族:使い魔 / アドラム人　性別:女　年齢:16　職業:宇宙船技師
Lv:3　EXP:448/500　使い魔 Lv:4　EXP:1813/2000

〈ステータス〉
ステータスポイント:14
筋力　(STR)=8　(+14)
体力　(VIT)=9　(+14)
敏捷力(AGI)=7　(+14)
知力　(INT)=13　(+14)
精神力(MND)=5　(+14)
魅力　(CHA)=14　(+14)
生命力(LFE)=12　(+14)
魔力　(MAG)=1　(+14)

〈スキル〉
スキルポイント:2
[機械知識 / 共通規格]:Lv1　[機械修理 / 共通規格]:Lv1
[機械操作 / 共通規格]:Lv1　[無重力運動]:Lv1
[ソフトウェア操作 / 共通規格]:Lv1　[ソフトウェア作成 / 共通規格]:Lv1
[構造知識(宇宙船)]:Lv1

〈その他〉
・身長 / 体重:158cm/52kg　・猫耳猫尻尾。黒毛　・元お嬢様
・天然　・かつ腹黒
・魔王の使い魔化によりステータス補正
・ファンタジーの世界へようこそ!　・新規称号:ファンタジー適応(弱)
・新規称号:エロ猫娘　・新規称号:マッドメカニック　・新規称号:貢ぎ癖持ち

魔王、冷徹なる裁きを下す

長く入っていたドックから白く輝いた船体がゆっくりと宇宙空間へと滑り出して行くのを見ていた。

改装が終わったワイバーンは恒星の輝きを反射する純白の塗装も眩しく、本体であるくたびれた中年サラリーマン風の衣装を着た恵比寿顔の付喪神を忘れるほどに美しかった。

改装というか、魔改造は交易ステーションからやや離れた位置。

宇宙空間に浮かぶおやっさん所有の開放型（気密区画が無く宇宙にむきだしになっている）ドックで行った。

今時の宇宙艦は大気圏内で造られる事は少ないし無駄が多く。

呼吸可能な空気を満たした気密ドックで修理や改修される事は希だという。

あちこち改造され、艦影が変わるほど変化したが、優美なラインを保ったまま仕上がったワイバーンを見ると、つい顔がにやけてしまうのは許してほしい。

『ぼくのうちゅうせんかん』を見て心弾まない男の子は少ないだろう。

地上で力尽きていたワイバーンの残骸を思い浮かべると、感動もひとしおだ。

「イグサが半笑いで気持ち悪い」

今回ばかりはライムの方が少数派のようだな。

「えっ、リゼルまで？」

「……えへぇ」

◇

初陣はすぐに訪れた。

『船の墓場星系』の東部には無法地帯の『獣道』と呼ばれる、古い星間航路へ繋がるジャンプゲートがある。

そこから漏れ出してくる海賊が、この星域でもあちこちで悪さをしていて。

おやっさんのドックが所属している交易ステーションも被害を受けていたのだ。

いくらワイバーンが見た目強襲揚陸艦で、艦船の中では弱い方とはいえ、民間人のシャトルや小型輸送船を襲う海賊共なんて碌な船に乗っている訳もなく、最初の獲物に選んだ海賊は、アクトレイより5世代は古いクラス5戦闘機2機でちまちま小銭を稼ぐような小物だった。

そのまま姿を晒していれば、見つかった瞬間に全力で逃げ去るだろう。

なのでステーション近くで、ワイバーン全体へ隠蔽魔法をかけて隠れていた。

ステーションの通信オペレーターだった、もふりたくなるケモい犬顔の係員には、一部実用化されているらしい隠蔽装置《クローキングシステム》を搭載してあると言っておいた。

『法理魔法：透明化Ⅱ』

この未来世界で一般的に使われているレーダーやセンサーを誤魔化すのは、ファンタジー的には難しい話ではなかった。

光学測定もレーダーも、赤外線探査も基本電磁波だ。

光に作用する透明化魔法を多少アレンジすればほぼ隠せる。

ワイバーンには素敵性能が高い船の中には質量探知や重力波走査する船もあると警告されたので、そのうち他の対策も考える必要があるだろう。

そして、ワイバーンは改装する際に大きな変化が1つあった。

おやっさん曰く『旧時代の遺物』の生体神経通信路《バイオニューロネット》を船内に張り巡らせてあるので、ワイバーンの艦内を自分の体のように感じ取れるし、船自身が1つの生命体に近い構造になったので、艦全体を対象とする魔法が格段にかけやすくなった。

さて、万全の態勢で挑んだ初陣なのだが――

「所属不明ビーコン2機、音速で接近中。情報通りのクラス5戦闘機が2機です。まーだ到着に10分以上かかるのですよぅ……はふーぅ」

ちょっとばかりセンサー類が良くなり過ぎて、海賊船を発見してから接近して来るまで暇を持て余したり。

「……イグサ、いつ降伏勧告するの？　通信飛ばしたらばれるけど」

「あっ」

透明化魔法の思わぬ欠点が露見したり。

「やっときたのです。上部砲塔はもうずっと前に準備終わり。ロックも終わっているのですよぅ」

「よし、撃て」

「はーい。1番と2番、ターゲットA照準、衝撃砲発射です。……イグサ様、海賊機が蒸発したのですよぅ」

主砲の威力が上がりすぎて、適当に脅して降伏勧告をする予定の海賊を、宇宙の藻屑どころか金属蒸気にしてしまったり。

「ま、まだ1機残っているから大丈夫だ。主砲の威力が高すぎる、3%くらいのソフトな感じまで威力を落とせるか？」

「はーい……えぇと。イグサ様、操作と調整が必要な項目が多すぎて、調整終わる前に射程外に逃げられちゃいますよぅ」

元々ブリッジだけで10人程度、それ以外を含めれば40人は必要な艦を3人で運用している無理が露呈したり。

「仕方ない……ライム、アクトレスで出てくれ。同じクラス5戦闘機なら適度に痛めつけられるだろう」

「ん。わかった。行ってくるね」

「さ、作業量が増えたのです。ワイバーン、操作系をこっちに回してください！　推進器停止、逆噴射と各バーニアで微調整。静止状態に持っていくのですよぅ！」

艦載機のパイロットと本命の主砲（聖剣）と操縦士が兼任のせいで、艦載機を出すと運用人数が

3人どころか2人になる事に気がついたり。

「リゼル、アクトレスの武装って何だ？」

「確か小型の粒子ビーム砲が2門なのですよぅ。クラス5相応の豆鉄砲です」

「よし、何とかなりそうだな……あ」

アクトレスが撃った小型ビーム砲は勇者様の攻撃力補正で、明らかに豆鉄砲とは言い難い太さと出力を持ち、やっぱり海賊機が蒸発して。

『イグサごめん。峰打ちの気持ちだったけど手加減が足りなかった』

「気持ちでビーム砲の威力が変化するのがおかしいって、そろそろ気が付いてほしいのですよぅぅぅぅ！」

いかに自分達がファンタジー《非常識》な存在なのか痛感する事になった。

『無残っちゅうか、ムゴイ結果になりましたなぁ……』

ワイバーンの言葉が耳に痛いが、言い返せる言葉もない。

海賊を撃退したという事で賞金は出たのだが、なにもあそこまで……というオペレーターの犬耳幼女の視線が痛かった。

この心の痛みが癖になったらどうしてくれる。

――なんというか、反省点ばかりの初陣だった。

大体わかってもらえると思うが、圧倒的に人手が足りん……！

◇

最近、神業の真髄が見えてきた、食料生成機のマニュアル操作による、セカンドフラッシュのアッサムティーと、高級果実盛りだくさんのフルーツ入りクリームロールケーキを準備した祝勝会は、そのまま反省会になった。

そこ、魔王が何しているんだとか言うな。

魔王だって美味しいものが食いたい。

未来世界の食品カタログで作る食事は味が決まりすぎていて、なんというかファミレスの食事みたいなんだ。

飽食の現代日本で育った身としては、まずくはないが飽きる。

「さて、賞金稼ぎとしての初陣の反省会をしよう」

「もふもふもふ……うま。うま…………あのぅ、イグサ様、問題点が探さなくても見えていると思いますよぅ」

的確な発言だな、リゼルくん。口の周りがクリームだらけでなければ説得力もあったんじゃないか。

「ん。人手不足」

「だよなぁ……なぁ、ワイバーン。今の構成でライムを遊撃に回したとしてだ。運用に何人くらい必要になる？」

『そうですなぁ。ブリッジクルーを4人以上。船内で動ける船員兼メカニックが30人。魔王様やワイが頑張っても、このくらいいないと艦の機能は十分に発揮できませんわ。ひたすらジェノサイド《殲滅》するだけなら、今のままでも何とかなりますが、効率はよろしくありませんなぁ……』

「ブリッジクルーはわかるが、メカニックと船員がそんなに必要か？」

『へぇ、船内操作はまぁワイが何とかなるんですが。ライムさんの回復魔法が効かない、主砲や小物の整備。被弾した時のダメコン《ダメージコントロール》に応急修理。後は身の回りの世話やら掃除やらも必要ですなぁ』

ああ、うん。わかってはいた。

ライムもリゼルも戦闘要員やメカニックとしては優秀なんだが。

生活力というか、家事能力は無残なものだ。

「そうだよな。食事の支度、片付け、掃除、洗濯。俺が全部やっているのはおかしいよな……」

なあ、今「えっ？」とか言ったやつ。

今までライムやリゼルがまともに家事している光景を見た事があるか？

無いよな。だって俺が全部やっていたからな……！

いかん、本気で泣けてきた。

「耳が痛い。だから聞こえなかった事にする」

おいライム、それはどうなんだ。

「……～♪」

リゼルに至っては余所見して口笛を吹いている。未来世界でもその仕草は健在なのか。

無駄に口笛が上手くてイラっとするぞ。

「イグサ、召喚魔法は使えないの？　魔王なら手下を沢山呼べそう」

「召喚魔法は使える。だが、魔王の配下にＳＦ世界で何を求めるんだ？」

「……納得」

いや、本当は身の回りの世話くらいできる魔物はいるんだが。

人に対して細やかな配慮ができるのは基本淫魔系列なんだよ。

1番下級の魔界メイドってヤツでも、呼び出す以上報酬が必要なんだが、淫魔ってのは報酬は財宝でも人の魂でもなく精気なんだ。

男の乗組員がいればそいつらから吸わせるんだが。

……その、なんだ。これ以上日常的に精気を失う状態に陥ったら、魔王でも真剣に命がヤバイ。

魔王の死因が腹上死とかマジで笑えない。

おかしいな。普通ならハーレム万歳！　とか喜ぶところだと思うんだが。

何故俺は命の危機を感じないといけないんだ。

「召喚魔法か……そうだな、基本ゴーレムや悪霊系は食い物もいらないし。後で突入ポッドの中にリビングアーマーでも作っておく。ライム単体で突っ込ませるのは勿体ないし、少々心配だ」

適当な小惑星でも捕まえれば、金属か何か吸いだして材料にできるだろう。最悪石でもいい。

「よし、船員を募集しよう。リゼル、やはり信用があれば船員も集まりやすいか？」

「勿論ですともっ！　……国からの評価が高い船長や会社の求人はすぐに埋まるんですよぅ」

顔を伏せて暗いオーラを背負うリゼル。

ああ、リゼルは広告に騙されてワイバーンに乗り込んだって古傷があったな……。

「仕方ない。もう少し海賊倒して、資金も貯めてから人を集めるか」

「うん。急がば回れって言う。同じ船に乗るなら良い人の方がいい」

「ワイバーン、星系内ネットに接続。俺達が受けられる仕事の中で、全滅させても構わない海賊やお尋ね者を検索してくれ」

アドラム帝国政府から命自体に賞金がかかっている、海賊やお尋ね者はそのまま倒してもIC《カネ》になるんだが。

ステーションや地方惑星政府とかが出している討伐依頼も受ければ、賞金と依頼報酬の2重取りが出来るし、国や地方自治体からの信頼……というか評価基準も上がりやすい。

失敗する危険は含むけどな。

この辺はファンタジーと同じで馴染みやすい。

◇

――ケース1、小惑星資源採掘施設の襲撃者
「こんなセコい稼ぎしてる割にクラス3戦闘機か。単独とはいえ勿体無いな」

『なんでも敵対企業の雇われ無法者らしいですわ』

「下部砲塔ロック完了。撃ちます……やっぱり蒸発しちゃいましたよぅ」

――ケース2、高速麻薬密輸船

「確かに速いな。魚みたいな外見だが、他の国の船か？」

「あれは隣の通商連合国の船ですよぅ。でも随分改造してあるみたいです」

『麻薬は嫌い。手加減いらないよね？』

「ああ、好きなだけやってしまえ」

『ん』

「クラス5戦闘機のビーム砲で、小型でも輸送船が蒸発とかおかしいのですよぅ……」

――ケース3、個人経営のファームステーションを襲う無法者

「よし、購入したばかりの通信中継器は大丈夫だな？」

「リンク正常、通信オンラインなのですよぅ」

「こちらは民間軍事企業魔王軍所属、強襲揚陸艦ワイバーンだ。命がおし……おい、白目剥いて動かなくなったんだが」

「気絶したみたいですよぅ」

「何故だ？　まだ攻撃もしてないよな」

「多分、悪名高まりすぎ」

「――まあ、あれだけ蒸発させたり蒸発させたり蒸発させたからな」

◇

こんな感じで数週間、頑張ってみた。

蒸発した戦闘機が22機、密輸船が2隻。

捕獲できたのは無法者のクラス5戦闘機1つ……旧式すぎて即行で売り払ったが。

ワイバーン改装前ほどでもないが、少なくとも船員を募集して、当分は給料を払える程度のIC《カネ》は貯まった。

現在のところ、依頼達成率は100%だ。

アドラム帝国からの企業評価もランク20（評価なし）からランク18（一般新興企業）まで上がった。

満を持して普段拠点にしている交易ステーションで求人をかけてみたんだが。

「……割と報酬良いはずなんだが、半日経過しても誰も来ないな」

「このステーション近くで派手に虐殺しすぎだと思いますよぅ」

「仕方ないだろう。手加減するにも人手不足なんだ」

未来人に宇宙人は人道主義なのか？

「ワイバーン、アドラム帝国だと宇宙での罰則はどうなの？」

ライムも似たような感想を抱いたらしい。

『へぇ、基本は損害賠償に慰謝料や迷惑料とかで＋αですわ。盗難や破壊工作は、大体被害額の数倍の損害賠償。殺人やら誘拐をやらかすと、目が飛び出る額の賠償金に罰金。支払いを拒否するか払えない時は良くて劣悪環境での強制労働。海賊認定くらえば基本死刑ですわなぁ』

その辺は現代と大差ないな。

「私が知ってる地球の罰則より少し厳しいかな？　先進国限定だけど」

そうだな。俺やライムがいた地球でも、発展途上の国はまだハンムラビ法典の世界だったり、自衛のために犯罪者は全力でぶっ殺す風潮の所も多く残っていた。

「でも、無法者相手でも積極的に虐殺したい市民はいないと思うのです。むしろいたら危ない人なのですよぅ」

「仕方ないか、ここでの求人は1度止めるぞ。一応評価ランクも上がったんだ。他のステーションで募集しよう」

「イグサ様、それなら私が暮らしていたステーションがあるのですよぅ。顔なじみも結構いるし、ワイバーンの巡航速度でも2日くらいかかるから、まだ悪評も広まってないと思うのです」

「丁度良いか。リゼル、航路セットは任せた」

「あいあいさー、なのですよぅ」

「リゼルの故郷。少し楽しみ」

こうして、犯罪者へ極刑を振りまく民間軍事企業・魔王軍という、哀しい評判を背負ってしまった交易ステーションを後にした。

仕方がなかった事とはいえ、複雑すぎる……。

魔王、部下を招集する

『船の墓場星系』にある、リゼルの故郷でもある大型工業ステーション『ヴァルナ』に到着した俺達は、求人をする前にステーションの中を見て回る事にした。

どんな種族の宇宙人がいるかわからないし、ステーション内の雰囲気を見てみたかったのだ。

大型工業ステーション『ヴァルナ』は『船の墓場星系』が、まだ『栄光なる帝国造船港星系』と呼ばれていた頃に建造された、歴史ある工業ステーションという話だ。

昔は造船関係の部品を作る工場が立ち並んでいたらしいが、今は見る影も無く。

第1印象を率直に言うと「巨大な廃墟の合間に下町と、町工場が立ち並ぶ活気のある街」だな。

何でも数十年前までは、ステーション全体が廃墟とスラムで埋まっていたというから、大した復興ぶりだ。

今は裕福な者こそ少ないものの、船のスクラップやジャンク品を扱う、町工場のような小さな再生工場と、近隣の資源採掘、農業、食料生産等の小型生産ステーションで働く労働者達の家が下町を形成しているという。

ステーションに住んでいる人種はアドラム人が大半、地球人風と動物耳の生えた種族が3：7くらいの割合で、いかにも異星人という姿をしているのは少数派だ。

リゼルの案内で街中を歩き、道端の露店で売っている怪しげな串焼き野菜とかを食べながら街の様子を見ていたが、このステーションでまとまった数の人員を雇うと決めていた。

このステーションには、かつての栄光はないかもしれない。

整然とした規律や秩序はない。むしろ混沌としている。

しかし、この街には雑然とした活気があり、人々は生命力に満ちている。

……無粋かもしれないが、鑑定魔法で通行人のステータスを確認したから間違いない。

街には善も悪も混在し、そこに暮らす者達は大人も子供も、善悪どちらもエネルギー源にしてやると言わんばかりに貪欲に前向きだ。

話に聞いた事しかないが高度成長期の昭和の日本もこんな空気だったんじゃないか？

素晴らしい。手放しでこのステーションの人々を褒めようじゃないか。

ここの人々と比べれば、今まで出会ってきた商人達の方が成功しているだろう。

先の事をじっくりと見据え、リスクを下げてIC《カネ》を増やそうとする姿勢、商人としては大切な姿勢だろう。それを否定する気はない。

このステーションの人々は逆だ、未来の事を碌《ろく》に考えてもいない。

ただひたすらに刹那的な希望の為に頑張って、今日よりも良い明日を迎えようとする。

親の為、子の為、兄妹親類の為にひたすら愚直に生きている。

まとまったIC《カネ》を手に入れて、歓楽街や商店街で己の欲望を満たす為に使っていたと思ったら、次の日には生活に困った老人を助ける為に使っていたりする。

善も悪もない、どこまでも自分に素直に、心から湧き上がる欲求に従って生きている。

俺はそんな生き方をする者達が大好きだ。

正直なところ、俺の中にある魔王というよりは外道な部分が「この人達の絶望はすっごくおいしそう」と疼きまくって困る。

俺が絶望を撒いて悦に入るタイプの魔王だったら一発で魅了されていただろう。

魔王とは、人間達が大好きな連中ばかりなのでは……？

「ライム、この街はどう思う？」

「雑然としているけど、活気があって良い。好感が持てる」

「そうか、俺も同じ感想だ。予定では船を運航するのに最低限の人員を確保する予定だったが」

廃品を組み合わせて造られた噴水に座り、ステーションを行き交う人々を見る。

「すぐに働けるヤツだけじゃなく、若い連中を指導できるヤツも、技術も経験もないがやる気のある若いヤツも含めて、まとまった数を雇おうと思う。ライム、リゼル、ワイバーン。意見を聞かせてくれ」

「ん。私も賛成。上手くやれそう」

「私はここの出身だから、働き口ができるのは大賛成なのですよぅ！」

『ワイも賛成ですわ。即戦力としてはちぃーとキツいかもしれません。ですが、こういう連中は骨があって船乗り向きです』

携帯端末越しに会話に交ざっていたワイバーンも賛成のようだ。

「よし、では配下……社員か。募集をかけるぞ」

携帯端末を操作して、ステーション内の情報ネットを通じて求人広告を依頼する。

ネット広告と新聞広告を混ぜて発展させたようなものか。

本社兼旗艦《きかん》がワイバーンなので丸まった飛竜のロゴで注文して……と。

『新鋭、民間軍事企業DLA社員募集中。
宇宙を駆け、人々の為に戦い、稼ぐ。
たくましい心を持った正社員を募集しています。
帝国企業局・企業評価ランク18
待遇：日給15IC＋歩合査定　食事、宿舎支給　長期就業が出来る方を優先します
募集人員：船舶戦闘・補修船員40名／一般雑用・非定期戦闘員30名／指導教導員8名』

すぐに「このデザインと文章でいいですか？」というのが返ってきた。仕事が早いな。

ほぼ80名近い募集だが、ワイバーンの船体なら収容は余裕どころか少ないレベルだ。

宇宙船は誰かが動かし続けてないといけないし、海賊に定時とか営業時間の概念はないので、戦闘要員もローテーションを組んで回す必要があるんだ。

今まで俺やワイバーンが頑張っ……て。

あれ、何で魔王の俺が凄い頑張って働いているんだよ。

深く考えるな、俺。……人員募集はしっかり行おう、そして過去は忘れよう。

未経験者でも採用する予定なので多めに採用しておかないと無理が来る。

通貨感覚は、アドラム帝国中央星系……日本で例えるなら東京の都心部だろうか。

水の1杯にも値段が付く物価の高い所で1IC＝1$くらいか？

1IC以下のものは電子決算か地方通貨でやり取りするらしい。

日給15$＋歩合の給料は安すぎでは？　と思うかもしれないが、未経験者でも雇用するつもりだし、この際、多少若かったり、歳がいっていても雇うつもりだ。

しかも食事も寝床も保障というのは大きい。

「この地方ステーションは中央に比べて、ずっと物価が安いし戦闘艦の人員としても不満が出ない範囲です。多少ブラック臭はしますけど」

というのが情報ネットでロゴや募集文章のデザインをしてくれた兎耳娘のコメントだ。

地元民の意見だけに信用できるだろう。

魔王軍だから業務内容的に多少ブラックかもしれないが、報酬はしっかり渡すもりだ。

……ホワイトカラーな魔王軍とか違和感しかないな。

実はファンタジーな連中の雇用計画もひっそり進めていたんだ。

白兵戦要員としてこの前作ったリビングアーマー達は、材料費だけで、作製すれば給料を要求しない、食事もいらない、寝床も不要と、実にコストパフォーマンスの良いやつらなんだが。

それ以外は今ひとつよろしくなかった。

魔王の配下になりそうな大悪魔とか魔獣王とか召喚して、どのくらいの契約で働いてくれるか交渉してみたんだが。

あいつら実に報酬に煩《うるさ》い上、要求がべらぼうに高い。

知能や戦闘力が高いやつほど、天井知らずに要求が上がっていく。

魔獣王には大陸1つよこせとか言われた。

お前ら宇宙船で働くのに星に定住してどうするんだよ！　と主張したが、魔獣という種族は定住するもんだ、宇宙船とか知らん！　とか逆切れされたぞ。

悪魔達、特に人間の憎悪や恐怖とか負の感情を糧にしてくれるやつらには、かなり期待していたんだが。

あいつら負の感情を飽食しすぎて全員メタボっていたのは、もう乾いた笑いも出ない。

そうだよな、SF世界みたいに人増えまくれば負の感情なんて食い放題だよな。

負の感情をやるから働かないか？　と言ったら「や、医者に止められてますんで普通に銭下さい」とか、すげぇ高い賃金要求された。

なら普通に人雇うぞ。断然安いからな！

やつら悪魔らしく光属性が含まれるエネルギー兵器全般に弱いらしいし。

SF世界じゃエネルギー兵器なんてありふれているんだよ、弱点ばかりでどうするんだよ。

なんだろうな、魔王が実益求めた部下求めると、村人的な人間雇うのが1番割が良い上に、普通に働いてもらえそうとか。

それって正直どうなのかと問い詰めたい。問い詰める先は無いんだけどな……。

という涙無くしては語れない思い出を封印しつつ、とりあえず1週間程度を目処に人員募集にGOサインを出した。

このステーションの連中は働き口にとても貪欲で、新聞の3行広告みたいな募集にすらチェックに余念が無いというから、まずは様子見だな。

◇

情報ネットの窓口オフィスに直接顔を出しての人員募集の依頼も終わり、街の散策でも続けるかと話していた俺達だったが、オフィスの前にステーション内用のトランスポーターが待っていた。

現代地球で言うところの乗用車的なものなんだが、妙に高級感溢れたトランスポーターの横にはこの時代でも生き残っていたのかと感心する、いかにも執事！　という服装に見た目の老年の地球系アドラム人が立っていた。

「セバスチャンって名前にキノコ串焼き1本賭ける」

「ライムの気持ちはよくわかる」

そのくらい、老年執事の理想系を固めたような風貌だった。

「あっ、ジークフリードじゃないですか。久しぶりなのですよぅ」

うん、リゼルの知り合いだったか。しかしセバスチャンじゃないのは残念だな。

「……しょぼん」

ライムも実に残念そうだ。

「旦那様のご命令によりお迎えに上がりました。リゼルお嬢様と、お嬢様のご友人方」

深々とお辞儀をする、執事。うん、お嬢様？

「「……」」

空気を読んで口にはしないが、俺とライムの視線はリゼルに刺さっていた。

きっと思っている事は一緒だっただろう。

お嬢様？　またまたご冗談を。

いろんな角度からツッコミ倒したいんだが、リゼルの久々の帰郷でもあるし、当然のように車内へエスコートされるリゼルに俺とライムは黙って付いていった。


振動1つない、車内の空間が広々としたトランスポーターで移動する事、数十分。

ステーション中心街に近い、木々が生い茂る（ここってステーションの中だよな？）広い敷地を持つ豪邸へと案内されたのだった。

◇

たまに、極稀にではあるが。

腕力やら魔力やら財力やら「強さ」というものが色々ある中で。

天然という、ただの性格でしかないものが、飛びぬけて強く感じる事はないだろうか？

本人に悪意もない癖に、その場の空気を凍結させたり粉砕するような。

策謀の天才が10年かけて仕込んだ策略を、勘や何となくで見破ってしまうような。


何があったかと言うとだ。

かなり広い豪奢な室内。

内部スペースが限られる宇宙ステーションにおいては、広い室内を所持できるということ自体がステータスだそうだが。

その室内の調度品も成金趣味とは違い、時代を感じさせる、持ち主が生来の資産家であり、資産を持っている事に胡坐をかかずに、努力し続けてきた事を感じさせる落ち着いた室内。

室内の中央には詰めれば10人は座れそうな、一対の高級そうなソファー。

このソファー、現代地球感覚で違和感がないのだから、未来世界からすればアンティーク家具の範囲内なのだろう。

妙にしっくりくる、値段は高そうなんだが見慣れたデザインのソファーが並ぶ室内で。

狐耳のよう……幼い少女、猫耳の少年、大人の猫耳女性が並んでソファーに座り。

反対側のソファーにライム、俺、リゼルの順番で座っていた。

猫耳の少年――12歳程度にしか見えないが、リゼルの父だという。

リゼルの種族――獣系の特徴が出ているアドラム人――にとって、女性は15歳から30代くらいまでは普通に老けるそうだが。

男性は12歳～15歳で老化が止まるそうだ。

別に驚く事じゃない。

今は混血しているが、元々リゼルのような外見の種族は移民してきた地球人類の手によって生み出された種族だという。

猫耳のオヤジとか誰得だよ！　と少年で老化が止まるようにデザインしても、なんら不思議ではない。地球人ならそういう事をする。俺もそれには同意する。

額や頭から脂のでてる中年オヤジに愛らしい猫耳がついていたら、直視するのも辛いだろう？

愛想笑いして、粘り気ありそうな汗をハンカチで拭いてる中年オヤジの頭の上にだ、猫耳がぴこぴこと愛らしく動いているとか想像するだけでキツい。

一部の人は「獣耳のオヤジだっていいじゃない！」と激しく主張するかもしれないが、まあ大多数の人は「や、見た目少年の方が良いよ」と納得してくれるだろう。

未来技術なら外見の調整も出来るようだし、マイノリティにも優しい世界だな。

齢40を過ぎているというリゼルの父、声色も少年そのものだが、穏やかな口調には落ち着いた大人の風格を感じさせる。……最初はそう思っていたんだけどな。

次の瞬間には幻想が粉々に砕けてしまった。砕けるのが早すぎる。

「ねぇ、リゼルちゃん。そろそろ紹介してくれないかな？　そちらの地球人系《テラン》の少女と――――男はどちらの方だろうか」

態度で最初から半ばわかっていたんだが、十分に育っている自分の子供をちゃん付けで呼んでる時点で「あ、子供離れ出来てない親馬鹿だな」とイヤでも理解させられた。

父親的な気持ちはわからないでもないが、初対面で男呼ばわりはどうかと思うぞ。

普通だったら、親しい少女の両親とご対面なんてイベントに遭遇したら、男としては冷や汗を流しながらガチガチに固まるものだろうが。

まぁ、魔王な時点で普通な訳ないよな？　そんなのは俺のキャラじゃないしさ。

という訳で、余裕綽々《しゃくしゃく》に足を組み、不敵な笑みを浮かべ。

ついでに両側に座っているリゼルとライムの肩に手を回して、親しさをアピールしてみた。

実に魔王らしい態度だと褒めてくれて構わないぞ？

この時点で既にリゼル父は「⁉」とか「ビキッ⁉」とか効果音が出そうなくらい、顔を強張らせて額には青筋が立っていたんだが。

「女の人はライムさん、一緒に旅してきたお友達です」

どうも、という風にライムが小さく頭を下げて。

「男の人の方はイグサさん……えっと、私の飼い主でご主人様ですよぅ」

リゼルは悪意の一欠片もなく、恥ずかしげに言い放った。

使い魔的には合格点をやれる受け答えだ。

いや、天然とは強いな。しみじみ思う。

笑顔を崩さなかったリゼル父は震える手で持っていた、もう震えすぎてお茶がこぼれて空になっていたカップを、音も立てずに優雅にソーサーに置いた。なかなか凄まじい精神力だな。大物かもしれない。

「り、りりりリゼルちゃん、飼い主とかご主人様ってどういう意味かな、かな？　パパはよくわからないから、お、おお教えてもらえない、かなっ？」

青くなったり赤くなったりしていたリゼル父の顔色は、既に土気色に近い。

「え、ど……どういう意味って、こんなところで説明出来ないですよぅ」

恥じらいと照れ４：６くらいで可愛らしく赤面して頬に手を当てて照れるリゼル。

マジで天然って凄くない？？？

「そうかい……ちょっと待ってくれないかな」

憑き物が落ちたように、爽やかな笑みを浮かべるリゼル父は、立ち上がり壁に飾ってあったレーザーブレードの発振器的なものを手に取って、スイッチを入れた。ブン、と高周波音と共に光のブレードが柄から伸びる。

「少し待ってね。害虫を退治するからね」

表面上は爽やかな微笑み、そして目の奥には狂気の炎が宿った瞳で、レーザーブレードを俺に向かって振り下ろしてきた。

次の瞬間にはパシィ！　と破裂音がして、立ち上がったライムが聖剣でレーザーブレードの刃を受け止めていた。聖剣凄いな？　実体がないはずのレーザーブレードを受け止めるとか。

「何をするつもり？　イグサを殺そうとするなら私が相手になる」

大変心強い事を言ってくれるライムだが。

リゼルは両親の前でご主人様発言してしまうし、実力行使は隣にいたようじ……幼い美少女のライムに止めさせるし。

あれ？　冷静かつ客観的に判断すると。

この構図、俺がハイグレードな人間のクズに見えるんじゃないだろうか？

――まあいいか、魔王だし。

結局「お嬢さんどいてくれ、そいつを殺せない！」とか叫んでいたリゼル父は、リゼル母の手刀ならぬ、スタンバトン（電磁警棒）を首筋に食らって意識を失った。

ハンカチでも取り出すように、ナチュラルにスタンバトンを持ち出すとか……。

リゼル母、なかなかやるな。

「折角お越しのところ申し訳ありませんが、主人は体調が優れないようです。躾……主人の体調を戻しておきますので、また後日お会いしていただけないでしょうか？」

ぐったりと脱力したリゼル父を肩に担ぎ、上品に言い放つリゼル母。少年のようなリゼル父に成人女性くらいのリゼル母と、体格差あるのはわかるんだが、それにしても軽々と担いだな。

「わかった、今日のところは急な訪問だったからな。また後日改めてお伺いしよう」

自主的に再訪する気はさらさら無いが。

「ありがとうございます。娘もなかなか帰郷しないもので、元気な顔が見られるだけでも嬉しいものです」

「ちょっと、ママ。前は仕事選びで少し失敗しただけなのです。人を飛び出して行ったら戻ってこないお転婆みたいに言わないでほしいのですよぅ！」

なんだ、リゼル。自分の事をよくわかっているじゃないか。

そしてこの家族達のリゼル父へのスルー度が半端無い。スタンバトンの出力が高かったのか、リゼル父から薄く湯気が上がっていて、ちょっと焦げ臭いんだが……。

こうして、リゼルの家を後にした俺達だが。

何か悪い事をしたか？

狐耳の幼い少女は静かに俺を睨んでいたな。

◇

かなりの豪邸だったリゼルの実家を後にして、俺達はワイバーンを停泊してあるステーション外周部、船舶用ドックが並んでいる近くの商業街へ戻って来ていた。

帰り道に事情を聞いてみると、リゼルの実家はこのステーションでも有数の顔役で、あの親馬鹿なリゼル父は、斜陽だったステーション経済を再建した立役者の1人でもあるという。

すでに名誉称号ではあるものの、アドラム帝国貴族ですらあるらしい。

人は見かけによらないものだ。いや、娘が関わると駄目になるタイプか？

リゼルも本来ならお嬢様ではあるんだが、子供の頃から機械類と機械弄りが好きで、あちこちのスクラップ屋やジャンクシップヤードを遊び歩く、お嬢様家業を投げ捨てたお転婆だったそうだ。

「私はお嬢様とか言われてるよりも、ジャンクシップヤードの親方と機械弄りしている方が好きなのですよぅ」

リゼルらしいな。ま、お嬢様っていっても、このステーション内限定みたいなものだ。今更態度を変える必要も無いだろう。

ライムとリゼルは商業街の入り口で1度別れた。色々と買い足したい小物があるそうだ。買い物に付き合ったら悲惨な事になるのが透けて見えていたので、俺は1人別行動する事にした。

好奇心を引かれる屋台的な店が色々並んでいるので、適当に買い食いしながら散策していたんだが、唐突に後ろから『くいくい』と、コートの後ろを引っ張られた。

振り向いてみると、狐耳の幼い美少女……ライムよりも幼く見える子が、コートの裾を掴んだまま、つぶらな瞳で俺の方を見ていた。

こげ茶色の髪の毛の間から狐耳がピンと尖って出ていて、髪を後ろでポニーテイル……狐耳だからフォックステイルか？　まあ、そんな感じにまとめている。

見た目の幼さで騙されそうになるが、瞳にはしっかりと意志の光が宿り、頭も良さそうだ。鑑定魔法で見えたステータスも、知力が飛びぬけて高かったから間違いないだろう。

知力は高いが精神力が非常に低いとか、尖ったステータスだな。

「どうした？　俺に何か用事かな」

紳士的に対応してみた。魔王といえども徒《いたずら》に幼子を泣かすのは美しくないからな。

「そうです、おにーさんに用事があるのです」

こくこくっと頷く狐耳娘。小動物的な動きが愛らしいな。愛玩用に捕獲できないものか。

悪の美学的にはワイングラスの他に、膝の上に愛玩動物が必須なんだ。

「そうか……何の用だ？」

正直心当たりが……いや、どこかで見た顔だな。

「リゼルねーさんを解放してほしいのです。あのリゼルねーさんがご主人様とか言うのは変なのです。だから、おにーさんが弱みとか握っていると思うのです」

ああ、リゼル父の横に座っていた子か。リゼル父とリゼル母のインパクトが強すぎて忘れていた。

リゼルねーさん？　妹や従妹だろうか。それにしては耳……獣の特徴の種族が違うが。

「解放と言われてもな……弱みなんて握ってないぞ？」

使い魔として魂は握っているが。誘導してないとも言ってないので嘘ではない。

「そんなはずはないのです。あのド天然なリゼルねーさんが、知り合って間もない人をご主人様とか呼ぶのは、弱みでも握られてないとありえないのです」

酷い言い草だ。だが、ポンコツなリゼルの事を正しく理解している。

ううん、本当に魂以外は握ってないんだが、どうしたものか。

話していて楽しい子だし、少し遊んでみるか。

「そうか。では、俺がリゼルの弱みを握って言う事を聞かせていたとしよう。そんな人間が言われたからと言って、素直に解放すると思っているのか？」

くくく、と悪い顔で笑う。ああ……俺、久々に悪役みたいな事をしている！

「いいえ。思っていないのです」

ほう？　急に距離を取って……ミラーシェイド的なものをつけた黒服の兄さん達が、人混みの中から接近してくる。護衛だろう、目の前の狐耳娘の横に体格いいのが２人。俺を包囲するように接近してくるのが８人の合計10人……いや、他に被害が広がらないように通行人を誘導しているのが更に８人いる。

それぞれ手にはスタンバトン……じゃないな。わりと大きい実体剣で刀身が白熱してるし、明らかに殺す気装備なんじゃないか、アレ。

「思ってないので、おにーさんを闇に葬らせてもらうのです」

お約束的に「リゼルねーさんを賭けて勝負なのです！」とか言い出すかと思ったが。

やるな、この狐耳娘。最初から実力行使な上に闇に葬ること前提とか。お前にはリゼルより悪の才能があるぞ！　悪の幹部教育を施したくなるじゃないか。

知性的に腹黒い狐耳娘を内心で褒めながら、この後どうしてくれようか考えていた。

勇者様の鎧ほど目立たないが、今着ている衣服は、由緒正しいらしい魔王の衣を変化させたものだ。ライムの鎧と同じく、汚染惑星に居た頃に死者数ボーナスで貰ったものだな。

防御性能が高く、特殊効果とか色々あるらしいんだが、それ以上に着心地が良い。洗濯も簡単、すぐ乾燥するし、汚れもつきにくいという優れものだ。

そこ、魔王が家庭的過ぎるとか言うな。

ライムもリゼルも洗濯すら出来ないから、切実なんだ。

さて、多少切られた程度でコートにほつれもできないと思うが、どうするか。

『法理魔法発動：神経麻痺Ⅱ／対象拡大Ⅸ×Ⅱ』

格好をつけて、パチン、と指を鳴らして魔法を発動させる。護衛に実行部隊に、人の誘導をしていた黒服の兄さん達が「うぐっ」と小さな悲鳴を各個に上げながら地面に倒れこむ。

いくら荒事に慣れているとはいえ、所詮は一般人。その上、魔法防御もあってないようなSF装備でなら魔王の敵じゃない。

「何……が起きたのです？」

狐耳幼女は倒れた刺客や護衛を見て戸惑っている。

「闇に葬るにしては、数も質も足りないお粗末なものだな」

俺の言葉に悔しそうな顔をする狐耳娘、その瞳に浮かんでいる感情は……笑み？

嫌な予感が膨れ上がる。この状況、手段を選ばないなら――――

『概念魔法発動：擬似眼／視線探知Ⅶ』

――――いた。370m先のビルの上、スナイパー《狙撃手》！　いや、80度右にずれた430m先の廃工場テラスにもう1人。

殺意が高すぎるだろう!?　実体弾かエネルギー弾か、どちらにせよ狙撃銃程度で死ぬ気はしないが、当たったら痛そうだ！　魔王だって痛いものは痛い。無駄に体を痛めつける趣味も無い！

『法理魔法発動：運動停止Ⅷ』

「――――やるじゃないか。その歳で大したものだ」

もう1度指を鳴らして魔法を発動する。

え？　無詠唱で発動すれば良いじゃないかって？　アクションなしとか浪漫がないだろう？

ブン！　と非常に小さな音を立てて、ほぼ同時に飛来する物理弾頭。センサー類に引っかかりにくい暗殺仕様とかそんなヤツじゃないか？　物騒な話だ。

だが、俺の前方に展開した運動停止魔法に絡め取られ、空中で2つの弾頭が停止する。

「確かに普通なら、これでやれるだろうが。戦力評価もしないうちに襲うというのは悪手だな」

『呪印魔法発動：呪詛返しⅢ／対象数増加Ⅱ／抑制：対物破壊限定』

空中に止まった弾頭を手で触れると、それぞれ赤い呪いの刻印が刻まれる。

運動停止の魔法を解除。呪詛返しの呪いに感染した弾丸が反転して、飛来したコースを逆走。スナイパーが構えていた大型の狙撃銃をそれぞれ破壊する。

「さて、お前の奥の手も無くなったようだが。まだ大道芸の出し物は残っているか？」

狐耳娘に近づき、楽しげかつ悪意に満ちた笑みを零す。

ふふふ、あははははは、あっはっははははは！　大変気分が良い。こういういかにも悪役っぽい事を久々に出来た！　そうだよ、これだよ、この感覚だ。悪とは素晴らしい。

「えっ……あっ………ひう――」

成功を疑っていなかったのか、携帯端末の向こうから聞こえるスナイパー共の苦痛に満ちた報告や悲鳴を聞き、笑みを浮かべる俺を今度こそ恐怖の瞳で見る狐耳娘。

小さな体がガタガタと恐怖で震えている。

さて、どうするか。

このまま　紳士の皆さんが大好きな、薄い本みたいな展開にしても良いんだが。

恐怖で震えるようじ……幼い美少女を手籠めにというのは、アリといえばアリだが、リゼルの関係者だしな。

悪とは身内に甘いものだ。正義は身内や肉親だろうと容赦なく裁くらしいが。

「ひうっ！　――え？」

ぽん、と、狐耳娘の頭に優しく手を乗せて撫でてやった。

触れた時に恐怖からか体がびくりと跳ねた狐耳娘だが、撫でられてひどく驚いた顔になった。

狐耳のふわふわとした手触りが素晴らしい。うむ、やっぱり愛玩動物としてコレ欲しいぞ。

「身内の為なら躊躇いも容赦もなく、罪を犯そうとするその姿勢は偉いな。お前の知り合いが誰も褒めず、認めないとしても俺が認めて褒めてやろう。お前は凄いヤツだ。誇って良い」

こいつは確かに俺を襲ったが、身内の為に己の手を汚すというのは、悪として褒めるところだろう。

「おにーさん……なんで」

狐耳娘の瞳には困惑と驚きの色が濃い。

「なに、俺も身内が酷い目にあったなら、似たような事をしただろう。その勇気と覚悟がとても好ましかっただけだ」

俺がやる場合、規模は少々どころでなく、大きくなるだろうが。ライムやリゼルが俺以外から酷い目にあわされたとしたら、惑星の１つや２つは消してしまいそうだ。

「――ふ、ふえええええっ」

恐怖が困惑から安堵に変わって泣き出したか、まだ幼いな。

念のために発動したままの鑑定魔法で感情をちら見したが、打算3割、安堵からの感情の持て余し7割か。思ったより純粋な子なのだろうか。

見た目相応に涙を流す幼い少女の肩を抱きとめて、落ち着くまで頭を撫でてやった。

甘い対応に落胆した顔をしたそこのヤツ、安心して良いぞ。俺が関わって良い話で終わる訳ないだろう?

「うっ……ぐすっ。ごめんなさいでした」

一通り泣いて落ち着いた少女は、撫でられていたのが恥ずかしかったのだろう。俺と微妙に距離を取っていた。半歩程度の遠すぎない距離感がくすぐったい。

「謝罪を受け入れよう、俺も理解できる行動だったしな。だからといって何度も襲われるのも避けたいところだ。もう襲わないと誓約書にサインをしてもらえるか?」

「……はいです」

うん、幼い少女は素直が1番だな。

俺が取り出した投影型の電子誓約書にサインをする狐耳少女。

サインが終わった直後、俺と狐耳少女にしか見えない。

そして、いつか、どこかの星で見た文言が再生される。

『契約成立しました。ランクⅨ・永続なる魂の契約が執行されます』

『契約者　ミゼリータ・フォン・カルミラス』

『契約先　魔王イグサ』

『契約代償：なし』

『ミゼリータ・フォン・カルミラスは魔王イグサの使い魔として魂を捧げ、その魂が消失するまで永遠の忠誠を誓う事がここに誓約されました』


「……ええええええええええっ⁉」

流石リゼルの妹（推定）だな、ちょろい。

使い魔になればもう襲えないからな。契約に際して嘘を言ったわけでないぞ？

魔王、愛玩動物を入手する

「……もしかして、これがリゼルねーさんが、おに、お……」

ぱくぱくと口を開くが、声が出なくなり喋れなくなる。

ああ、使い魔契約のデフォルトだと通称も禁止だったっけ。

リゼルの時と違って今回は即興だったから、設定の大半がデフォルトだったんだよな。

「ミゼルリータ、命令《オーダー》、拘束部分解除、呼称は任せる」

「……ぷはっ。おにーさんをご主人様と呼んでる理由ですか？」

うむ、様付けばかりでは飽きるからな。魔王として様式美的には様で呼んでもらうのに統一するところなんだろうが。幼い美少女におにーさんと呼んでもらえるのは、浪漫があると思わないか？

「そうだ。弱みなんて握ってはいないだろ？　契約上、握っているのは魂だからな」

「非常識な上にもっと悪質なのです」

ファンタジー的な契約なのに呑み込みが随分と早い。

だが大人数で襲った上、スナイパーまで配置して殺しに来た子に悪質と言われるのは複雑だ。

狐耳の幼い少女、ミゼリータは驚きから戻ると、俺に質問しつつ、使い魔の仕様を冷静にあれこれと考察・検証し始めた。

悪の組織の参謀や副官向きの性格をしている。才能があるとは思っていたが、良い拾いものだったか？

ちなみに麻痺させた黒服達は護衛を残して帰した。スナイパーの2人は構えていた銃を破壊されて病院送りだったが。残った護衛の2人は気まずそうな顔で少し離れた場所に立っている。

ミゼリータはファンタジーな事でも「現実にあった事はとりあえず受け入れる」という、科学者や研究者向きの性格をしているな。理解できない事を科学的ではないと否定していたら科学は進歩しないもんだ。

「私の事はミーゼでいいのです。おにーさん、1つだけ大事な事を聞かせてください。リゼルねーさんは自分の意思でおにーさんに同行しているんですか？」

「ああ、それは間違いない。自由になるかどうか、意思を確認した事があるぞ」

聞いたタイミングで多少誘導はしたが。悪として誘導するのは良いが、意思の強制は好きではない行為だ。悪の美学とは恋する少年の心のように繊細なものなんだ。

「……それなら良いのです。おにーさん、私も連れていってもらっていいですか？」

「良いぞ。さっき言っていた通り才能もあるしな。丁度、社員の募集をしているところだ。だが……理由を聞いても良いか？」

使い魔にする前から愛玩動物枠で確保する予定だったが、言わぬが花というものだろう。

魔王だと配下や下僕にするところなんだが、ＳＦ社会だと社員とか言わないといけない辺り、ファンタジーとＳＦの差を感じるな。

「リゼルねーさんを放置しとくと怖いのです。悪徳傭兵にひっかかるし、行方不明になるし、帰ってきたらおにーさんに捕まってるし、危ない事をした自覚が全然ないし……」

「あー………うん」

すっごい納得した。リゼルの主として弁護の1つくらいしてやりたいんだが、何も言い返せないな。むしろ深く共感しかない。腹黒い子だが苦労性の香りを感じるぞ。

「おにーさん、一緒に来てほしいのです。さっき会ったばっかりだけど、おかーさんを説得するのを手伝ってください。今ならまだパパは寝てるから、やりやすいのです」

……さっきも思ったが、リゼル父への、家族達のスルー力の高さは何なのだろうか。

「わかった。起きている時に長居したくないからな」

今回はライムもいないから、暴走したリゼル父と斬り合いとか遠慮したい。

護衛の黒服が運転するトランスポーターに乗り、再び屋敷へと戻る事になった。

◇

「おかーさん。リゼルねーさんが心配だからおにーさんについて行きます」

「わかりました。ミーゼが決めたならいいですよ」

良いのかよ⁉　ってか説得短っ⁉　納得も早くないか⁉

ミーゼの言葉に上品に微笑み返すリゼル母。どこか若々しさがあって妙な色気もある。

手に持っているバチバチと痛そうな電撃音をあげている鞭はなんだとか、後ろにある防音性が高そうな分厚いドアの奥には何があるのだろうとか、何でちょっと顔が恍惚としているんですかとかツッコミ入れたらまずいんだろうなぁ……。

「やりました、これでおにーさんに付いていけます」

むぎゅっと体全体で抱きついてくるミーゼ。

愛玩動物枠の予定だったから、ミーゼのリアクションは嬉しいのだが、作為しか感じない。

せめて瞳が純真無垢なら癒されるんだが、すごく冷静に何か計算しているよ、これ。

「イグサさん、私からも1つお願いがあるのですが、良いでしょうか？」

「内容による。聞かせてもらっても？」

はいはい何でしょうか。

リゼル父はどうでもいいが、リゼル母は敵に回したくないタイプだ。手に持っていた電撃鞭的なものを、こなれた動作で自然に腰ポーチにしまったしな。……あれ、日常用なのか。その日の気分で違う色とかにするんだろうか。

「イグサさんは社員の募集をされていますよね？　10人程度なのですが、当家の使用人を連れて行ってはもらえませんか」

おや、人材の斡旋か。身元保証付きとは助かるな。

「当然、特別扱いもいりません。身元がはっきりしている、腕の良い子達です。娘達を心配してしまう親心でしょうか。これでは主人の事を笑えませんね」

ステーション内の情報ネットに出した、うちの求人を空間投影で表示するリゼル母。

耳の早い事だ。しかし――悪い話ではないな。実質リゼルやミーゼの護衛も兼ねているのだろうが。

元々コンビニのバイトや家事手伝い程度の経験しかないような素人でも雇う気だったんだ。待遇が同じで良いなら、多少でも経験者がいる方が良い。

「ああ、構わない――と言いたいところだが。実際に会ってみないとな。部下にするならまず人を見る主義なんだ」

角刈り的な髪型のゴツイ筋肉質な屈強な男が並んでいたら即行で断ろう。腕が良くても俺の精神が悲鳴を上げる。

「はい。すぐに呼びますね。メイドチーフ、第2特殊メイド隊をこちらに。2種兵装のままで構いません」

リゼル母はどこか満足げに頷いて、横に控えていた、近未来的かつ機能的なメイド服のような服装をしていた、すらりと背の高い赤毛の兎耳女性に声をかける。

ああ……うん。歴戦の女軍人的な顔の傷とか、マルチスコープ的なものがついている眼帯とか、メイド服着ているけど腕を体の後ろで組んで直立不動する軍人立ちとか。

頑張ってスルーしていたんだが、そうですか、メイドチーフ《メイド長》でしたか……。

いかん、こいつらが濃すぎて俺がついて行けなくなりかけている。

魔王として由々しき事態だ。

兎耳のメイド長……俺の精神安定の為にそう呼称させてくれ。

メイド長は妙にファンシーな色合いの携帯端末を取り出し、キビキビとした軍隊風のやり取りをすると、部下達を呼び出した。

「マム、第2特殊メイド隊、お呼びにより参上したであります！」

待機していたのか？　と疑ってしまう速度でドアを開けてメイド達が入ってくる。

「よろしい。現状報告を」

「第2特殊メイド隊11名欠員なし、ご命令があればいつでも出撃可能であります！」

びしぃ！　と綺麗な敬礼をする、灰色の長髪をした犬耳メイド。

その後ろには同じ灰色の毛並みをした短髪の犬耳メイドが10人並び、一糸乱れぬ見事な動作でびしぃ！　と同じように敬礼をしていた。

メイド達の外見年齢は15～18歳くらいか。若いし見た目も悪くないどころか、かなり良い。メイド長が着ている、機能的なメイド服とは違い、服のあちこちに金属か樹脂のような輝きを放つパーツがついている。21世紀の概念だと表現し辛いが、近未来装甲メイド服と表現できる格好だ。揃って意志の強そうな瞳をしている犬耳メイド達なんだが。何故か1番端の娘《こ》だけ表情が乏しい上に瞳にハイライトのない死んだ魚のような目をしているんだ。

ツッコムな、俺。ここでツッコミを入れたら色々負ける気がする。

「イグサさん、この娘達はどうでしょうか。熟練とは言えませんが戦闘艦や戦闘機の搭乗経験もありますし、見た目も性格も良い可愛い子ばかりですよ」

わかっていますよ、男の人なら可愛い子達に囲まれていたいですものね的な、上品なうふふ笑いをするリゼル母なんだが。

ごめんなさい、ちょっと上級者向けすぎて素直に喜べません。

こいつら未来に生きてるよ………いや、俺から見れば全員未来人なんだけどさ。

個別に聞いてみたら、リゼル母のメイド兼私兵みたいなポジションらしい。

若いだけあって多少経験不足な感はあるが、十分有能なので採用する事にした。

◇

「リゼルねーさん、お帰り」

「ほえ。ミーゼ、何でここにいるんですか?」

買い物帰りでほくほく顔をしたライムとリゼルをワイバーンのブリッジで出迎えた。

魔王っぽく艦長席に優雅に座り、ミーゼを膝の上に乗せて片手に赤い液体が入ったワイングラスを持ってみた。

……何故この浪漫溢れる格好に、誰も反応を示さないんだ？

「『法理魔法発動：鑑定Ⅱ』……種族が半分使い魔になってる。イグサ、増やした？」

相変わらずライムは勘が良い。

「ああ、事情は本人に聞いてくれ」

「ううぅぅ。どういう事なのかよくわからないのですよぅ」

「リゼルねーさん。私もおにーさんの使い魔になったのです。ねーさんと同じで強引におにーさんのものにされちゃったのです」

「え………ええっ？　……えー………イグサ様ぁぁっ！　何でミーゼまで使い魔にしちゃうんですかぁぁぁ。ミーゼにまで手を出すとか犯罪くさいのですよぅぅぅぅ！」

人聞きが悪い事を言うな、手は出してないぞ……まだな。がくがくと久々に揺らされるんだが、ワイングラスの中身が零れそうだ。というか、どさくさに紛れてなに首筋に匂いつけているんだ。

猫か！　いや猫娘宇宙人だから猫なんだが。

「誤解しているようだが、手を出されたのは俺の方だからな？」

普通のやつなら5回は軽く死ねそうな襲撃だった。

「ふ、ふにゃぁぁぁぁぁっ、何が起きてるのかさっぱり、わからないのですよぉぉぉ!!」

赤面してぶんぶんと首を横に振るリゼル。まて、驚くのはわかるが、何で赤面しているんだ。お前の頭の中、絶対ピンク色な想像しているだろう。……落ち着くまで放置するか。

「まぁ、そういう事だ。ワイバーン、お前もよろしくな」

『へい。ミーゼお嬢ちゃん。ワイはこの船の管理AI、ワイバーンといいます。今後ともよろしくたのんます。飴ちゃんもどうぞ』

小型のマニュピレーター《機械腕》でミーゼの手の中に綺麗な包装された飴を落とす。

細かい芸を増やす事に余念がないやつだ。

「……どうも。ミーゼです。よろしくお願いです」

「ワイバーン、命令権第2位、空席だった副長の所にミーゼを登録してくれ」

『承知しました。優先権書き換え、書き込み完了しましたわ』

「イグサ。この子、指揮とか上手い？」

「勿論だ。俺が才能を見込む程度に将来有望だぞ？」

「イグサがそこまで手放しで褒めるなら、納得。どういう子か何となくわかった」

「イグサ様あっ！　ミーゼを借りるのです、しっかり話し合ってくるのですよぅぅぅ！」

リゼルがミーゼを抱き上げて、何故かライムも連れて自室の方へ行ってしまった。

膝の上の温かな感触が無くなって少し寂しい。

まあ、1時間以内にリゼルが逆に説得されるだろう。リゼルだしな……。

手の中で、赤い液体が入ったワイングラスが寂しそうに水面を揺らしている。

……なぁ、この悪役の浪漫的な格好、誰か反応してくれても良いと思うんだ。

◇

翌日、人材募集への応募が定員の10倍を軽く超えたので受付を停止したと、情報ネット担当の兎耳娘に連絡を貰った。

流石に『ヴァルナ』ステーションの人間だ。働く事に非常に貪欲で、その行動力と熱意に好感が持てる。

あまりに応募人数が多いので、半分以上を書類選考で落として――流石に82歳の元熟練海兵とか、やる気に満ち溢れた7歳児とかはお引取り願った――400人くらいにまで絞ったんだが。

これがまた見事に若い動物耳娘ばっかり残った。男の応募が全然ない。数少ない男の応募は書類で落とした老人過ぎるか若すぎるかのどちらかだ。

これでは淫魔が召喚できないな……あいつらは男さえ与えておけば忠誠度も高いし、仕事も真面目だから期待していたんだが。

どうして男が居ないのか、ミーゼに聞いてみたところ、『ヴァルナ』ステーションの男達は、ほぼ全員が既に働いているらしい。

日雇い仕事をしている屈強な（ただし見た目は少年・青年の）男達もいるという話だが、そっちは俺達が求めるような長期就労を好まないそうだ。

必然的に、働き口を探しているものの仕事にありつけていなかった、若い娘達がこぞって応募してきたらしい。

基本的に俺とミーゼで順番に面接していく予定なのだが、面接だけで2、3日は軽くかかりそうだ。

ライムとリゼルはどうしたかって？　適材適所というものがあるんだ……察してくれ。

しかし、面白いくらいに様々な種類の耳を持つ種族がいる。

アドラム人の種族的な特徴なのだろう、顔立ちは綺麗系か可愛い系のどちらか。地味だったり造型が残念な娘を見かけない。ＳＦ世界だと少々お値段がかかるものの、髪型を変える程度に気楽かつお手軽な、骨格《土台》から弄る外科整形や遺伝子調整をしているのかもしれないが。

動物要素も耳と尻尾程度で、顔や体にまで動物要素が混ざる事は少ないという。

希に顔や肌までふかふかの毛皮を持った子とか生まれるそうだが、その手の子は何かしらの能力に秀でている事が多く、歓迎される存在だそうだ。

この動物耳系のアドラム人を作った地球人は業が深いな。俺と趣味が合うので、良い酒が飲み交わせそうだが！

◇

残念ながら、俺は耳を見ただけで何系の動物か判別できるようなケモナーでもないのだが。

20歳よりやや若いくらいか？　元気そうな顔をした、髪の色も顔立ちもよく似た2人は姉妹なのだろう、その娘達はすぐに牛娘なのだと理解した。なんというか胸の膨らみ的な意味で。

採用、即決即断で採用だ。あの見た目なら多少ドジっ子や無能でも構わん！　と言うか、そっちの方が俄然良い……！

所々に俺の趣味が入った人材募集は終わった。

大部分は真面目にやったから、やらかしたところは見逃してほしい。

戦闘従事船員、通称戦闘員。一般船員とともに全員が、外見が中学生から20代後半くらいまでの女性。採用数は船舶戦闘・補修船員が67名、一般雑用・非定期戦闘員42名と予定より多く採用した。数がギリギリだと家庭の事情などで退職希望者が出たり、戦闘で怪我人が出た時に辛いから多めに採用した方が良いという、ミーゼの助言を受け入れた形になった。

船員達の教育係になる教導員も外見年齢が同じものの、実年齢が30過ぎの女性達で埋まった。輸送船に乗った経験のある、勤めていた企業が倒産して路頭に迷っていた元船乗りだ。

教官枠で雇用した9人は全員、随分生活に困っていたらしく、採用したら大変感謝された。デフォルトで忠誠度が高そうだな。

リゼル母から預けられた武装メイド達11名は戦闘艦の操作にも慣れていたので、そのまま全員ブリッジクルーとして採用となった。

白兵戦でも強いという事だが、リビングアーマー達がいるし、ブリッジクルーができる経験と技術持ちは貴重なんだ。

ブリッジクルーは俺、ライム、リゼル、ミーゼ、ワイバーンと武装メイド達に、オペレーター要員として牛娘の姉妹が交代制でやる事に決まった。

後から知ったが、勢いで採用した牛娘姉妹は過去に大型輸送船での労働経験があった。

何も知らないところを性的な悪戯をしつつ教えていくとか、そんな浪漫《ゆめ》を抱いていた俺の男心が血涙流しながら嘆いていたのは秘密だ。べ、別に悔しくなんてないぞ……！

人員の補充も出来て一気に賑やかになったワイバーンの船内だが、男くさくなりそうな予想とは逆に、女子高みたいな空気が漂っている。

有望そうな男性社員は根気よく探していこうと思う。肩身が狭くなるほど繊細な神経はしていないが、男女比が偏り過ぎていて身の危険を感じる。

◇

深夜、ワイバーン船内のオフィス。

これからは対外的なお客を招く事もあるだろうからと造られた、士官用の部屋を1室まるまると使った社長室兼来客用オフィスで、採用した社員達の契約書類を広げていた。

普通は空間投影型の契約書で済ませるらしいが、紙に近い有機素材の用紙に肉筆で署名をしてもらったのだ。

採用した118名と、メイド隊の11名。合計129名分の契約書の束が随分とかさばる。

履歴書も兼ねた契約書を1枚ずつ確認するように、魔力を通していく。

魔力を通すと、文字と文字列から出来た模様がうっすらと浮びあがり、事前に仕込んでおいた魔法が発動する。

『契約成立しました。ランクⅣ・主と下僕の主従契約が執行されます』

『契約者　――――』

『契約先　魔王イグサ』

『契約代償：なし』

『――――は魔王イグサの下僕として命を捧げ、その命尽きるまで忠誠を誓う事がここに誓約されました』

『特記事項：本契約は契約者の無意識下に常駐するものです』

『特記事項：無意識下での発動により、誓約は本来の効力を発揮できません』

『特記事項：契約者から契約先への信頼が篤くなるほど、本契約は効力を発揮していきます』

『例外項目：本契約書を契約者が認識した場合、全ての契約内容に同意したものとして十全の効果を発揮します』

雇用契約だとしても魔王と契約する以上、多少の覚悟はしてもらうが、最初から忠誠心MAXな部下ばかりというのもつまらない。

忠誠心が増えるようなイベントもないのに尽くされるというのは、悪の美学的にも面白くない。

と言う訳で、信頼するほど命令に逆らえなくなる・従順になる契約を仕込んでみました。

あぶり出しというのは古典的だが、浪漫だろう？

◇

停船した船内での訓練から、実際にステーション近隣の宙域で練習航海を繰り返し、船員達が船内の活動に最低限慣れるのに1ヶ月程かかった。

戦闘艦の船員としての技術や経験を持っていない素人の方が多いのに、魔改造した旧式の強襲揚陸艦に慣れる時間としては、かなり早い方だろう。

最終試験代わりに海賊達が跳梁跋扈《ちょうりょうばっこ》している『獣道』に入り「第1種戦闘態勢」と武装メイド達が言っていた、常に戦闘状態が続く状況も体験させ、たまたま海賊に襲われていた商船がいたので、賞金稼ぎがてら殲滅《せんめつ》したりもした。

船員達が慣れてないせいもあって、やはりジェノサイド気味になったが。

かなりの旧式だが、大型駆逐艦を拿捕《だほ》できたのは感慨深いものがある。船を拿捕できるようになったのも、人が増えた大きな成果だな。

鹵獲《ろかく》した大型駆逐艦を『ヴァルナ』ステーションまで回航させるには少々苦労したが。

自動航行システムもあったのだが、歴史的にも最大規模の戦争だったというAI反乱戦争の影響で、船が無人で動いてくれる便利なシステムではない。

代理船長に行き先を指示して、目的地に設定したステーションに到着したら運んでくれた船長に運搬料を支払うという、レトロなシステムなんだ。

骨董品クラスの旧式な上に大型艦なので、最低限動かそうとするにも30人以上必要な苦労を考えると、付喪神なワイバーンがどれだけありがたい存在なのか、改めて知る事になった。

ライムとリビングアーマー達が活躍しすぎて、内装にサイコホラー風味の塗装をしてしまったまま、洗浄も最低限な大型駆逐艦の扱いをどうするか悩んだものの、結局売り払う事にした。

旧式の大型駆逐艦は速度が遅すぎてワイバーンと同行できないし、強襲揚陸機能を持つ上に大型艦の為、運用には船員が大量に必要になる。ワイバーンと役割がかぶる上に、海賊でもしてないと微妙に扱い辛い代物だったからな。

これ以上業務内容を増やす前に、運用資金にもう少し余裕が欲しいのもあった。

『ヴァルナ』ステーションは専属の防衛艦隊がフリゲート艦6隻しかなかったので、大型駆逐艦の売却をしたら、壮絶に苦い顔したリゼル父に感謝された。感謝された後『娘達を返せよぅ』と地面に転がりながら、子供みたいに泣かれたが。

やはり『獣道』が近いせいで、海賊被害と防衛戦力に困っていたようだ。

その結果、ワイバーンの戦闘力――主に魔改造と魔法を使ったファンタジー要素による補正――を見込まれて、海賊相手の大仕事が舞い込む事になる。

旧時代の発電ステーションを長年に亘って占拠している中規模海賊団の討伐依頼だ。

――さあ、やっと面白くなってきた。

魔王、下僕達の進言に耳を傾ける

工業ステーション『ヴァルナ』の外部停泊港に停泊中のワイバーンのブリッジ。

普段は広く感じる室内には、交代制が板についてきたブリッジ要員が全員集まっていた。

「ではっ『ヴァルナ』ステーションより依頼された海賊排除の要項について、不肖、アルテがご説明させていただくであります！」

リゼルの実家から斡旋された戦闘メイド隊の隊長、アルテが一際大きなサイズの空間投影型ウィンドウを開いて説明を始める。

軍帽チックなデザインをした金属質のヘッドドレスを乗せた、灰色の長髪が投影型モニターの光を反射して輝き、なかなか眼福だな。

服装と金属棒タイプのポインター（指し棒）の組み合わせも、えらく似合っている。

作戦前のブリーフィングだが、実際にはまだ依頼を受けるかどうか検討する為に開いた会議だったりする。

だが緊張と興味が漂う、ＳＦ的な戦闘に備えるこの空気は悪くない。実に浪漫がある。

「目標は対象となる海賊勢力の撃破または撃退。主に廃棄された旧世代の大型エネルギー生成ステーションと、そこに出入りしている大型の海賊所属艦が対象となるであります」

撃退？　追い払うだけでもいいのか。海賊達を確保するか、殲滅するか、追い払うだけにするか。どれを狙うかで随分準備にかける手間も変化するな。

「敵戦力を教えて」

ライムが合いの手を入れる。

「はっ。まず主なターゲットになっている海賊所属艦は８００ｍクラス、大きさだけならば準戦艦クラスであります。ただし、これは厳密には戦闘艦ではなく特殊艦という分類であります」

「詳しく」

「はっ。特殊艦はユニオネス王国が開発した8世代前の科学調査・実験艦であります。形式名はSSU-540K『ラー・ヘジュ・ウル』級《クラス》。本来は恒星表面に接近し、恒星環境における科学調査と実験をする為の大型艦であります」

アルテが手元の投影ウィンドウを操作すると、カシャリと音を立ててモニターへ特殊艦の画像が映し出される。

別にスライドでも何でもないので、切り替える際に音なんて出ないんだが、ワイバーンは『定番は大切です』とわざわざ効果音を入れてくれる。浪漫のわかるヤツめ。

モニターに映し出されたのは明るい灰色に塗装された大型艦、尺図も入っているが縦横にも広いのでサイズ以上に大きく見える。

大雑把な形状は、前方から見ると上と下を切り取った球形。真上から見ると丸く押しつぶしたアルファベットの「H」のような形をしている。

「恒星活動によるフレア（恒星表面の爆発及びエネルギー放出による余波）の直撃に耐えうる、強力な戦艦クラスのシールドジェネレーターを複数装備、それを支える大出力リアクターを持つであります。反面、攻撃性能は最低限、機動性もあってないようなものであります」

厳しいな。時間がある時にリゼルからレクチャーを受けているが、船のクラスが変わると搭載するシールドジェネレーターも隔絶した性能になる。

強襲揚陸艦時代のワイバーンのシールド強度が800s、魔改造したワイバーンやそこらの軽巡洋艦が2万から3万s前後。

これに対して現役で使われてる一般的な戦艦のシールドが70~80万s。旧型だとしても、戦艦クラスなら20万s以上のシールド強度を持つだろう。まさに段違いとしか言えない。

容量が大きなシールドは修復速度も早いので、豆鉄砲では撃つだけ無駄だという。

「その時点で十分すぎる難物なのです」

難しい顔したミーゼ。対応策を既に頭の中で考え始めているのだろう。

「しかしながら、これを海賊が改造したらしく、機動性が若干向上、攻撃兵器の追加は無いものの、母艦機能が増設され。原形となった『ラー・ヘジュ・ウル』級の積載能力を考慮すると、クラス3の戦闘機が推定15から20機搭載可能、クラス5戦闘機であれば40機以上との推測がされるであります。呼称がないと不便なため、便宜上『特殊海賊空母』と呼称するのであります」

特殊環境対応の軽空母というところか。

巨大な船体からして軽空母という言葉は似合わないが、このSF世界の軍隊が使う空母はもっと搭載機数が多いらしいので軽空母、または小型空母という表現になってしまうらしい。

「が、頑張るけど。強襲揚陸艦1隻でどうこうってレベルじゃない……ですよね?」

言い切れずに周囲に尋ねているのは、オペレーターをしている牛娘の姉の方。

元気な印象を受ける癖のあるウェーブヘアに三つ編みにした長髪の女性だ。雰囲気を例えるなら「新任の自信はないけど熱意はある女教師」だろうか。教師にするには豊満すぎる体型が、あまりにも青少年にとって目の毒だが。

牛娘らしくカウベル風のアクセサリーかチョーカーを是非プレゼントしたくなる。

殴られそうだが……いや、殴られても構わん。今度渡そう！

「次に旧世代の大型エネルギー生成ステーションでありますが。これは約３２０年前に廃棄された『太陽熱型エネルギー生成プラント』であります」

「技術的な事は私が説明するのですよぅ！」

はいはいはい、と手を挙げて主張するリゼル。

「ではリゼル、頼む」

捨て猫が「拾って！」という感じで見つめてくるのに近い視線をリゼルから感じる。

前は説明関係をほぼリゼルに頼っていたからな。仕事が減って危機感でもあるんだろうか。

「はーい、まいますたー！」

満面の笑みで返事するリゼル。耳はピンと尖って、尻尾はぶんぶんと振られている……猫系なんだよな？　最近自信がなくなってきた。

「このステーションは旧式化して今は使われていないタイプの、恒星が発する熱を利用してエネルギーキューブを生成していたのですよぅ」

エネルギーキューブとは凝縮されたエネルギー物質で、膨大なエネルギーを固形化・安定させたものだ。21世紀の感覚でいえば電池やバッテリーのような用途に使われる。

形状は半透明の白く柔らかいゴム《樹脂》……だろうか、不思議な手触りだった。

ドラム缶サイズのキューブ1つで、大型工業ステーション『ヴァルナ』全体の電力やエネルギー消費を30分から1時間、賄う事ができるそうだ。

このエネルギーを固形化する技術のおかげで、発電能力とかを自前で持つ必要がなくなり、複数の工業や交易ステーションで1つのエネルギー生成ステーションを持っていれば十分になったという。

「何故廃棄されたんだ？」

「効率が悪いのです。恒星の近くにプラントがあるから、エネルギーキューブを運搬するのにも特殊海賊空母みたいに、耐高熱・高エネルギー環境対応の特殊輸送船が必要になるのですよぅ」

……説明されると、なるほど納得な理由だな。

「何より今の主流は低効率をサイズと数でカバーする太陽光集積型のエネルギープラントか、少し危なくて制御も難しいけど、場所も選ばないしエネルギー生成効率が段違いに高い重力炉のどっちかなんですよぅ」

ああ、石油やガス火力発電所や原子力発電所が出来た後の、環境に優しくない石炭火力発電所的な、時代の流れで消えていく施設なんだな。

「リゼル様、説明感謝であります。該当海賊は特殊海賊空母を母艦に、そしてこの太陽熱エネルギープラントを母港及び本拠地として活動しているのであります。

また、太陽熱エネルギープラントには、近距離にあるステーションやサテライトへのエネルギー供給用に大容量レーザー発振器が搭載されているのであります。恒星付近という悪環境の為、極端に有効範囲は短いものの、武器として転用すると戦艦の主砲と比べても遜色無い威力があると推測されるのであります」

予想以上に難物だな。ファンタジー的に例えるなら、要塞に立てこもった山賊か。

「聞く限り海賊とは思えない充実っぷりなんだが、何故国や軍は放置しているんだ？」

そこが解せない。

「こいつらは『船の墓場星系』でも、セコい事で有名な海賊なのです。近くの星間航路を通る船を狙って、特殊海賊空母から発進した戦闘機で襲うのです。だけど、戦闘機は積載量が小さくて、輸送船の中身をあんまり積んで持ち帰れないから、海賊被害の発生回数に比べて被害額はずーっと小さいのです」

……壮大な話が急にしょっぱくなってきたぞ。

「ミーゼ様の発言を補足するのであります。特殊海賊空母が運用する、艦載戦闘機は数こそあるものの、旧式のものであるため、護衛がついた大企業や商船団の輸送船は襲われないのであります。そして強力な軍や軍事企業の艦隊が来ると、特殊海賊空母で恒星近くまで退避するのであります」

「パパも帝国軍に討伐依頼を何度も打診したけど、特殊艦以外で恒星環境に耐えられるのは軍の主力戦艦くらいなのです。主力戦艦入りの艦隊は帝国軍としても大事な存在なのです。ここは田舎だし、脅威も低いし被害が少なすぎて出動してもらえないのです」

……あ、うん。隙間産業的な海賊なんだな。

「……立派な本拠地や船を持つ割に、仕事のやり口が随分と小口だな」

「でも、やっぱり海賊は酷い事ばっかりするよ。数年前かな、友達が乗った船が襲われて、可愛い子だったらそのまま誘拐されて。その子の家、貧乏だし普通の家だったから身代金も払えなくて。結局友達、帰ってこなかったんだ……」

　哀しげな口調に思わずブリッジ内に沈黙が落ちる。今話したのはオペレーターをしている牛娘の妹の方。

　普段はスポーツ少女的な明るい子なんだが、それだけに哀しげな口調から痛ましい雰囲気が伝わってくる。

　身代金を払えるなら無事に解放、払えないなら部下の慰みものか。金持ち《権力者》と敵対したくない海賊的には上手い方法なんだろうが……身内に犠牲が出ているなら始末対象だ。

「アルテ、ワイバーンは見た目より強い船。けど、この仕事は今までの実績を過大評価しても厳しい内容。私達は何を期待されているの？」

　ライムが依頼の目的を確認する。

「はっ。特殊海賊空母及び太陽熱エネルギープラントの攻略は非常に困難であります。しかし、当艦には光学走査を回避する隠蔽装置が搭載されていると聞いています」

　ただの透明化魔法なんだが、ＳＦ世界的には評価ポイントみたいだな。

「故に特殊海賊空母から出撃する、海賊戦闘機への待ち伏せ及び撃破を期待されているものと、小官は判断するであります！」

　びしぃ！　と綺麗な敬礼を取るアルテ。

　うちはそんな社風でないから普通の態度でいいと言ったんだが、癖になっているらしい。

制服とかもないので、私服や作業服の船員が多い中、あの装甲メイド服のままだから、とても目立つ……いや俺的には眼福だから良いんだけどさ？

「納得。待ち伏せしての戦闘機迎撃なら、ワイバーンでも十分出来る」

魔法を道具に付与する魔法もあるし、透明化を付与した魔法の道具《マジックアイテム》を作っておいた方が良いんだろうか？

だが、このSF世界じゃ魔法の道具なんて、国や大企業が大好きな遺失技術《ロスト・テック》扱いだろうし、後で面倒事になりそうなんだよな。

「しかし、何故このタイミングで直接依頼なんだ？」

大型駆逐艦を売却したばかりだし、船員達はまだ初心者マークがついている。

しかも今回の依頼、依頼主は『ヴァルナステーション商工組合』実質、リゼル父の依頼だ。

「はっ。それについて情報収集は完了しているであります。ツェーン、説明を」

アルテが部下メイドの1人を呼ぶ。仕事用のコードネームらしいが、アルテの部下達はアイン(1)、ツヴァイ(2)…からツェーン(10)までの古代地方語での数字——俺からすればただのドイツ語で呼ばれる。

……まぁ、リゼル母の私兵らしいけどさ。どう見ても特殊部隊の精鋭だよな、明らかにメイドの枠はみ出ているよな？

「いえす、まむ。我々が作戦行動中でした数週間ほど前に『ヴァルナ』ステーション所属の中型民間輸送船が襲われ、乗客の民間人89人が誘拐されました。『ヴァルナ』ステーション自治体及び自

警隊にも確認済みであります」

　仕事が早いのは良い事だ。

　しかし、このツェーンと呼ばれてるメイド少女、例の死んだ魚のような目をした、瞳からハイライトが消えている子なんだが。

　話す言葉にも抑揚がない、感情も籠ってない棒読みで、この子の身に何があってこうなったのか、すごい気になるぞ。

「誘拐された民間人の中には休暇を使い実家に帰省予定だった、当家の一般メイド15名が含まれていたであります。海賊達の要求する身代金は高額であり、特に当家のメイドは要求額が非常に高く、旦那様も奔走しましたが、一般メイドに回せる予算では8名なら身代金を払える、逆に言えば15名中7名を見捨てる判断が必要であります」

　命に価値はつけられないと有名なフレーズがあるが、21世紀よりもSF世界は能力や技能でシビアな値段設定がされるな。

「ステーションの防衛艦隊では、特に誘拐された人質が捕われていると思われる太陽熱エネルギープラントの制圧は立地的に非常に困難であります。故に海賊の撃退、これ以上の被害を抑える依頼が発生したと推測されるものであります」

　リゼル父も辛いところだな。そして娘達が絡まなければ本当に優秀なんだな。

　1人でも多く助けて、切り捨てるところは切り捨てる判断を下せる上司《リーダー》はそう居ない。

「隊長、奥様より伝言を預かっております。『情報収集はまだまだね、隠れてるつもりだろうけど、可愛い尻尾が見えているわよ』であります」

くっ！　と悔しげに唇を噛むメイド隊長のアルテ。リゼル母は本当に何者なんだろうか。

ツェーンが操作すると、投影ディスプレイに大量の履歴書のような顔画像入りのパーソナルデータが表示されていく。

これが今回誘拐された人達の情報か。メイド達はわかりやすい……うん？　何故かって？　そりゃ全員メイド服を着てる画像だからな。

攫われたのは男2：女8位の割合か。……男も美形を狙って攫ったようだし、身代金が取れなかった時を海賊達も考えているんだろうけどさ、男が2割含まれているのは業が深い。

表示されたパーソナルデータ……履歴書だけじゃなくて病歴とか親の情報とか書いてあるから、非合法的な手で入手したのだろうが。

メイド達や牛娘の中からも「……姉さん」とか「アルゼさんまで……」とか感情を押し殺した声が聞こえる。

メイド達以外にも攫われた民間人がこれだけいれば、知り合いもいるだろうしな。

ミーゼも攫われたメイドに顔見知りが含まれていたんだろう。

必死にポーカーフェイスを保っているが、かなり辛そうな感情が透けて見える。

こんな時にも「身代金が盛られすぎてるのです、もっと値切れそうなのですよぅ」と計算しているリゼルは色々アレだ。

確かに身代金を値切れれば、助けられる人数が増えると思うが、こう……何か違うだろう？　魔王の俺が言うのもおかしいけどさ！

おい、ミーゼ「その手があった！」と顔を輝かせるのは止めろ。

お前の冷静さや頭の切れるところは買っているが、やりすぎると愛玩動物枠から外れる。


……さて。そうか、肉親や顔見知りも被害にあっていたか。

胸の奥には懐かしい、暗く、熱さと冷たさが交ざった感触。

魔王としての俺はこの程度の被害は良くある事だと冷静に流している。

魔王としての別の側面は、身内の身内に手を出すような敵は皆殺しだと猛っている。

魔王化の影響なんだろうな、精神や感情に影響があるのは。

そして俺自身の感情も怒っている。

だってそうだろう？　あまりにも美しくないし勿体無い。

誘拐されても身代金が払えないと、何ですぐに慰みものにするかな！

そこは「君は見捨てられたんだよ」とか絶望を煽ってみたりさ。「見捨てた連中を見返してやろう。私は最後まで味方になってあげるよ」とか。

甘く籠絡してみたり、復讐心を煽って手先にしたりできる美味しいところだろうが！

ああもう、あまりにも勿体無い。雑すぎる扱いにふつふつと怒りがこみ上げて来る。

その手の商売しているお姉さんを雇って派遣してやるから、もう帰れないと絶望している人質と交換してくれ……！

お前らには悪の美学がないのかと小1時間、いや日単位で語ってやりたい。

え？　人道とかはどうしたんだって？　魔王に聞かないでいただきたい。

海賊達の勿体ないムーヴに内心怒っていると、くいくいとコートの裾が引っ張られた。

引っ張ったのはライムか。

「どうした？」

「イグサ、この人達を助けたい。勇者としてじゃない、私が助けたい」

相変わらず感情が読み辛い表情に、淡白な口調だが、その声の奥には火傷しそうなほどの熱が籠っていた。勇者としての性が助けたいだけならお断りだが、ライムが願うなら話は別だな。

「でも、私だけだと無理。お願いイグサ、手を貸して」

「魔王への願いは高く付くぞ？」

魔王の助力を求める勇者か。出会ったのが普通のファンタジー世界だったら有り得なかった光景なんだろうな。

「ん。わかってる。何でもする」

即断でどんな代償でも払うと言い切るライム。愉快すぎて思わず「くはっ」と笑いが零れてしまったじゃないか。

「契約成立だな」

俺にしては契約魔法も使ってないが、ここで持ち出すのも無粋というものだろう？

口約束だからこそ遵守される契約とか浪漫じゃないか。

契約や代償なんて無くたってライムの願いを叶えてやると言っても良いんだが。

そこは繊細な魔王心というものを察していただきたい。

◇

「よし、方針を決めた。聞いてくれ」

「総員傾注であります！」

ザッとシンクロした音を立てて腕を体の後ろで組んだ「休め」の体勢になるメイド隊一同。

……リゼルにミーゼよ、状況に気がつかずまだ身代金の値切り計算を続けないでくれ。それだけ必死なのかもしれないが。使い魔にした2人がこれというのは、凄く微妙だ。

ユニア、牛娘の姉の方が肩をつついて教えている。あ、ミーゼがリゼルの首をぐりっとこっちに向けた。変な風に力が入ったらしく、リゼルが首筋押さえて凄く痛そうにしている。

もう俺、シリアス風に気合入れるの止めていいかな……。

「まず、待ち伏せをしての海賊撃退はしない。やるなら徹底的に叩き潰す。このワイバーンで出来るのか？　という疑問はとっておけ。お前達が考えている無茶や無理を何とかする方法は一通りある。これから船員達にも通達するが、信じきれないなら船を降りて構わない」

「私はおにーさんを信じるのです」

「ちょっ、ミーゼ。人の台詞を取ったら駄目ですよぅ。イグサ様とライムさんの非常識っぷりはもう慣れてきました。どこまでも付いていくのですよぅ！」

2人ともすぐに付いてくるとか、嬉しい事を言ってくれるな。

メイド隊は知識があるだけに、まだ戸惑っている子が多いな。

ユニアとルーニアの牛娘姉妹は「私達はお姉さんなんだからしっかりしないと」とか言っている。気持ちはありがたいが、俺まで弟枠に入っているのだろうか。

「ワイバーン、マイクとカメラをこっちに向けろ、艦内放送準備だ。範囲は船内全域。聞き逃しがないようにな。それと逆方向マイクも動かせ、反応を知りたい」

体がコンパクトサイズなライムを抱き寄せて、膝の上に乗せる。ライムは俺の意図に気がついたのか、寄りかかるように体を預けてきた。愛玩動物枠ならミーゼなんだが、折角の晴れ舞台だ。

魔王と勇者が揃っていた方が良いだろう？

『へい。カメラ及び指向性マイク稼動。魔王様、準備できましたわ』

視界の端に●ＬＩＶＥと中継中である事を通知する投影ウィンドウが開き、更に艦内の船員が映る投影ウィンドウが次々と現れていき、視界いっぱいに広がっていく。

「強襲揚陸艦ワイバーン艦長、そして民間軍事企業『魔王軍』代表のイグサだ。次の仕事を通達する。大仕事になるから心して聞けよ？」

数多のウィンドウの向こうにいる船員達の顔が引き締まる。緊張や恐怖では無く、大きな仕事を前にした高揚と期待の表情に目だ。

ヴァルナステーションの住人は活力がありたくましいが、更に書類審査と面接をくぐり抜けてきた船員達は女傑ばかりだな……。

「『ヴァルナ』ステーションにいたなら知っていると思うが。廃棄された太陽熱プラントを本拠地にする海賊、そしてその母艦になっている大型特殊艦を相手にドンパチするのが次の仕事だ」

ワイバーンが拾った船員達の声は驚きと戸惑いが多い。

戸惑うのも当然といえば当然だ。強襲揚陸艦が1隻で挑むには大きすぎる獲物だからな。身近な尺度だと手こぎボート1隻と銛1本で巨大なクジラに挑むのに近いか？

俺の勘と計算だけではなく、魔王の人外じみた知力ステータスにブーストされた、戦術・戦略系スキルが『想定外の敵増援やトラブルがあっても勝率は8割以上を確保できる』と告げているが、これは俺にしかわからないし、何よりファンタジー的なスキルによって得た情報や勝率予想はSF世界の住民にとって、信用できるものではないからな。

「目的は特殊大型艦の撃沈または拿捕、及び太陽熱プラントの完全制圧と、そこに捕われた被害者の救出だ。準備期間は24時間、1日後に出港予定だ。勝算はあるが、危険な航海になるだろう。希望者は下船を認めるので8時間以内に申し出てくれ。契約違反を問う気はない」

下船を認める内容を伝えると戸惑いが随分と減った。次に燃料だな。

「危険な仕事だけに稼ぎは良い。稼ぎ時だと思うヤツは実力以上に働いてくれ、達成時の臨時ボーナスは保証しよう。さあ、気合を入れろ、稼ぎ時だ！　ここ1番の化粧をしろ、とっておきの服と下着をつけろ。死んでも悔いを残さないように、綺麗な死に顔を残せるように。そして凱旋した後に分厚い給料袋片手に花道を1番に歩けるようにだ！　以上、社員一同の活躍を期待する」

演説スキルとっておいて良かった。どう語れば盛り上がるか台詞や言い回しが思いつくのは便利だな。視界内の●ＬＩＶＥウィンドウが消えたのを確認して、カメラから視線を外す。

「ワイバーン、ある程度は見えたが艦内の反応はどうだ？」

俺の視界一杯に広がるウィンドウからは腕を突き上げて歓声を上げている社員達が見えるから、聞くまでも無いとは思うが、これも様式美だ。

『へい、歓声10割です。見込んだ通り骨のある連中ですわ』

ワイバーンも腕を組み、嬉しさと満足さが渾然一体となった笑みを浮かべていた。船員達の反応は期待以上だ。２、３割の脱落を覚悟していたが、嬉しい誤算だな。

「と言う訳だ、１日で支度する。忙しい日になるぞ」

ブリッジクルー達を見渡す。

メイド隊は覚悟と高揚の色がある凜々しい顔で、揃って敬礼をしていた。信頼の視線を感じるな。若干１名、相変わらずハイライトの消えた目が交ざっているが。

牛娘姉妹もやる気に満ちていた。先ほどの演説の内容の影響が出ているのだろう、下着の商品カタログを広げて何を買うか相談しているが、せめて俺の目の無い所でやってもらいたい。

◇

そこから24時間で必要な物資や装備を揃えるのはかなり大変だった。

ステーション内のジャンク屋や、中古や再生部品を扱っているディーラーを巡り、リゼル父のコネまで使って優先してもらい、欲しいパーツや装備を買い漁っていった。

まずは特殊環境用の突入ポッド、場所が場所だけに使い捨てになるのが少々勿体無いが、エネルギープラントを制圧するのに必要なので、ワイバーンの積載スペースギリギリまで数を揃えた。

エネルギープラント制圧の主力である歩兵戦力――――リビングアーマー達は痛みも知らないし、多少の破損でも動くが、流石に鎧の関節部分とかを破壊されると動けなくなる。

プラントを防衛する海賊達以上の数とまではいかないが、戦力で優位になるくらいには十分な数を準備してやらないといけない。ＳＦ世界でも数は力だ。

耐高熱・耐高エネルギーの突入ポッドとか、マイナーなものがあるか少々心配だったが、意外と簡単に、しかも沢山見つかった。

冷静に考えてみれば、突入ポッドはビームやレーザーが飛び交う宇宙戦で使うのだから、耐高温・耐エネルギー装甲なのは普通のようだな。

中古でも耐久度が高い順に買い集め、後は改造して冷却装置を設置すれば、超高温環境に耐えられる、極地戦用突入ポッドの完成だ。

次に中古の宇宙戦用装甲服集め。ただの金属素材から作ったリビングアーマーよりも、実戦で使われていた装甲服をベースにリビングアーマーを作製した方が、知能が高く色々な判断が出来る上に、戦闘能力も高いものが出来るからだ。

今もワイバーンに50体ほど居るが、種族も「ファントムアーマー」になっている。リビングアーマーの上位種族的な扱いだろう。

エネルギープラント内部を制圧するには色々な機械操作も必要になるし、複雑な命令を理解できないリビングアーマーだけに任せると、海賊ごと人質をジェノサイドしてしまう危険があるので、指揮官役が必要なんだ。

人質以外にも、海賊でも非戦闘員を虐殺してしまうのは色々と寝覚めが悪いし勿体無い。

非戦闘員の中には、海賊に捕まって強制労働させられている民間人や、元誘拐された人質も混ざっているだろう。

注意しておくが、俺が唐突に人道主義に目覚めた訳では無いぞ？

今回の依頼《しごと》では、海賊被害者を助けるほどに報酬が増えるんだ。今回攫われた被害者だけではなく、過去に海賊団に攫われた被害者達も含めて。

何より雑に命を奪うのは悪の美学に反する。罪の無い一般人の命を弄ぶなら、浪漫を重視した上で、もっと手段や内容に趣向を凝らしたい。

忘れてはいけないのは、冷却ジェルの大量購入。

恒星に接近する事になるので、ワイバーンの冷却装置でまかないきれない熱を除去・人体を高温から守ってくれる、冷却ジェルを大量に購入して船内に運び込んだ。

高温に反応して熱を奪い蒸発する事で、船体や船員を守ってくれる優れものだが、消耗品なのが難点だろうか。

冷却ジェルは多いほど安心できるので大量購入したのだが、ワイバーンの船倉はすぐに満杯になってしまい、通路や船員室にまで冷却ジェル入りの金属缶が山積みになった。

船員達が冷却ジェルを使う訓練を見学したが、青く染色された粘性の高い液体、ローション的なものを通路にぶちまける、船員達も頭から被るという荒っぽい使い方だった。

随分と原始的な使い方だが、緊急用の道具だからこそ誤作動とかが無い、単純な構造になったのだろうか。

――なお、ミントのような香りがする冷却ジェルに塗れた船員達が、訓練ついでにじゃれ合っている姿は大変目の保養になりました。

最後に艦長席の改造。

今回はワイバーンで恒星に近い、無茶な所に接近する事になる。

いくら軽巡洋艦級のシールドジェネレーターがあるとはいえ、そのままではすぐにシールドが崩壊して艦ごと丸焼きになるのが目に見えている。

魔法を使って何とかする事になるが、ワイバーン全体に魔法をかけるなら、艦内に巡っている生体神経情報網に触れる場所があった方が良い。

ファンタジー的な説明をすると、乗っている帆船を守るように防御魔法を使うより、巨人に触れて単体に防御系補助魔法《バフ》をかける方が、効果も高く消費も少なくて済む。

この辺はミーゼと相談して構想を練って、リゼルが改造をやってくれた。

その結果、艦長席のアームレストの先端、手を置く部分に生体神経網を構成する有機ジェル網へ直接手を触れる事ができるコンソールが追加された。

外見は表面が流動する水晶にも見えるが、触ると指先や手がゆるいゼリーに沈むような感触と共に水晶状のコンソールの中に沈み込む。

ファンタジー系ロボットアニメを見た時に、似たような形の水晶球に手を置くタイプの操縦桿《ハンドル》を見た記憶があるが、それに近い……と思う。

ワイバーン全体への魔法行使は更にスムーズになったものの、中年サラリーマンのような外見のワイバーンと直接繋がるとか、凄く心理的な抵抗があったが我慢した。

せめて女性人格だったらなぁ……とぼやいたら、ワイバーンに「投影している姿だけでも女性の外装にしますか?」と提案されたが、丁重に辞退した。

外装《スキン》をつけたのを実際見たが、中身がエロオヤジなまま外見が豊満な肉体をしたバニーガール姿の美女とか、激しい違和感と吐き気、ひどく生々しい拒否感を感じたものだ。

ワイバーンも善意でやってくれた事なのだからと、精神力を総動員して吐くのを我慢した俺を誰か褒めてくれないだろうか。

準備した特殊環境用の突入ポッドには自律人型戦闘人形《オートマトン》用の収納・展開用装置にリビングアーマーをぎっしり作製して詰め込んだ。人間と違い無茶な折りたたみをした上での収納が可能なのが強みだな。

その数はポッド1つ当たり180体、合計で約2000体のリビングアーマーと500体のファントムアーマー、余りのスペースにはリビングアーマーとファントムアーマー達の予備装備を格納してある。

全部準備し終えた頃には出航4時間前になっていたので、そのまま艦長席で仮眠を取る事にした。勢いで言ったが、流石に出航まで1日はちょっと短すぎたな。

◇

……妙に寝苦しくて目覚めたら、何故かライムとミーゼが俺を布団にするように、両側から抱きついて腕の中に潜り込んで寝ていた。

目が覚めたら猫が胸の上に乗っていたシチュエーションに近いのだろうか。残念ながら召喚される前は、猫を飼っていなかったので経験がないが。

ワイバーンに画像を撮ってもらい、準備に随分と世話になったリゼル父への礼状に、画像を加えて送ってもらう。

さぞ苦悩しつつ喜んでくれるだろう。愛しい娘の無垢な寝顔と、幼い娘が異性に抱きついて安堵して寝ている姿を見て。……血涙でも流すだろうか。

送信して即座に返信されてきた殺意に満ちたリゼル父からのメールを読んでいると、乗員の乗り込みと点呼も完了、港湾管理に既に出港許可も取ってあると声をかけられた。

ライムとミーゼが張り付いたままなので、微妙に周囲の視線が生ぬるいが仕方ない。

座席を起こして優雅に足を組み、愛玩動物風に寝ぼけている2人を片手で撫でながら、そのままに出港命令を出す。

さて、浪漫を解さぬ海賊共に魔王の裁きを与えようじゃないか。

魔王、灼熱航路を旅する

「工業ステーション『ヴァルナ』より相対距離200km突破、星間航路用リミッター解除、ワイバーン巡航速度に移行であります」

「こちら強襲揚陸艦ワイバーン、通信オペレーター・ユニア。『ヴァルナ』防衛艦隊旗艦へ、情報提供を艦長に代わりお礼申し上げます」

「各部火器管制チェック、主砲副砲おーるおっけーですよぅ」

「対空レーザー砲塔異常なし、テスト出力での稼動チェック完了であります」

「星系内広域ネットワークにアクセス、最新データを取得します」

ブリッジの中は報告の声が次々に上がり、それぞれが割り振られた作業に入っている。

この中で暇しているのは3人。

艦長の俺、今回は突入要員なのでそれまでやる事のないライム、副長のミーゼだ。

最初は艦長席でどっしり構えていたものの、10分もすれば暇になってきたので、お茶と茶菓子を持ち寄って暇潰しをしていた。

ミーゼは俺お手製のお菓子を初めて食べたせいか、目を輝かせて夢中になって食べていた。

21世紀のフルーツタルトは未来人のお嬢様にとっても美味しかったらしい。

食料生成機で作った紅茶のような何かも美味しいが、今度ステーションに寄ったら暇つぶしアイテムの入手も考えないとな。

定番はテーブルゲームだろうか？　立体チェスとかその手のゲームをソフトウェア屋で見かけた事がある。

……はっ。未来世界のエロゲー的なものが、もしかしたらあるんじゃないか？　流石に仕事中、艦長席でプレイする程人間性は捨てきってないが。

「アクトレイ自動航行システムより通信、対象シップヤードへ順調に移動中であります」

自動航行システムと言っても、定期的に現在地を報告するのと、移動した後にパイロットへ報酬を支払う機能がついた、現代のタクシーメーターに毛が生えた程度のものだが。

今回の出撃に際して、予備機扱いだったアクトレイはワイバーンを魔改造してくれたシップヤードのおやっさんに預ける事にした。

ライム以外に安心してパイロットを任せられる乗組員がいないし、ライムには改良型のアクトレスがある。

なによりワイバーンが搭載できる艦載機は2機だが、輸送ならともかく運用状態――カタパルト（艦載機を加速して射出する装置）からの発進や着艦が可能――のスペースは閉鎖型の格納庫に1機分しかなく。

もう1隻は上部装甲の着艦ベイに固定用アームで固定するだけという大雑把なものだ。

今回のように恒星近くで活動する場合、搭載したままではアクトレイがチーズの様に溶けてワイバーンの上部装甲に張り付くので、お蔵入りとなった。

「イグサ様『ヴァルナ』ステーションから連絡がありました。海賊達が指定した人質の身代金受け渡し予定は3日半後、このペースで行けば指定日時前に強襲できると思われるであります」

「承知した。報告ありがとう。戦闘前に疲れないようにしっかり交代して休んでくれ」

「はっ。お気遣い感謝であります！」

◇

特に問題もなく順調に航行を続けて約1日半後、対象のエネルギープラントと恒星の近くへと到着した。

「種別不明、隠蔽装置《クローキングシステム》稼動中……と思われるであります。遺失技術ではありますが、機器に何の表示もないのは不安であります」

魔法だしな。動作ランプとかは無い。

「恒星よりのエネルギー風を規定レベル以上で計測、船外温度上昇中。まもなく危険域へ突入します」

「艦内の皆さんにご連絡です。戦闘員は耐極限環境用装備を着用して、それぞれの持ち場にて待機してください。一般乗組員の方は作業を中断し、S2以上の保護エリアへ移動をお願いします。10分後に環境保持用の隔壁が艦内全域で作動します。取り残されないように、注意して移動をしてください」

牛娘（姉）のユニアの美声の艦内放送が耳に心地よい。また、首元でカランと涼しげな金属音がするのがとても良い。出港前に牛娘姉妹へ、小さなカウベル形アクセサリー（特注品）がついたチョーカーをプレゼントしておいて良かった。

未練という名の死亡フラグを1つ消せた上に、大変満足だ。忙しい出港準備の中、少し無理をしてオーダーメイドで注文しておいたのだ。

2人とも「不思議な造形ですね？」と、どのようなものか知らなかっただけに多少罪悪感があったが、罪悪感と引き換えに浪漫を満たせたので満足だ！

「パッシブセンサー、最大解像度にて目標、太陽熱エネルギープラントを補捉であります。誤差及びノイズ除去、メインモニターへ表示します」

モニターに表示されたのは、かなり大型の恒星と、黒いシルエットになっている、砦か城のような形の太陽熱エネルギープラントが見える。

「プラント下部にエネルギー伝達用の大容量レーザー砲塔を確認、稼動可能状態と思われます」

「おにーさん、ここまで来たけどどうするのです？」

そういえばミーゼには使い魔契約とリビングアーマー作製程度しか、魔法らしい魔法を見せてなかったな。

ただの金属塊から騎士タイプのリビングアーマーを作るのも「不条理すぎるのです」と平然とした外見を取り繕いつつ、随分と混乱していたが。

「船体外部温度、危険域に突入したのですよぅ。シールド徐々に低下中。この位置でもシールド消失まで後15分くらいです」

もう恒星が船外の風景を映しているモニターの一面を覆う程度に巨大に見えている。これでも随分と距離があるというのだから、宇宙というのは壮大だ。

『概念魔法発動：火属性耐性付与Ⅹ／効果時間増加Ⅶ』

『法理魔法発動：高温耐性Ⅸ／効果時間増加Ⅶ』

艦長席のアームレストの先についた、ワイバーン船内の生体神経通信網へ繋がっているコンソール、水晶球のような形になっている有機ジェルに片手で触れ、反対側の手で指を鳴らす音をキーに魔法を発動させる。

ワイバーンのシールドに薄い青色が広がって消えていく。

特にアクションもなく無詠唱で発動できるし発光現象も本来不要なんだが、何のリアクションもない魔法発動とか、淡白過ぎるよな？

「シールド表面安定しました。シールドジェネレーター出力100％で安定稼動なのですようぅぅっ、また非科学的に非常識すぎますぅぅー」

「……おにーさん、どんな魔法を使ったのです？」

ミーゼの言う魔法とは比喩的な表現なんだろうな。

「よくわかったな、魔法を使ったんだ」

種も仕掛けもある手品でなくてすまない。本物の魔法を使っただけなんだ。

「…………非常識なのです。後で問い詰めるから覚悟しておくのです」

それでも取り乱さないのはミーゼの長所だな。

◇

ワイバーンは透明化魔法を維持したまま、エネルギープラントへ向けて順調に接近していた。

エネルギープラントは稼動効率を上げるため、恒星のかなり近くに造られているせいで、接近するほど周囲の環境が苛酷になっていく。

「船外温度更に上昇、このクラスの艦でこんな場所に来るのは想定外であります」

「太陽風が強くて進路がブレるであります。補助推進器に恒星表面及び太陽風のデータを入力、微調整のセミオート化を実行であります」

『特殊海賊空母のリアクター反応はセンサーで見える範囲になし。巣穴は空みたいですわ』

「恒星表面に突発性フレア確認、小規模だけど余波が至近距離を掠るのですよぅ！　進路情報を出すから、アルテ回避してくださいぃぃ」

「了解であります！」

恒星表面から噴き上がったフレアが虚空を切り裂いて、近距離を破滅的なエネルギーの奔流が吹き抜けていく。

モニター越しに見える景色が綺麗だなという感想しか出ないが、ライムの代わりに操縦席に座ったメイド隊長のアルテは必死に操舵して回避行動を取っていた。

「艦体安定、シールド強度94％にダウン、余波で隠蔽が解除されました。パッシブセンサーに感知あり、エネルギープラントからのアクティブセンサーに引っかかったのですよぅ！」

ブリッジ内に警告音《アラート》が鳴り響く。このまま奇襲で片付けたかったが、楽にいかせてもらえないようだ。

「推進器の航行リミッターを全解除、本気を見せてやれ。エネルギープラントに急速接近するぞ」

「いえすさー。おーるりみったー、りりーす」

副操縦席に座った、瞳にハイライトがない犬耳戦闘メイドが、コンソールからリミッター解除用の物理レバーのロックを外し、シリンダー状の本体を引き上げる。

「行くであります！」

操縦席に座ったアルテが操縦桿《ハンドル》を押し込む。

ワイバーンがブースターを吹かし、イナーシャルキャンセラーで中和しきれない反動が、シートに体を押し付ける。

推進器も辺境用の高速推進器を、更に魔改造した部品に交換した結果、高速戦闘機を振り切れる速度が出せるようになっていた影響だな。

速度を出しすぎると機動性が死んで小回りが利かなくなるし、突入ポッドの射出とかを考えると、すぐに減速に入る事になるんだが。

直線の最高速度争い《ドラッグレース》でも無いと、ワイバーンが出せる速度の8割は使わないんじゃないだろうか。

「ライム、もうすぐ出番だ、ステーション制圧の方は頼んだぞ」

既に突入ポッドに乗り込んで待機しているライムへ通信を送る。

『任せて』

「ステーションの大容量レーザー砲塔旋回中、ゆーっくりこっちを狙ってきてるのですよぅ！」

「おにーさん、情報にない改造部分があるの。……あ、ミサイルが飛んで来たのです。ミサイルランチャーを増やしていたみたいなのです」

副艦長席で情報分析をしていたミーゼが緊張感の無い口調で声をあげる。

「向かってきているのは特殊環境用の対艦用大型ミサイルが6発。誘導性と速度は低いけど、威力と爆発半径が広いタイプなのです」

「俺が何とかしてみよう。しかし海賊の割に反応がいい奴等じゃないか？」

パチン、と指を鳴らす音を発動キーにして魔法を行使する。

『概念魔法発動：幻惑の瞳Ⅳ／対象数拡大Ⅵ』

各種センサーが受け取ったデータをワイバーンが処理し、画像化した投影ウィンドウを見てミサイルへ幻惑魔法をかける。

視界内なら即座に効果を発揮するタイプなので、距離がある宇宙戦闘でも使いやすくていいな。

「海賊達もこんな場所に敵艦がやってきたら警戒するのですよぅ。しかも小さいし船だし、新型艦だとか思われてやり口が激しくなるのですぅぅ！」

ああ、そういえば恒星近くまで行けるのは特殊海賊空母みたいな専用艦か、シールドジェネレーター出力に任せて力業で接近できる軍隊の主力戦艦だったっけ。

帝国軍の新型艦か何かと勘違いされて警戒されてるのだろうか。

「大型ミサイルそれぞれエネルギープラントに進路変更、3発は至近爆発。エネルギープラントのシールド70％ヘダウン、一部に亀裂が入ったのです」

文字通り目視できるシールドに亀裂が走っているのが見える。

ダメージを受けると亀裂が入るシールドとか、ファンタジーな魔法よりも不思議な存在だと俺は思うのだが、リゼルやミーゼは違和感を覚えないのだろうか。

「大容量レーザーの掃射がきたのです。撃ちっぱなしながら狙いつけてくるのですよぅ！」

エネルギープラントに直接装備されている大容量レーザーが、収束しきれてない眩い光を放ちながら、宇宙空間をレーザーの柱で薙ぎ払い、射線を合わせてくる。

エネルギープラントから直接エネルギー吸い上げているからこそ出来る荒業だな。

『概念魔法発動：光属性耐性付与X』

『呪印魔法発動：呪詛返しⅧ』

薙ぎ払って来た光の柱がワイバーンの表面を撫で上げると、そこで反射するように方向を変化させ、普通のレーザーではありえない曲線軌道をとって、エネルギープラントへと走る。

エネルギープラント表面で虹色に乱反射しながらシールドを溶解させ、掃射し続けていた大容量レーザー砲塔の装甲を突き破り、砲塔は白熱化の後に轟音と共に吹き飛んだ。

いや、実際のところ宇宙空間なのだから爆音なんて届かないんだが、センサーで感知した衝撃波とかをワイバーンが解析した上で効果音を入れてくれている。『無音の宇宙戦闘とか味気ないにも程があります』というのがワイバーンの言だが、全く同感だ。

ワイバーン以外の船に乗るのは味気なさそうだな……俺は調教でもされているのか。

「流石、大容量レーザー砲だ。エネルギープラントのシールドも余裕で貫通するな」

「小官、海賊達に同情を感じてきたのであります」

これはないだろうと困惑顔に憐憫の色をした視線を浮かべるアルテ。

「プラントへ通信を入れろ」

「はいです。通信の受容を確認、双方向通信繋ぐのです」

『お前ら、誰を相手にしているのか、わかってんのか！　あぁ！』

通信を開いていきなりがなり声を上げるのは、地球系アドラム人か。いかにも山賊面の髭面がむさくるしい、ごつい男だった。喋り方にも芸がない。服も薄汚れた装甲服か？

こちらはミーゼを呼び寄せて膝の上にのせ、優雅にシートに寄りかかりながら、頑張って準備した赤い液体入りのワイングラスを持っているというのに。戦闘状況の中ここまで頑張って準備していた姿は見逃してほしい。

オペレーター牛娘の妹の方、ルーニアもこういう悪ノリが好きで手伝ってくれたんだが、加速や振動する中、準備するのは大変だったんだ。水鳥は優雅に見えて、水面下で足を必死に動かしているもんだ。

「――――15点だな」

男の姿、言葉、口調に採点をする。合格点にも程遠い。

『あぁっ!?』

声を荒げる山賊面。散々追い込まれてからやる態度ではないな。

「こちらは民間軍事企業『魔王軍』所属艦ワイバーン、艦長のイグサだ。1度だけ慈悲を持って通告してやる。殲滅されて屍を晒すか、命乞いをして無様な姿を晒すか好きな方を選ぶと良い」

悪として交渉とはこうするものだ。悪っぽく、冷酷に、そして優雅に！

特に相手がド三流なら尚更な。

『―――！　―――！！！』

顔を真っ赤にした髭山賊が何かわめき散らしているが、興奮しすぎて単語が聞き取れない。

「ミーゼ、通信を切ってくれ。人間相手かと思ったら、ただのサルだったようだ」

俺に寄り添うような体勢だったミーゼが、カメラを意識したポーズでわざと手動で通信を切りに行く。

本人にとっては淫靡な仕草らしいが、背丈がミニサイズ過ぎて幼い子が背伸びして頑張っている的な動作になっているのもポイントが高い……！

三下の煽り方を良くわかっているじゃないか。

最後まで挑発を交ぜる事を忘れない。これぞ魔王の交渉というものだ。

あの山賊顔の海賊、わめき散らす中で人質がどうとか言っていたが、反応した方がより人質が危険に陥る。

最終的には人質を出来るだけ助ける予定ではあるが、正義を気取って最初から人質を重要視していては、助けられるものも助からなくなる。

人質とはいかに助けるかではなく、いかに価値がないと思わせて人質として使わせないのかが大切なんだ。

「という訳だ。予定通り陸戦隊の突入準備にかかるぞ」

「あいさー！　プラント下部、シールド破損箇所から接近であります」

「プラントのシールド回復中。けっこう修復速度が速いのですよぅ。1から4番砲塔、主砲連続発射、修復部へ直撃されるのです！」

ワイバーンの上部に4門、下部に4門、合計8門ついている衝撃砲を連続で発射し続ける。

白い軌跡を残す砲撃がエネルギープラントのシールドに命中し、青白い火花のような粒子を撒き散らす。

『プラントのシールド修復率11％までダウン。これなら突入に余裕で間に合いますわ』

「副砲各部射撃開始、突入予定箇所の装甲を削るであります」

「艦首、シールド境界を突破、全力逆噴射をかけるであります！」

ワイバーンの艦首がプラントのシールド境界を突破する。

最近のシールドは構造物や船体装甲を覆うようにシールドを発生されるのが主流らしいが、旧世代のエネルギープラントは本体を繭のように包むタイプのシールドを使っている。

本来、強襲揚陸艦はシールドを剥がすか、対エネルギーシールドを貫通するタイプの突入ポッドを使って乗り込むのだが。

恐ろしく旧型の繭タイプのシールドは対物理シールドも兼ねているので、シールド内部へ侵入してからじゃないと突入ポッドを出せない。場合によってはハイテクよりもローテクが役に立つ事もあるという見本だな。

「プラントとワイバーンのシールドが干渉中、後5分もしないうちに出力で押し負けますよぅ！」

「突入ポッドを順次射出、突入ポイントを間違えるなよ」

リゼルの悲鳴をBGMに突入命令を出す。

「了解であります。突入ポッド順次射出、ごーごーごー！」

……どうしてこの戦闘メイドさん達は現代地球の軍人か兵士風なんだろうか。

あれか、現代人が侍とか騎士に憧れるようなものなのか？

『行ってくる』

「しっかりな。好きにやってこい」

有線で繋がっていたライムとのモニターが切断され『No Signal《信号なし》』と黒い画面に切り替わる。

大量のリビングアーマー達とライムを乗せた14個の突入ポッドがブースターを吹かして飛んでいく。

「突入ポッド、全機プラントへの突入に成功、戦闘開始の模様であります！」

薬莢付きライフル弾のような形をした突入ポッドが、プラント外部の装甲板を突き破って中へとめり込んだ。

「全力後退、シールド範囲外に抜けろ」

「あいさー。補助推進器全力後退、シールド境界面を抜けるであります。リゼル様、援護を！」

「はいですよぅ！　主砲1番から8番、シールド境界面に順次砲撃です」

主砲の砲撃で広がったシールドの亀裂から、ワイバーンの艦体を強引に引き抜いた。

「シールドジェネレーター出力84％、シールド発生率安定。ううぅ……これ絶対、後で分解修理モノなのですよぅ」

リゼルが修理を考えて涙目になっている。今から生還した後の心配とか、剛毅な事だな。

『おおう……あの縛り付けられる感、新しい世界の扉が開きかけましたわ』

開くな、絶対に開くなよ。妙に静かだと思っていたらこれか！

お前ら、俺も人の事は言えないかもしれないが余裕過ぎないかな!?

「陸戦隊より連絡。『発、ファントムアーマー・カーネル。宛、イグサ様。我ら橋頭堡《きょうとうほ》を確保せり。ご下命に従い進軍す。魔王閣下の庇護あらん事を、魔王軍万歳！』……だそうです。社長、どうします?」

困惑顔のオペレーター牛娘（姉）のユニア。

ああ……うん。なんだろうな、このノリは。

中古の宇宙戦用装甲服から作った、ファントムアーマー達は知能が高いんだが、知能が高くなった影響で、この手の変な趣味に目覚める個体も多くて困る。

素材になった装甲服の元持ち主の趣味や性格が残るケースが半分、待機時間にネットワークで動画やら過去の名作映画やらを閲覧して後天的に何かにハマるのが残り半分くらいだ。

軍人ノリなんだろうか？　メイド隊の半分くらいがニヤついている。趣味が合うのだろう。

「あー……『諸君らの奮戦と健闘を期待する』と返してやってくれ。放置すると寂しがりそうだ」

「了解です。イグサ様より陸戦隊各員に通達『諸君らの奮戦と健闘を期待する』……すっごい歓声。大ウケしていますよ、社長」

流石社長ですね、というユニアの感嘆の視線に釈然としないものを感じる。魔王軍にしてはミリタリー色が濃すぎないか。

俺はワイバーンをエネルギープラントからやや離れた位置まで後退させ、エネルギープラント内の戦闘を見守るのだった。

魔王、憎き太陽に挑む

宇宙空間と恒星を背景に、優美な白い塗装をした鋭いシルエットの船と、灰色をした巨大艦が対峙し、その間には宝石のような火線を撒き散らしたかのような、しかし破滅的な威力の万華鏡のような万色の光が飛び交っている——

「……という表現をしてみたら、少しは格好がつかないか？」

「おにーさん。格好つくだけで現状は変わらないのです」

突入ポッドを送り込んでから、エネルギープラントの近くで待機していたところ、プラント側からの救難信号でも受けたんだろう、特殊海賊空母が来襲したんだ。

あそこまで大型だと空母機能だけではなく、陸戦隊も乗っているだろう。プラント内の戦闘に加勢されると厄介なので、ワイバーンで迎撃してみたんだが。

特殊海賊空母は搭載している火器数こそ多いものの、大半は自衛と対空用。

軽巡洋艦用のシールドジェネレーターを搭載している上に、魔法で耐性を付与しているワイバーンに有効な攻撃を与えられるような兵器ではない。

しかもビームやレーザーといった、エネルギーさえあれば弾代が安く上がるエネルギー兵器なんだが、これだけ恒星に近寄れる船に熱やエネルギー兵器が有効なわけもなく。

まさに弾幕という濃密な火線は火属性と光属性付与をしたシールドに傷すら付けられず。

特殊海賊空母の主力である艦載機は通常空路での襲撃用。恒星の至近距離という極限状況で発進できる訳もない。

いや、実際2~3機発進したんだが、発進してすぐに恒星の熱でさくっと溶けて爆散した。それ以来残りの艦載機が出てくる様子がない。

後はシールド出力にものを言わせた体当たりくらいしか攻撃手段は無いと思うが、鈍足の特殊海賊空母で高機動のワイバーンに接近できる訳もなく、自棄っぽくエネルギー兵器を撃ちまくっているだけに留まった。

ワイバーンの方も主砲を何度か撃ってみたんだが、流石に戦艦クラスのシールドジェネレーターを搭載しているだけはある。

主砲でシールドが削れる速度より、修復される速度の方が俄然速い。

主砲の部品が磨耗するのが勿体無いので、固定レーザー砲に切り替えて撃っているが、まあ……

面白いように命中するし綺麗なんだが、特殊海賊空母のシールドの再生速度を超えられていないので、こっちも賑やかし以上にはなっていない。

こうしてワイバーン対特殊海賊空母の戦闘は『一見派手に撃ち合っているものの、お互いにダメージを受けないアトラクション状態』に陥っていた。

『千日手ですなぁ』

ワイバーンのコメントが的確すぎて何も言えない。

魔王としてこんな子供同士の喧嘩みたいな艦隊戦なんて面白くないよな？　なのでイタズラをしてみようと思うんだ。

「ミーゼ、特殊海賊空母の構造解析は終わったか？」

「98％解析完了しているのです、でも何に使うんですか？　使い道がわからないのです」

「試してみたい事があるんだ。リゼル、下部砲塔を動かせ。ターゲットは……あー大量にある推進器のどれかと、艦載機用の格納庫を適当に狙っておけ。リアクター近くだけ避けておけよ」

「はーい、まいますたー。ターゲット完了したけど、どーみても装甲や船体の奥の更に奥の方なのですよぅ？」

「構わない、射撃準備状態にしたら発射権をこっちに渡してくれ」

「らじゃーなのですよぅ」

前から不思議に思っていたんだ。何故ライムが乗るとクラス5のアクトレスでも、そこらの輸送船を蒸発させる威力が出ているのか。

いや、実際にはファンタジー的にライムの能力＋ビーム砲の威力＝蒸発レベルのビームになっているのはわかるのだが。

俺《魔王》が乗っているワイバーンが性能的に普通なのが気がかりだった。

魔王が武器を振るえば、さぞや高い攻撃力になりそうなものだが、主砲の衝撃砲もスペック通りの威力しかない。

そこで、１つ仮説を立ててみた。

魔王は勇者に比べて装備品の冗長性が低い――装備可能な武器防具の種類が少ない――のではないだろうか？

よく考えてみてほしい、普通のＲＰＧでも勇者は色々な武器を持ち替えて成長していくが、ころころと武器を持ち替える魔王は少数派だろう？

俺は魔法メインの魔王だし、デフォルトの武器は杖とか儀式剣とか指揮棒とかその辺りになりそうなんだ。

つまり、ワイバーンの主砲とかは『この武器は装備できません』状態なんじゃないだろうか。

うむ、実にファンタジー的には隙のない理論だと思わないか。

最近のＲＰＧやファンタジーはそこら辺もっと柔軟になっているらしいんだが、どうにも俺やライムを召喚したシステムはクラシック臭がするんだよな。

という訳で丁度良い機会も出来たので実験しようと思う。

「おにーさん、何をする気です？」

暇になったのか、また俺の膝の上に乗ってくるミーゼ。うむ、愛玩動物枠の使い魔として良い行動だ。……年齢的に甘えたいお年頃なだけかもしれないが。

「まあ、見ていろ。上手くいけば非常識な光景が見れるぞ」

「非常識な光景はもう十分に見ているのです」

まだ随分と手加減をしているんだけどな。

「リゼル、射線上に他のステーションや有人惑星が被らないように注意してくれ」

「はーい、まいますたー。注意するけど、こんな宇宙空間で他のものに当たる確率なんて、考えるだけばかばかしいくらいなのですよぅ？」

「それはそうだろう。ま、念のためだ」

ファンタジーとＳＦの合わせ技の実験なので、結果が見えないんだ。慎重さが大事だな。

「さて、まずは準備だ」

パチン、と指を鳴らして魔法を発動させる。

『祈祷魔法発動：武器適応Ⅹ』

『概念魔法発動：武器魔力付与Ⅶ』

『武器適応』は自分に使えないような武器や、初めて持った形状の武器を使えるようにする、初級の補助魔法だ。まずこれを自分にかける。

そして『武器魔力付与』は普通の武器を一時的に魔力で包み込み、魔法の武器化して強化する魔法だ。

上手く発動した証拠に、ワイバーンの主砲に淡く発光する魔法文字っぽいもので構成された回転する光のリングが、砲身を囲むように何重にも展開した。

そして、あれは自分の武器だと手に取るような気持ちになってみる。

具体的に表現すると「武器：［E］《装備中》魔法のワイバーン主砲」という感じか。魔法とつくと魔王でも装備できそうじゃないか？

何かをしっかり掴まえたような手応えと共に、主砲の周囲に浮かんでいるリングが深紅に変化した。恐らく成功したのだと思う。

「では発射、と」

手の中に握り込んだ仮想トリガー。非実体のはずなのに握った感触がする、投影画像で出来た引き金を引く。

ズヴァ！　と連装主砲がワイバーンの作る効果音とは、段違いの大音量と重低音を響かせて主砲から純白の光の束が飛び出す。

あれ、何で眩しく発光してるんだ。衝撃砲《ショックウェーブカノン》の弾体だよな？

恐ろしい速度で飛翔する衝撃砲の弾体が特殊海賊空母へと飛翔して。

頑丈なはずのシールドを紙くずのように切り裂いて、命中箇所から数十ｍに亘って装甲と船体を円状に消滅させ、そのまま船体を貫通して反対側へと飛び去っていった。

「「「「…………ええー」」」」

ブリッジに詰めていた俺以外のブリッジ要員が脱力したような声を出す。

ライムのステータスに勇者補正で、戦闘機が蒸発するのだから、俺のステータスに魔王補正なら威力もっと出るんじゃないかなー。とか思っていたんだが。

命中した場所は消滅してるなぁ……威力が高すぎるのか、綺麗に貫通してしまっている。

一拍の後にドガシャァン！　とガラスみたいな破砕音を立てて、特殊海賊空母の被弾箇所が大爆発を起こす。

シールドが消失した影響で、撃ち続けていたワイバーンの固定レーザーが着弾し、特殊海賊空母の表面あちこちで小爆発も起こしている。

あ、ブリッジ的な所にも着弾して爆発した。シールド前提の船は、シールド壊れると脆いもんだなぁ……。

「リゼル、攻撃停止、ついでに降伏勧告」

「はーい、まいますたー。固定レーザー砲稼動停止、降伏勧告を……えーっと『うちのご主人様は怖い人だから、これ以上抵抗しない方がいいのです、マジお奨めなのですぅ』……と」

「待てリゼル、降伏勧告するにしても、もう少し言い方というものがあるだろう？」

その気の抜ける降伏勧告では、本気にされないんじゃないか？

「え？　でもすぐ返事きましたよ。えーと『親方も戦死したし降伏します、マジ勘弁してください』って内容ですよぅ？」

はぁー……と深い溜息しかでない。

未来世界の連中は情緒や浪漫の文化を衰退させてしまったんだろうか。

「ミーゼ、リゼルの躾……教育をしっかりと頼む」

「リゼルねーさんのこれを矯正するのはとても難しいのです」

処置無しと、ミーゼが静かに首を横に振る。

「アルテ、降伏受諾しておいてくれ」

「いえすさー。降伏を通達。すぐに受諾されました、緊急消火及び応急修理・人命救助行為のみ許可、その他コントロール権はワイバーンに委譲されたであります」

「艦載機のシステムをロック、発進用ハッチも全閉鎖。艦載機のビーコンにサルベージ会社名義の拿捕タグを追加しておいてくれ」

「あいあいさー、艦載機メインシステムロック、艦載機発進用ハッチ閉鎖、パイロットの脱出のみ許可。ビーコンにサルベージ会社名義で拿捕と差し押さえタグを追加したであります」

こうして特殊海賊空母は「まおうのこうげき」1発で大破、拿捕されたのだった。

いやな、俺も主砲でシールド削りあったり、ジェネレーターに細工したり、分厚いシールドを何とかするのに、敵のメインフレームにハッキングしかけるとか色々考えていたんだよ？

ハラハラドキドキするSF艦戦闘を期待していたヤツがいたら、正直すまない。

まさか1撃で沈むとはな……。


俺達の与り知らぬところではあるが、この日『船の墓場星系』の更に辺境で、アドラム帝国軍の一部急進派が、色々な条約を無視して極秘裏に建造していた惑星規模・無人超大型機動要塞『双頭鷲の城』が、飛来した謎の発光体に貫通され、超巨大なリアクターを誘爆させて崩壊したという。

悪い事は出来ないものだな。

◇

私はステーションの中で剣を片手に走り回り、目的のもの《救出対象》が見つからないままボスの部屋まで辿りついてしまった。

まだファントムアーマー達からも発見の報告が無い。

この場所に来るまでに、以前に海賊達が攫ってきただろう、誘拐された人達の境遇、奴隷並かそれよりも酷いソレを見てきたから、焦燥感ばかり湧き上がる。

「ま、待て！　何が目的だ！」

途中から逃げ出した海賊のボスを追い詰めると　目に力のない半裸の少女を投げ捨て、巨大な剣を手に立ち向かってきたけど、ご立派な剣を一撃で切り飛ばしたら、怯えた子犬のようになった。

「さような――……」

もう斬ってもいいかなと思ったけど、目的のモノが見つかってない。

とても気が重いけど口を久々に動かす。

「あなたが最近誘拐した人達の身柄は？　１つ言っておくと、私達は人質を取る海賊と交渉はしないから、人質にするのは無意味」

「なら……お前の望みが永遠に叶わないようにしてやる。どうせなら、あいつらも道連れだ！」

ボスを追い詰めた小さな宇宙港の近くから轟音がした。

「何をしたの」

ボスの首を片手で持ち上げ、問い詰める。

嫌な予感がする。とても、とても嫌な感じ。

「最近……仕入れたのは、お楽しみのために俺の個人用の船につめて、おいた……んだ。そいつを太陽に向かって打ち出してやった。狙いのものが手に入らなくて……ざまぁ、み――」

ザン！　と剣を一振りして、静かになったボスだったものを床に捨てる。

「……どうしよう。どうしよう」

胸に尖った氷の塊が突き刺されたような冷たくて痛い後悔が突き刺さる。

私の望みは攫われた人を助けたい。そのはずだったのに、いつの間にか私は海賊を殺す事を優先してしまっていた。

外道を殺せる喜びに酔って、救出がいつのまにかおざなりになっていた。

剣《暴力》で解決できない事に、自分がここまで無力だったのか。

後悔に沈みそうになる体と気持ちを押さえ込んで、携帯端末でイグサを呼び出す。

ボロボロと勝手に溢れてくる涙が邪魔で、何度も涙を拭いながら、繋がった端末に叫ぶ。

「しくじった。お願い、助けて、イグサ！」

◇

そろそろ太陽熱エネルギープラントでの戦闘が終了しただろうと、ライムを迎えに行ったのだが、近づくと通信が入った。

『イグサ！　……ようやく繋がった、大体制圧は終わったけど、しくじった。助けて！』

初めて見る、泣きそうなほどに緊迫したライムの表情。

「何があった？　落ち着いて話せ」

その表情に心が冷えていく。緊張感を持とうとするほど冷静になってしまう悪い癖だ。

『これを追って！』

ライムから送られてきたのは簡略化された航路情報。その移動経路はエネルギープラントから、一直線に恒星へ向けて進んでいる。

「ワイバーンの速度リミッターを全て再解除、推進器全力運転準備だ。アルテ、艦長命令。この座標へ向けて艦首回頭、その後全力加速」

『ほいな、老骨に鞭うちます』

「あいあいさー、りみったーおーるりりーす。もう1回」

「いえすさー、であります！」

「追跡に移った。ライム、事情を説明してくれないか」

まだ膝の上にいたミーゼが席に戻りそこねて、俺の足の間に入り込んだまま加速に潰され「むぎゆう」と不思議な声を出している。

「プラントはほぼ制圧した。今は海賊のボスがいた最後のブロックを攻略中。海賊ボスは手元にいた誘拐被害者の一部をボス用の専用ポートにあった小型輸送船に乗せて、太陽に向けて撃ち出したの。『あいつらも道連れだ』って自棄《やけ》になって」

「三下らしいやり口だな。その小型輸送船のデータを送ってくれ」

『うん、私も油断してた。慢心してた。だけど、私のせいで助けたかった人達の命を失いたくない。だから、イグサ。助けてください……お願いします』

モニターにすがりつくように喋るライム。その言葉には泣き声が混じっていた。

油断していたのは、海賊ボスの三下思考の見積りの甘さだな。美学がない悪が追い詰められたら何をするか、まだ経験が足りていないんだろう。

「殊勝なライムを見るのも一興だが、どうにも居心地が悪いな。お前はいつも通りの方が安心する。後は任せろ」

途中から船内放送に切り替えておいたのを確認し、本格的に泣き出したライムとの通信を切る。

「さあ、社員達。今の会話を聞いていたな？　追加の仕事は御伽噺《おとぎばなし》にあるような無垢な少女のお願いだ。恒星表面に落ちていく船から海賊被害者を救出する、追加の仕事をやろうじゃないか。こんな仕事を部下に頼む俺は悪徳社長確定だが、お前達は助けを求める王子や姫相手にヒーローやヒロインになって、ついでにボーナスを追加でゲットするチャンスがやってきたぞ。ちょいとばかり命懸けだが、やってやろうじゃないか。なぁ？」

船内からはやけくそ感すら感じる、大きな気合と歓声が上がる。ノリの良い奴等だ。それでこそ魔王軍の配下には相応しい。

――今日1日で普通なら死んでるシチュエーションを何度も体験させすぎて、部下達のテンションが壊れているかな？　とも思う。少し反省しよう。

艦内放送を切り、ブリッジが受け取る状況を艦内のどの端末でも閲覧出来るように設定しておく。

「リゼル、目標の小型輸送船のデータを出してくれ」

「特殊環境用の連絡用輸送船、恒星付近での活動を前提に造られているけど、ステーション間の移動や補修工事の足用で、恒星に突っ込めるほど頑丈なものじゃないのですよぅ！」

推定ボスの逃走手段だけあって、極限環境に適応しているが、無茶な使い方をされているという訳だな。

「今はまだ耐えているけど、これ以上恒星に近づくとシールドが徐々に消失、装甲はあってないようなもの。船体がすぐ崩壊しますよぅ……」

「航路計算完了しました。直線ではありませんが、恒星表面への落下コースであります」

「小型輸送船が崩壊するまでの予想時間を表示、ワイバーンが追いついて上部艦載機用ベイに固定できる時間も同時に表示してくれ」

「はーい、まいますたー。崩壊予想時間と、到着及び作業終了予想時間を表示するのです」

1枚の投影モニターに表示されたのは『崩壊6：20　到着予定9：30　【-3：30】』

このペースでは明らかに間に合わないな。

「ワイバーン、主砲、副砲を装甲内へ収納。動力を落とせ。余った分をイナーシャルキャンセラーに回して全力稼動させろ。そして艦長権限で推進器の安全装置解除」

『了解ですわ。主砲、副砲格納。武器エネルギー供給装置からバイパスを形成、イナーシャルキャンセラー及び推進器の過稼動運転開始《オーバーロード》、……魔王様、これ終わったら推進器のオーバーホールとイナーシャルキャンセラーの部品交換頼みますわ』

「中古かジャンク品でなら検討しようじゃないか」

「い、イグサ様。速度が手動で制御する範囲を超えているであります！」

「アルテ、任せたぞ。この加速度と速度は下手をすると船体が千切れる」

「いっ、いえっさー！　不肖アルテ、全力で努力するであります！」

びしぃ！　と敬礼をするアルテだが、若干涙目だ。

まっすぐ加速しているだけなのに、アダマンタイト結晶にした竜骨や外殻が軋む音がする。

他のブリッジクルー達が機関部で働いている船員に泣きつかれているが……どちらも頑張れとしか言い様がない。

モニターに表示された残り時間に目をやると『崩壊3：50　到着時間3：05　【00：35】』

速度が劇的に上昇したはずなのに、崩壊時間が短くなってないか？

「イグサ様、恒星表面の活動が活発化、周辺温度が上昇してるのですよぅ！」

タイミング悪いな！

既に周囲は考えたくない温度になっている。

「ツヴァイ、冷却ジェルのポッドと応急処置キットを持って救助隊を編成しろ。人選は任せるが命懸けの仕事だ、しっかり選べよ！」

「はっ。ご信頼に応えるであります！」

アルテの部下の中で、サブリーダー的なツヴァイに任せる。

崩壊前に到着できたとしても、小型輸送船の船内は酷い温度になっているだろう。

ツヴァイはブリッジクルーの補助をしていたメイド隊から3人、船員から18人を選んで救助隊を編成したようだ。

「イグサ様、目標輸送船に到着、逆噴射かけながら接近するであります！」

アルテの悲鳴に近い掛け声。

時計を見ると『崩壊0：42　到着時間0：00　【00：42】』

「ワイバーン、上部ドッキングベイ（戦闘機・艦船用の連結装置）を使って強制連結！　多少無理やりでも構わない。繋がったらすぐにシールドに巻き込め！」

『はいな！　上部甲板ドッキングベイ、強制連結開始。アンカーワイヤー（船体固定用アンカー《錨》がついた有線ワイヤーロープ）射出！　ちぃと装甲に傷がつきますが、全力で引き寄せて強制固定します。シールド波長……ええい、シールド出力で押し込んで巻き込みます。ちょいと向こうさんのシールドジェネレーターがすっ飛ぶけれど、どうせもうジャンクみたいなもんでっしゃろ！』

ガコン、と船内に響く音がして、ワイバーンの全長の半分より小さいくらいの輸送船にワイヤーアンカーが突き刺さりワイヤーが巻きとられ、上部甲板のドッキングベイに無理やり固定される。

「アルテ、離脱軌道に入れ！」

くそう、時間に余裕がなさすぎて浪漫に浸っている暇がない！

「あいさー！　反転では輸送船の人間が圧死します、方向切り替えして恒星表面をフライパスコース《低高度通過》へ、イグサ様、この艦は恒星表面を軽くこすっても大丈夫でありますか！」

「何とかする。離脱軌道は任せた！　ワイバーン、艦体姿勢制御、上部甲板を恒星の反対側に向けろ！」

『はいな、姿勢制御スラスター調整、下部甲板を恒星方面へ向けます！』

「シールド強度低下中、現在64％、まだまだ減っていくのですよぅ！」

恒星表面に対応できそうな魔法を知力ステータスに任せて高速検索していく。

『結界魔法発動：運動反射結界Ⅹ』

『法理魔法発動：継続冷却Ⅸ／抑制：10度以上』

艦体を包むように三角形８枚で構成された正八面体の結界が発動し、艦体内部へ冷却魔法が噴出して随分とマシになる。

外部表示モニターに映る外の画像は、下の方が全面恒星表面で埋まり、表面活動が肉眼でも見える距離だ。

表面活動まで見えるレベルなのは、壮大で大迫力だな。

「前方恒星表面に活動反応、小規模フレアですぅ⁉」

「回避不能、突破するしかないであります！」

外の光景がオレンジ色に染まり、それを映していたウィンドウが半分ほど黒くなる。船体外部のカメラがいくつか融解したようだ。

スケールが大きすぎて実感が薄いせいか恐怖より感動を覚えるな。

ううん……違和感があるんだよな、俺は勇者でも新進気鋭の艦長でもなく魔王だろ？

何かこう、似合わない事をしているというか。

雨の日に猫が長靴履いて傘を差して歩いているのを見ているような違和感というか。

「装甲板８％融解、シールド13％にダウン、復帰するのに時間かかりますよぉ!?」

ブリッジが暗くなって非常灯のようなものに切り替わる。

危険な時ほど明るくした方が良いと思うのは俺だけだろうか？

「ベクトル修正完了、離脱コースに入るであります！」

「緊急動力をシールドジェネレーターに移行であります！」

「機関室からはもう悲鳴と機関長の怒鳴り声しか聞こえないでありますー」

さて、落ち着いている場合でもないんだが、違和感の原因がやっとわかった。

色々魔法は使っているが、ＳＦ世界の流儀に則りすぎていたんだよな。

さっきみたいに「まおうのこうげき」で船を沈めるような、この世界にとっての理不尽を起こすのが、俺やライムみたいなファンタジー側の強みだろう？

「おにーさん、何をしているのです？」

まだ膝の上に座っているミーゼが不思議そうに見てくる。

神経の太い子かと思いきや、足がぶるぶると震えている……ああ、席に戻る前に恐怖で動けなくなったのか。

「なに、魔王らしい魔法でも1つ使おうと思ってな」

「今度はどんな御伽噺《フェアリーテイル》が見れるのです？」

場違いなくらいミーゼの明るい声がブリッジに響く。虚勢を目一杯張った強がり方が愛らしい。

やはりミーゼを愛玩動物枠で入手しておいて大正解だな。

「まぁ、見ていろ」

にやり、と悪役っぽい笑みをミーゼに送る。

他の連中は手一杯でこちらを見る余裕も無さそうだ。

なら、唯一の観客に精一杯魅せようじゃないか。

『我は魔王なり、魔王イグサの名において世界八天の理《ことわり》に干渉す』

これから使う魔法は本来、長い年月と専用の魔法施設を触媒にする儀式魔法だ。

それを即興で使おうとするなら、詠唱くらいはしないといけない。

『我は世界の理に干渉するもの、世界の理の破壊者なり』

口が紡ぐ言葉は詠唱言語という魔法系の謎言語。

習得は困難を極めるが、聞く者には意味も内容も理解できる不思議なものだ。

『魔王の座が命により世界の至天よ、闇に閉ざされよ！』

周囲に魔法陣が展開し、室内が青白い魔法の光に満ちていく。

ブリッジクルー達も気が付いているが、自分の仕事から目が離せないようだ。

『魔王魔法発動：世界覆う闇の至天Ⅷ』

精神の奥にあるものを、ごりっと何かを大きくえぐられるような喪失感。

ここまでの魔力消費はライムの首輪に抑制命令を書き足した時以来だ。

「更に恒星表面に小規模反応、もう駄目かもしれませんよぅぅぅぅ！」

リゼルの悲鳴がブリッジに響く中、モニターに満ちていた恒星の輝きがふっと消える。

「恒星反応……消えました、船外温度急速低下中であります」

わけがわからないと戸惑い声のメイド隊の1人。

「恒星に……何か黒い膜のようなものが出来ているであります。熱と光、あれが遮っているの、嘘でしょ……」

地が半分出ているメイド隊その2。

まあメイド隊の全員とも、素でありますロ調とか普通は無いよな。

「さて、早く離脱しろ。この状況は長く持たないぞ」

「あいさー！　急速離脱、加速率一定であります！」

声をかけられ、弾かれたように動き出すアルテ。

ワイバーンが恒星の重力圏を離脱し、エネルギープラント近くまで戻ってきたところで、パリィン、と甲高い破砕音が宇宙だというのに全員の耳に届く。
音をした方を見れば、そこには元通り活動をしている恒星の姿があった。

「凄い……本当に魔法なのです」

俺にしがみついたまま呆然としているミーゼ。

皆がオーバーリアクションしてくれたので、言い出せないんだが。超気まずい。

いや、ね。そこまで凄い魔法じゃないんだよ？

魔王しか使えない『魔王魔法』の系統なんだけどさ。

確かに世界に関わる魔法なんだけどさ！　これはあれだぞ？

「わはははは、世界を闇に閉ざしてくれるわぁぁぁ」とか魔王が格好を付ける時に使う魔法でさ。

幾多の儀式と多くの生贄を使って、１つの星を確かに闇に閉ざすって言うか。

太陽の影響をなくす魔法なんだけどさ。

……だって、それだけなんだよ？

いや農家の人は深刻だと思うよ、真っ暗になって作物も育ち悪くなるし。

暗くなるから夜行性の動物や魔物も活発になるけどさ。

だから何だって話なんだよな。

……ねぇ？

この魔法を開発した魔王にいってやりたい。何でもっと地味な詠唱にできなかったのかと。

なんでこう、益体ない魔法なのに詠唱や名前がやたらかっこいいんだよと。

恒星表面近くでオペレーター達が悲鳴を上げている時に気がついたんだ。

太陽の影響をシャットアウトする「世界を闇に包む魔法」を使えば、もしかして安全になるんじゃないかってさ。

成功した時はかなり得意げな気持ちになったんだけどな。

皆のオーバーリアクションに段々申し訳ない気持ちになってきてさ。

そのオーバーリアクションは、俺が凄い悪事を為した時にとっておいてほしいな……！

ワイバーンの船内が活気に沸く中、居たたまれない気持ちに溺れそうになっていた俺を乗せて、ワイバーンはリビングアーマー達が勢揃いして出迎える、エネルギープラントのドックへ入っていくのだった。

魔王、罪人達に罰を与える

『魔王閣下に、捧げ、剣！』

純白の装甲をあちこち焦がしたワイバーンがエネルギープラントのドックへと入港していく。

このプラントは輸送船を受け入れるためだろう。

特殊海賊空母クラスの船でも受け入れられる立派な巨大ドックが併設されている。

開放型のドックはシールドで外部と隔絶されていて、外部の高温が完全に遮断された上で船の行動範囲は無重力、桟橋から向こうは地球上と同じ1G環境に整えられているそうだ。

その上、呼吸可能な0・8気圧大気まで満たされているというのだから、おやっさんのドックより余程立派なんじゃないだろうか。

騎士のような外見のリビングアーマーと、様々なデザインをした未来風装甲服のファントムアーマー達が勢揃いし、騎士タイプのリビングアーマー達が隊列を組んでいた。

装甲服についたマイクとスピーカーのおかげで会話ができるファントムアーマーの掛け声の下に、リビングアーマー達が実体剣を真上に掲げて歓迎してくれている。

彼らの忠誠心は素晴らしいと思う。

魔法陣の中に召喚した次の瞬間に「で、おたく幾ら出せるの？」とか言い放ったクソ悪魔とは比較する事すら失礼だ。

やはりエネルギープラント内の戦闘は激しかったのだろう。

約2000体準備したのが1500体程度に減っているし、装甲のあちこちに穴が開いたり傷ついているものが多く、綺麗な姿のまま立っているものは数少ない。

しかし満身創痍の者ほど、まるで己の傷こそが誇りだとばかりに背筋を伸ばしている。

俺がワイバーンから桟橋に降り立つと、一斉に掲げていた剣を下に向けて、胸の前で保持した体勢になった。

この姿が彼らの種族にとって最上位の敬礼を示すものだと知っているだけに、胸にこみ上げる戦士の魂を持った彼らへの敬意と、支配者としての満足感――

――そしてワイバーンの搭載量ぎりぎりまで作ったせいで、通常積載に戻したら過半数は明らかに余るであろう、彼らの処遇を考えて、なけなしの良心がギリギリと痛む。

彼らが無償の忠誠を誓ってくれるだけにマジで辛い。

まず普通に連れて歩くのは無理だ。

突入ポッドの空間容量一杯に、オートマトン《自律人型戦闘人形》用の自動展開装置まで導入して詰め込んだ上で、その突入ポッドをワイバーンの船倉に積めるだけ積み込んできたんだ。

質量的に厳しくなるし、船倉に他の物を入れられないのは色々と辛い。

次にどこかのステーションまで運ぶか？　とも考えた。だが彼らは人間や亜人タイプでもなく、中身が無い鎧なんだ。ステーションの人間達と共存できる訳もない。

食事も呼吸もいらないから適当な星へ連れて行くか？　とも考えた。だが捨てリビングアーマーが大量発生するだけで、問題の解決にはならないとすぐに気がついた。

と言う訳で、海賊達さえ居なくなれば無人になる、このエネルギープラントに置いていくのが1番ましな選択なのだが、どうにかお互い面目の立つ言い訳を考えておかないといけない。

時に真実はお互いにとって不幸をもたらすものだ。

俺が歩き出すと、道の両側に立ったリビングアーマー達が掲げた剣をお互いに重ねあい、剣の天蓋を持つアーチを作ってくれる彼らをポイ捨てするのは魔王的にもまずい。

とても、気まずい……。

◇

「……っ!」

リビングアーマー達が織り成す剣のアーチを抜けて、エネルギープラントの通路に入ると、ライムが飛びつくように抱きついてきたので、頑張って受け止める。

可愛らしいデザインの服は裾やリボンに所々穴が開いていて。

漆黒と純白の色をしていたはずのドレスは、返り血に染まって漆黒と赤――そう、返り血が凝固した色ではなく、鮮やかな赤色に染まっていた。呪いの影響だろうか?

何より普段は感情が読み辛いほどに変化の乏しい、小さく可愛いライムの顔には悲しみ一色に染まり、瞳からは涙が止め処なく溢れていた。

この状況で受け止めきれずに倒れるとか無い、絶対に無い……!

かなりの勢いがついていたライムだったが、幸い筋力ステータスに頼って受け止められた。

腰骨から嫌な音がしたが……。

『祈祷魔法発動:治癒Ⅱ/隠蔽発動Ⅹ』

回復魔法をこっそりと。気がつかれないように本当にこっそりと。かなりデリケートな事になっている自分の腰にかけ。

正面から抱きついて肩口に顔を埋めて泣き続ける、鮮血の天使と表現するのがぴったりな、ライムの頭をゆっくりと撫でて。

「どうした、ライム？」

らしくないじゃないか。と口元まで出た言葉を呑み込む。

ライムやリゼルとは随分長い事一緒にいるような気がするが、あの汚染惑星で出会ってから、長い付き合いというほど一緒に居続けた訳ではない。

そんな俺が涙を流すライムを「らしくない」と言うのは、傲慢というものだろう。たとえ俺が魔王だとしてもだ。

ライムは徐々に大人しくなり、それでも涙声で口を開いた。

「私が人を助けたいと我儘を言った」

それを我儘だと言えるほど真っ直ぐ生きているヤツは少なそうだけどな。

「みんなに危険な事をしてもらったのに、私は何も出来なかった」

今のお前の姿を見て、何もしなかったとは言えないだろう。

「それどころか助けたい人達の命を危険に晒した」

それ以上に助かった奴等も大勢いるだろうに。

しかし、ライムは手当たりしだいに人助けをしたいのではなく、助けたい人を助けたいのだったたな。

だからこそ、助けたかった人を助けられなかった自分の無力さに今泣いているのだろう。

「イグサ、私は私を許せない。無力さも、力に酔って目的を疎かにした心も」

俺に連絡をしてから情報を集めながらも、ひたすらに自分を責め続けていたのだろう。

ライムは割と内面に向かって面倒な性格をしているからな。


「だから――――」

顔を上げて俺に視線を合わせるライム。

その瞳にはいつもの強い意志ではなく、すがりつくような弱さと儚さの色があった。

「――――私に罰を下さい」

自分を責めても許せない、だから罰を俺に求めるか。

光栄な事だが、ここで選択を誤ればライムの心は砕けるだろう。

何もいきなり廃人になる訳ではないとしても、心のどこかが欠けて抜け落ちる。

当たり前に感じて、発していた感情が理解出来なくなる。失われる。

それはなんて――――


――――甘美な事だろうか。

魔王としてではない。人間イグサとして目の前が真っ赤に染まるような、熱く暗く甘美な欲望の衝動に駆られる。

壊したい――――この腕の中のか弱い心を、徹底的に踏みにじって砕いて、瞳にもう感情の色が戻らないほどに徹底的に破壊し尽したい。

延々と罪悪感と絶望に染まった鳴き声を上げる楽器にしても良い。

己の身を傷つけ責める事に歓喜する人形にするのも甘美なものがある。

路地裏で粗末な男共の欲望のはけ口にされて、それでも自分を罰してくれてありがとうございますと感謝し続ける壊れた玩具が本命か。

嗚呼、素晴らしい。こんなにも色々な遊び方ができるじゃないか。


――――だが、待て。それは悪として美しい事だろうか？

魔王として人に憧れる心が、暴走する人の心に冷水を浴びせる。


「……………イグサ？」

いつもの悪ぶった笑みが抜け落ちて、表情が落ちてしまったのだろう。

ライムの心細い声に心が一気に冷えていく。

いけないいな、ライム。そんなに美味しそうではつい地が出てしまうだろう？

人間、イグサではなく。悪に憧れるイグサとしての心の形を取り戻していく。

幼い日憧れた悪の偶像《ヒーロー》を思い浮かべて。

どこまでも人間らしく邪悪な、溶岩のような熱と粘性を持った何かを、悪の美学と魔王としての矜持で塗りつぶしていく。

悪とは素晴らしい。それは美しく、眩しく、誇り高いものだ。


「罰が欲しいなら、魔王がくれてやろう。ついでに契約の代償を頂こうか」

この罰を欲するライムに悪として与える罰の種類はそう少なくない。

だからこそ、悪としてその弱みに美しくつけ込ませてもらおうじゃないか。

「美しい、お前の存在全てを頂くとするか。その身と心が持つ悉くと、内に秘める魂すらも捧げてもらおう。お前の全ては俺のモノだ。体、心、魂、それに罪も誉れも何もかも」

これが美しい悪として少女の壊れそうな心を救う最善手。

悪辣？　悪だから当たり前じゃないか、無償奉仕は生憎やっていない。

『契約魔法発動：契約魔法陣生成X』

『時空魔法発動：契約魔法干渉X』

「さあ、報いを受けたいならこの手を取れ、これ以上無いほどの罰になるだろう」

ライムを1度床に下ろし、半歩分距離を取ってから手を差し出す。

手の平には緩やかに回転する複雑怪奇な魔法陣が展開している。

折角自然回復してきた魔力が、契約魔法と時空魔法に吸われて随分と減ったが、ここは格好をつ

ける場所だろう。

一瞬戸惑ったライムだったが、臆す事なく指を絡めるように俺の手を取る。

お互いの指を絡めるように握り合った、俺とライムの手に押しつぶされた魔法陣が光の帯になって周囲へ展開する。

『契約成立しました。ランクX＝X　魂と運命の契約が執行されます』

『契約者　勇者ライム』

『契約先　魔王イグサ』

『契約代償：契約者が所持していた因果律の全て』

『勇者ライムは魔王イグサの所有物として魂と運命の全てを捧げ、その存在と因果が消失する先まで、永久の忠誠を誓う事がここに誓約されました』

パキン、と軽い音を立てて俺の腕についていた腕輪が壊れ、ライムの首についていたチョーカーも1度分解された上で、より洗練された形へと再構成される。

隷属契約よりも高位の術式で上書きしたんだ。あの程度のものは砕け散る。

「さあ、これでお前の罪も誉れも何もかもが俺のモノだ。故に俺の罪でライムが悲しみ嘆く事など許さない。わかったか？　存分に頼って依存して、堕落した勇者となるがいい」

「酷く素直じゃない、犯罪者、悪者」

ライムは契約内容に驚いた後、微笑み――――どこか救われたような笑顔で涙をぼろぼろと流しながら悪態をついた。

「魔王にとって褒め言葉でしかないな」

そんなライムに俺はくははっ、と悪い笑みで返した。

そうだ、これで良い。これが美しい悪というものだ。

◇

さて、このSF世界について思う事がある。

一部の例外を除いてこの世界の秩序は、IC《カネ》と権力《コネ》と軍事力《チカラ》によって守られている。

それは、あの陽性な人々が暮らす『ヴァルナ』ステーションにしても本質的にはそうだ。

それが悪いとは言わない。理想郷《ユートピア》と反理想郷《ディストピア》の差なんて、それらのバランスの違いでしかない。

極論だけどな？

実際その3つを主軸にした秩序の維持は人に優しくないかもしれないが、わかりやすい。

このSF世界には極一部の例外を除いて、指導者層の善性に依存する統治機構は存在しないし、何より人々に好まれない。

……善王とかいないと、魔王的には困るんだけどな。

そのせいだろうか、悪もまた歪だ。

このエネルギープラント制圧前の内部人口が約2万人。そのうち非戦闘員及び海賊関係者ではなかった人間が6000人。この数の多さは少々予定外だった。

ワイバーンの船倉を人の輸送用に改造して収納しても全員を運び出すには何往復も必要になるだろう。

そこで『ヴァルナ』特殊海賊空母を輸送船として使う事になった。

非戦闘員の中にまともに親の庇護を受けて育った子供は誰1人として居ない。

エネルギープラントの男女比はやや極端に男に偏っていたものの、育成途中の子供の数が0というのはありえない数字だ。

どうやら海賊達は生まれた子供達ですら商品や労働力にしていたようだ。

ミーゼよりも幼い年齢の娼婦が普通にいるというのだから、海賊連中の腐りっぷりは、いっそ清清しい。褒めたくはないが。

俺が幼い頃に憧れた悪の偶像《ダークヒーロー》には、それぞれ理由も理想もあった。

例えば悪の秘密組織を束ねる狂科学者。

人の世界から異物として排除される怪人達を庇護して生活させるために、権力と資産を欲して悪事をなしていた。

滅んだ国が最後に開発した秘密兵器になった男は、同類を増やして人々に危害を加えながらも、かつて共に戦った戦友達のため、たとえ建前だとしても故国が掲げた理想の為に最後まで戦い、そして正義に敗れて朽ちていった。

それに比べてこのＳＦ世界の海賊達はどうだろうか。

ただ食欲、性欲、金銭欲、その他様々な欲を満足させるためだけに、奪って殺して犯す。

その行動原理は、まだ世界で魔王や勇者が現役だった頃の山賊や海賊から進歩もなければ、何かのため、誰かのためと言った理想も志も何も無い。

悪の美学とかそれ以前の問題だ。

まだ種族の繁栄と進化のために本能で生きている野獣の方が好感を持てる。

だからまぁ、手加減も何もいらないよな？


エネルギープラントの中でも一際大きく空間を使った大型ホール。

昔はプラントの従業員や家族を慰撫するイベントなどが行われた場所だろうか？

今は金属板がむき出しになった殺風景な空間に約１２０００人の人間が集められていた。

内訳はプラント内部で捕虜にした――運良く生き残ったともいう――海賊６０００名、特殊海賊空母の乗組員だった海賊が６０００名。

ホール内には一定間隔で立ったリビングアーマーとファントムアーマーが警備し、海賊達は異質な存在にやや怯えているようだ。

そのホールの奥、壇上には俺とライムとミーゼ、そして護衛のアルテの４人。

同席してくれた３人にはこれからやる事を話しておいた。

ライムは調子が戻ったのか無表情、ミーゼとアルテは青い顔をしている。

俺はホール壇上に準備した豪奢なソファーに座り、足を組んで手を胸の前で組み、ミーゼを膝の上に乗せていた。

海賊達からは大型火器こそ没収しているものの、個人携帯の拳銃は取り上げていない。

そのサイズになると隠蔽が簡単になるので探す方が大変だし、1人1人チェックするほど人に余裕もない。

ホールと壇上の間には暗殺・テロ防止用の遮断シールドがあるので、小型火器程度なら防いでくれる。

それに、これから小型火器が必要になるしな。

『法理魔法発動：拡声V』

声を遠くまで届ける魔法を使う。

「さて、お前達の罪を問おう――――ああ、安心していいぞ？　帝国法とか倫理やら小難しい事を言う気はない」

海賊達にざわざわと困惑した声が広がる。

「俺だって正義や法を好《す》く人間じゃない。お前達が胸を張って悪であると言うなら見逃そうじゃないか」

俺の言葉を「若干」ずれて受け取ったのだろう。

そう、金を払い手下になるなら見逃してやる――――などと、滑稽《こっけい》な勘違いを。

前列にいた地位の高い海賊達は、自分がどれだけ財産を持っているか、どんな悪をしてきたか、どういう事だって平然とやれるか、手下共もどんな悪い事でも平然とやれるか怒鳴るような大声でアピールしてきた。

「そうか、お前達が悪だという主張はよくわかった。なら、悪になりきれない半端者の罪を問うとしよう」

鷹揚《おうよう》に頷いて声をかけると、髭面の男や魚介類っぽい宇宙人まで、自分達は助かるのだとにやけた笑みを浮かべる。

「……頭の中が幸せな人達なの。羨ましいくらい」

膝の上に座ったミーゼがぽつりと呟く。

「お前達の罪を問うのは、奪った命の数、奪ったＩＣ《カネ》の量でも手下の数でもなく、お前達自身だ。どういう事かわからないと言った顔ばかりだな？　今はわからなくても良い。どうせすぐに実感するようになるだろう。嫌でもな」

これから行おうとするのは、どう取り繕おうとも悪だろう。

悪を持って害悪を裁こうとか、洒落が効き過ぎていて笑えないな。

『概念魔法発動：懐古Ⅷ／効果範囲拡大Ⅸ』

『祈祷魔法発動：罪業看破Ⅸ／効果範囲拡大Ⅸ』

『祈祷魔法発動：真実直視Ⅹ／効果範囲拡大Ⅸ』

パチン、と最近いい音を出せるようになってきた指を鳴らし。

魔法を大規模かつ同時に発動させる。

このランクの魔法なら、魔力が消耗している今でもそんなに負担にはならない。

魔法効果は単純の一言に尽きる。

強制的に昔の事を思い出させ。

罪深い所業の記憶を1つも残さず、記憶の奥底から引っ張り上げ。

逃避も思考停止も許さずに視覚と思考に直接見せ付ける。

罪悪感を増幅する魔法を使わなかった慈悲に、感謝してくれても良いんじゃないか？

「なに、お前達が誇れる悪であれば問題ないだろう？　あれだけアピールしていたように、悪であると胸を張るだけで良いんだ」

むさくるしい男ばかりの絶叫大会なんて趣味ではない。向こうの音をカットしたが、遮断シールドの反対側にいる海賊達は涙を流し、頭を抱え、絶叫し、ありとあらゆる懺悔と後悔の大過の中に居た。

この光景を絵師に見せればさぞや素晴らしい名画が出来るのではないだろうか。

人間や宇宙人とはどんな状況でも発明や発見をする動物らしい。

あちこちで少しでも楽になる方法を発明し始めたようだ。

つまり、持っていた小火器を口にくわえて。あるいは頭に押し付けて。

ただ引き金を引くだけの簡単かつ、画期的な大発明だ。

1人が発明すれば、周囲は連鎖的に真似をしていく。

携帯火器のレーザーやビームの光があちこちに飛び交い。

瞬く間に動く海賊達は生命体だったものとなって転がっていった。

警備していたファントムアーマーの報告によると、ホールから無事に外に出られたのは100名弱だそうだ。

何も出来なかった下っ端であるか、または運よく「宗教」という趣味を持っていた為に自分の手による贖罪を逃れたらしい。

あの光景を見た後だけに、生き延びた海賊全員が帝国政府の運営している「修道院」と呼ばれる、テクノロジーを捨てて、静かに暮らす人々が集まる開拓惑星への移住を希望したという。

海賊への加担や犯罪で比較的罪が軽いとか、捕虜になった後に司法取引で死刑を免れた場合「修道院」送り、実質的に文明社会からの終身刑と島流しを兼ねたものになる事があると言うので許可をした。

膝の上に乗せていたミーゼは特等席で一部始終を見届けたせいか、可哀想なくらいにガタガタと震えている。

ただの愛玩動物枠なら守ってやるのだが、そのうち智謀《ちぼう》面で俺の補佐をしてもらう予定なのだから、英才教育は大事なんだよな。

体は震え、顔は青ざめきって、俺の体にしがみついてはいたが、目の前に広がる光景から目を逸らす事はなかった。いい子だ。

褒美代わりにミーゼの体の震えが収まるまで、頭を撫で続けていた。

「イグサ、質問して良い？」

すっかり落ち着いた様子の、相変わらずまだ血染め姿のライムが尋ねてきた。

なんだろうか？

「こういうのはイグサの趣味じゃない気がした。間違ってる？」

結構理解してくれていたようでちょっと嬉しい俺がいる。

「いいや、間違っていない。こんなのは趣味とは縁遠いな」

悪の美学的には害悪の断罪はありなんだが、過程も結果も血生臭すぎる。

同じような機会がまたあるとしたら、次はもっとスマートに決めたいものだ。

趣味でいくなら、全員に武器じゃなく聖書を持たせておいて、まとめて「修道院」送りにするといったところか。

「なら、何で？」

「ん。……………そっか」

答えるのも少々気恥ずかしいが、ライムは聞きたそうだな。仕方ない。

「奴等はライムを泣かせただろう？」

恥ずかしい、恥ずかしいな。何気ない風を装っているが顔が赤くなりそうだ。

「うん。もしかしてやり方が温すぎたか？」

身内を泣かせて、壊しかけたんだ。まだ手緩いだろうか。

「ううん。私の事だったら、次からはイグサの趣味を優先してほしい」

「嬉しい事を言ってくれる。ライムが言うなら、次はそうしよう」

たとえ献身的な願いだとしても、それすら受け入れるのも魔王の器だろう。

「うんっ！」

頷くライム。何か吹っ切れたような雰囲気を感じる。

丸く収まったように見えたんだが、アルテも敬礼したポーズのまま固まり震えていたので、膝の上にアルテの頭を乗せて撫でてみた。

正気に戻ったアルテの恥ずかしがり方は、なかなか新鮮で美味だったとだけ言っておこう。

◇

エネルギープラントの中にあった、比較的まともなオフィス的な部屋を占拠して事務仕事に追われていた。

室内にいるのは、俺と立体画像のワイバーン、雑務と事務が出来る船員が20名ほどだ。

本当ならミーゼがこういう仕事が得意なのだが、あの海賊達の処理光景は刺激が強すぎたのか軽い熱を出して寝込んでしまった。

最初は「寝るまで手を握っていてほしいのです」と言っていたミーゼだったが、離れようとすると目を覚まして寂しがるので、実際に離れるまで随分と甘えられてしまった。

どうにもあの姉妹は甘え方が上手い。本能的なものなのだろうか。

古典的なファンタジーRPGの世界なら戦闘が終われば現金とドロップアイテムを回収して終わりなのだろう。

だがSF世界はそうもいかない。

まずは帝国政府の海賊討伐賞金を管理している部署に、海賊の賞金を請求する為に申請が必要なんだ。

普通なら帝国政府が販売している、賞金首討伐用のソフトを船や戦闘機にインストールしておけば、海賊船を撃破した時に自動で申請してくれて、報奨金がすぐに振り込まれる。

だが、今回は討伐した海賊の船もプラントも制圧して沈めなかった。そうすると海賊1人1人ごとに申請が必要になるが、今回は数が多いので結構な手間になる。

アドラム帝国では賞金首になっていないが、他の星間国家で賞金首だった可能性もあるので、形が残っていれば顔の画像を撮って、採取したDNAサンプルなどを申請用テンプレートに沿ってまとめてから申請するんだが、事務仕事できる船員を総動員した上で、猫の手も借りたいということで魔王まで動員されているあたり、どれだけ忙しいかわかってもらえるだろうか。

これがアドラム帝国の中心星系に近いなら政府の役人を呼んで査定をお願いできるのだが、ただでさえ辺境の上に恒星近くの廃棄されたエネルギープラントだ。

連絡をとっても、担当者がやってくるのにどれだけ時間がかかるか、わかったものではない。

書類仕事が苦にならないリゼルをリーダーに、戦闘メイド隊と事務仕事に適性がある船員達が必死になっているが、数が数だけに時間がかかっている。

画像とDNAサンプルを採るついでに、海賊達の遺体をホールから運び出してコンテナにつめている。申請が終わったら、エネルギープラントで発見した生存してなかった海賊被害者と一緒に恒星葬――すぐ蒸発しない程度のコンテナで恒星に落とす、宇宙で行う葬儀としては割と贅沢な部類――――にする予定だ。

海賊被害者はともかく、死んだ海賊達も弔うのは慈悲というよりも効率の問題だった。

死霊魔法で海賊の死体からゾンビを作っても立地条件が悪いから死蔵品になるし、ゾンビは衛生状態を悪化させるし臭いも酷い。

インテリジェンスゾンビやもっと上位のアンデッドを作るなら素材に拘りたい。

あの手のアンデッドは生前の知能や教養の差がモロに出るので、三下の海賊を素体にしても微妙なんだ。

被害者の遺体をオブジェにする西洋悪魔系魔王みたいな趣味もないので、被害者を弔うついでに恒星葬にする事になった。掃除ついでにコンテナが何個か増えるだけだしな。

◇

リビングアーマー達の処理も目処がついた。

高い知性を獲得し、どうにも戦闘中に進化したらしいファントムアーマーの上位種、ファントムアーマー・カーネルという、軍人かぶれの個体をリーダーにして制圧したエネルギープラントの警備をやってもらう事にした。

効率は悪いが、エネルギーキューブを作る機能が残っているし、放置するには惜しいんだ。

「この地は魔王軍が初めて手に入れた占領地だ。ついては信頼をおけるお前に、占領地の管理を頼みたい。魔王が持つ城砦の防御は任せたぞ」

と強弁したら、実際に涙こそ出なかったが感涙にむせび泣いて引き受けてくれた。

エネルギープラントに約１２００体のリビングアーマーとファントムアーマーを残し、それらの中でもとりわけ戦闘力の高い３００体をワイバーンに戻して連れていく。

エネルギープラントに残る事になったファントムアーマーとリビングアーマーは、腕を鍛えていつか魔王様のお役に立つのだ！　と大いに盛り上がっている。

…………実質捨てリビングアーマーに近いのだが、とても心が痛いな。何か余裕ができたら迎えに来てやりたいところだ。


エネルギープラント制圧して人質を奪還した事は、ワイバーンについている高出力通信機で『ヴァルナ』ステーションに連絡してある。

解放……確保したとも言うが、６０００人に及ぶ非戦闘員の受け入れもリゼル父に丸投げした。

誘拐された一般人を祖先に持つ掃除夫やら、家系図を作ったら正気度が減りそうな、海賊被害者と海賊の子供が海賊向けの娼婦や男娼になって、更にその子供も同じ職業をしていたとか、ライムがぶちキレした気持ちもよくわかる人員リストだ。

代わりに拿捕した特殊海賊空母を『ヴァルナ』ステーションへ売る約束をさせられたが、どのみち用途が限定的過ぎるので、売却する予定だったから問題はない。

あのサイズの大型艦船を廃船にすると、ジャンク品回収に資源回収に運搬、資源のリサイクルと様々な仕事と雇用、利益が生まれて『ヴァルナ』ステーション全体が3年は景気が良くなるとか、リゼル父が言っていた。

事務仕事やら色々な後始末を終えて、リビングアーマー達がひしめく砦と化した太陽熱エネルギープラントを離れるのは戦闘が終わってから3日ほど後の事になった。

特殊海賊空母の移動速度に合わせて、ワイバーンもゆっくりと『ヴァルナ』ステーションへと向けて移動しながら、ふと気がついたんだ。

プラントに残したリビングアーマーとファントムアーマー達には「留守の間の事はカーネルに一任する。特に一般市民に対して魔王軍の一員として恥ずかしくない行動を心がけてくれ」と命令しておいたのだが。

あのエネルギープラント、このSF世界初の『リビングアーマー系ダンジョン』になったんじゃないか？

……まぁ、立ち寄るヤツもいないだろうし、特に問題もないか。

魔王、魔王の武器を強化する

廃棄され、海賊の根城と化し、今はリビングアーマー達の巣窟と化した、太陽熱エネルギープラントからの帰り道。

海賊から奪っ……救い出した約６０００名の非戦闘員を乗せた、特殊海賊空母に随伴するワイバーンだったが、1つ問題が浮上した。

「なぁ、リゼル。あの特殊海賊空母、どのくらい速度が出ているんだ？」

「うーん。大体、大型戦艦の半分くらい。星間航路用リミッター入れた、ワイバーンの巡航速度の5分の1くらいですよぅ」

ジャンプゲート間を結ぶ星間航路は他の宇宙艦や宇宙船が良く飛び交っているので、衝突事故を起こさない程度の速度で飛ぶことになっている。

法規制されている訳ではないので、無視しても構わないのだが、無謀のツケは自分の命か財産で払う事になるので、暗黙の了解を皆守っている。

「鈍足にも程がないか？」

「あのサイズの宇宙艦で急ぐ必要のない軍事用や輸送用じゃないのは、こんなものですよぅ？」

そういえば元々は調査・実験艦だったな。

「そんなものなのか」

未だに未来人達の時間感覚には慣れない。出来るだけ早くすればいいのにと思う気持ちは、日本人気質なんだろうか。

問題は遅いという事。限りなく遅い。

ワイバーンは元々高速船だったのを、更に魔改造した船だ。

何段階ものリミッターをつけた推進器を持っているし、最高速度なら辺境用の超高速輸送船――他に飛び交う船が無いので、気兼ねなく速度が出せる――といい勝負をするだろう。

『ヴァルナ』ステーションから恒星近くまで1日ちょっとで到着したのも、この高速性に頼ったところが大きい。

だが、特殊海賊空母は機動性も速度も艦船として必要最低限だ。

放置して先に帰っても良いのだが、運用に必要な多くの乗組員を失っているので自衛行動を取る事すらままならない。

単独で航行させておくと、他の海賊や悪徳サルベージ屋の格好の餌食になってしまう。

そのためワイバーンで護衛をしているのだが、近くの辺境航路――星間航路から外れたローカル航路。燃料屋やドック付きの休憩ステーションを希に見かけ、忘れた頃に流しの飲食販売船という名の物資販売船が通る――までは数日で到着したものの、『ヴァルナ』ステーションまで辿り付くにはまだ長い時間がかかる。

「……暇を持て余しそうだな」

俺に暇なんて与えたら碌な事をしない自信がある。

『魔王様、減速装置を使ってはどうです？　この前の改装で、そこそこ新しい型の品を付けてもらいましたわ』

「それがあったか。試してみよう」

『へぇ、減速装置稼動準備。船内減速空間、減速率設定開始。リゼル嬢ちゃん、細かい割り振りのオーダー頼みますわ』

「はいですよぅ。うーん、ブリッジだけ等倍、船室4倍、格納庫も同じく、後は微調整していきます」

そこで、初めて時間減速機のお世話になる事にした。

時間減速機と大層な名前がついているが、実際に時間に干渉する装置ではない。

防護用のフィールドで包んだ範囲の分子活動を低下させ、相対的にフィールド内部の時間が遅く、外部の時間が加速する現象を起こすものらしい。

もうこの時点で魔王としては「ＳＦすぎてちょっと」という気分ではあったが、船内時間計に比べ、船外時間が高速で動いているのを、計器越しとは言え目にするのはかなり新鮮なものがあった。

何でもフィールド外部と内部で、電気や光の信号通信をすると誤差が出るらしく。

船外時間表示計器は機械動力、アナクロ臭がするドラム式のアナログ計器だったので、年甲斐もなく大喜びしてしまった。

また、空いた時間を趣味や訓練に使いたいという船員の為に、時間減速させない区画も用意した。

どうせ標準時間換算で日給払う事になるんだ。仕事を真面目にしてくれるなら、暇な時間をどう使うかは各自の自由だろう。

ワイバーンの船員達は白兵戦経験者が少ないのが不安だったので、メイド隊に教官になってもらい、白兵戦や銃の取り扱い訓練など、研修を好きにできるようにしておいた。

最初は皆乗り気でもなかったが、参加した分だけ時給計算で研修代を給料に付け加えると通達したら、戦闘員は勿論、一般船員達からも参加者が多く出た。

相変わらずたくましい連中だなぁ……。

◇

「どうしたものか……」
ある日の事だ、当直中のブリッジで珍しく思考の迷路に陥っていた。
俺の手の中にあるのは、30ｃｍほどの艶のない白色の棒。のっぺりとした色が金属や樹脂とも違う、独特な代物だ。
これを手に入れたのは、エネルギープラントで海賊を処理した時だ。
久々に聞くシステムメッセージ的なアナウンスを耳にした。
内容はこんな感じだ。
《虐殺した命が50人を超えました。魔王の杖が開放されます》
《虐殺した命が１００人を超えました。魔王の杖が強化されます》
《虐殺した命が２００人を超えました。魔王の杖が強化されます》
《虐殺した命が５００人を超えました。魔王の杖が強化されます》
〈略〉
《虐殺した命が１万人を超えました。魔王の杖が強化されます》
どうやら魔王としての、俺の武器は杖だったらしい。
虐殺しないと入手出来ないから、今まで入手できていなかったようだ。あれを虐殺と認定されるのは個人的に微妙なものがあったが。

とはいえ専用装備の入手は嬉しかった。だが、あの空気で杖ゲットォォォ！　とか叫ぶのは台無しすぎるので、とりあえず後回しにしていたんだ。

時間が出来たという事で、魔王の杖を調べてみたんだが。

こう……魔法メインの知能系魔王が持つには微妙な品だった。

鑑定魔法で能力を見てみるとこんな感じだ。

『銘：無垢なる虐殺者《イノセンス・スローター》　能力：知力固定値強化、意志力固定値強化、魔力固定値強化　魔法知識付与、各種魔法Ｖ、魔法変性Ｖまで発動可能』

どんな脳筋魔王でもこの杖さえ持っていれば、最低限魔王として恥ずかしくない魔法が使えるという代物だった。

つまり、素で各種魔法が使える魔王にとっては無用の長物だ。

脳筋向けなのに、何故形状が杖なんだよ！　とツッコミを入れたい。

杖を持つような魔王なら今ある魔力を更に伸ばすとか、もっと違うものが必要じゃないかな！

正直扱いに困ってしまった。

持っていても使い道に困るというか、死蔵してしまいそうだ。

むぅ……と何度目かの悩み声を上げた時の事だ。

「おにーさん、おはようございます。当直お疲れ様なのです」

ブリッジでの当直交代にミーゼがやってきた。

白と青のコントラストが涼やかな印象を受ける、学校の制服とジャケットコートを混ぜたようなデザインの服装をしていた。

ミーゼの姿に、悪とは少々方向性は違うが浪漫のある事を思いついた。

何の変哲もない棒状をしている魔王の杖に干渉して形状を変化させる。

こういう事を何となく出来るのは魔王だからこそなせる事なんだろう。

杖をミーゼの背丈くらいの長さに伸ばし、デザインは鋭角を使った近未来な感じに変化させ、先端を宝石風の透明な鉱石にして周囲に砲身状の飾りをつけ、キーワード変化属性をつけて、普段は髪飾り風のデザインになるように形状変化させ、所有者権限から貸与可能者にミーゼを登録して。

後は展開時に衣服もセットで自動装備できるようにして、衣服には防護魔法や耐性魔法を常時展開するように付与魔法をこれでもかというくらいかけて……と。

もう俺が何をやっているかおわかりだろうか。

「ミーゼ、プレゼントだ」

「髪飾り？　ありがとうです」

唐突なプレゼントに戸惑ったミーゼだが、受け取って素直に髪の毛に着ける。

「起動キーは音声とイメージで作ったが、まあ声に出した方がわかりやすいだろう。フォーリン・ディバイン・プロテクションと言ってみろ」

「はいです。ふぉーりん・でぃばいん・ぷろてくしょん……えっ⁉︎」

黒い光の粒子がミーゼの体を吹き抜けると、本体たる髪飾りは手の中で杖に変化し、大人びたデザインの白をメインに紅色をアクセントにした、ジャケットスーツの上にロングコート風のものを羽織った、全体的に可愛らしいデザインの服装へと変化していた。

これは良い魔法少女だな。

ミーゼが持つ外見の幼さが可愛らしい服装に実にマッチしている。

本当は黒を基調にした悪の魔法少女風にしたかったんだが、色合いがライムと被るので、あえて白系をメインにしてみた。

こういうのは明確な対比があるから美しいものなんだ。

「『法理魔法発動：持続発光Ⅰ』……エネルギーもないのに光源ができました。使い方とか何となくわかるし、不条理すぎるのです」

どこかふて腐れた雰囲気で魔法を使うミーゼ。

魔王の杖としての能力も失われていないようだな。

「いらないなら返してくれてもいいぞ？」

「不条理だけど、こんな便利すぎるもの返す訳がないのです」

相変わらず良い性格だ。

だがな、ミーゼ。まだまだ甘いぞ。ふて腐れたポーズをとっているが、瞳が輝いているのが隠しきれていない。色々と魔法を試しては文句を言っているが、実に楽しそうだ。

魔法少女は未来世界でも少女の心を掴んで離さないものらしい。

悪の手先に堕ちた魔法少女とか浪漫じゃないか？

ミーゼは元から悪属性な気もするが、そこは目を瞑ってもらいたい。

こうして魔王軍に魔法少女が1人追加されたのだった。

◇

覆水盆に返らずという諺がある。

1度やってしまった事は取り返しが付かないという意味らしい。

俺はこの諺が好きではなかった。

だってそうだろう？

1度やってしまったら取り返しがつかないなんて言われたら、俺が居た時代の日本人は行動を躊躇するに決まっているからな。


だが、俺は声を大にして言いたい。

取り返しがつかなくなるかもしれないと行動を躊躇していたら、行動の結果、手に入ったかもしれないものが失われるのだから。

やって、やらかして、後悔したり苦い思い出にすれば良いじゃないか。

良い結果にならないかもしれない？

当たり前だ、何でも良い結果になるんだったら誰も苦労はしない。

だから、俺はこの諺を人に聞かれたらこう答えることにしている。

1度やらかしてしまった事は取り返しがつかないそうだから、やる時は後悔や悔いの無いように全力でやらかせ！　と、な。

勘の良い奴は気がついたと思うが。俺は全力でやらかしたようです。

つい楽しくなってやった、反省はしていない。


ライムの様子が最近おかしい。

この前のエネルギープラント戦と、その後に2人で交わした契約の後、何か吹っ切れた様子だったんだが、予想以上に色々吹っ切れ過ぎてしまったらしい。

今まではたまに「また弱みで脅す頃だから」と何か期待して寝室を訪ねてくる程度だったが。

「ん？　憧れる人？　私はもうイグサの所有物《モノ》だよ」

と、お年頃の乙女達らしく、お茶タイム中に集まって、他の船員達とかしましくコイバナに盛り上がっていた食堂で平然と言い放ち、不幸にも近くでお茶を含んでいた船員達の口から噴水を噴かせたりしていた。

行動にも躊躇や遠慮がなくなった。

ミーゼを膝の上に乗せて和んでいると、同じように膝の上に乗ってくる。

軽いミニサイズとはいえ2人もいると前が見辛いのだが「駄目？」という気弱げな視線と声を送られると弱い。

魔王とは勇者にも身内にも弱いものだ。

ライムにあの視線を向けられ拒否できる男は少ないいんじゃないか。

普段淡白なのにたまに甘えるとかずるいと思います。

魔王たるもの、どんな手を使われようと卑怯と叫ぶのは美しくないけどさ。

壊滅的だった料理も、料理が趣味の一般船員に教わりながら勉強を始めたようだ。

初めて上手く出来たという、焼き菓子は確かに食べられる味だった。

思わず「うまい《食べられる》」と呟いた俺の言葉を聞いて、とても幸せそうなライムの様子に、初めてライムが勇者以外の何かに見えたほどだ。

流石SF世界、風呂という効率の悪いものは半ば忘れ去られていた。

音波と光で体の表面を綺麗にして老廃物を除去してくれる、シャワー的なものがあるんだが。

これが酷く味気ない。

服を着たままでも大丈夫という親切設計だ。小さなポッドみたいな部屋に入ってスイッチを入れて数分で綺麗になる。なんとも味気ないだろう?

風呂好きの日本人として、ワイバーンを改修する際に1部屋を風呂に改造した。

水に含まれるミネラルを多少弄るだけなので、ただのお湯じゃなく温泉成分の再現も随分と楽なものだった。

そこまで広くは無いが、狭い日本の家庭にある風呂よりはずっと贅沢なものだ。

その風呂の中にまでライムがついてきた。

背中とか流してくれるし、男の浪漫的にはとてもアリなのだが。

ここまで尽くしてくれると、何か代償を求められるのでないだろうかと、余計な心配をしてしまうのは俺が悪だからだろうか？

というかライムってこんなキャラだったのか？

こっちが地だったのだろうか。

いや、悪い変化じゃないんだ。

悪い変化ではないのだが、俺の魔王ではなく男としての部分が警鐘を鳴らしている。

もしかしたら警鐘を鳴らしているのは生存本能かもしれないが。

風呂から出た後もライムはひたすら尽くし続けてくれた。

今まで心の中に積もったものを晴らすように。

不安や後悔と言ったものを、俺が関わる別の何かに塗り替えるように。


――その結果、翌日の朝、ベッドの上で力尽きている俺の姿があった。

昨夜の記憶が曖昧だ。

なぁ、俺の身に何があったんだ。

俺の目元に涙らしき跡が残っているのは深く考えてはいけない気がする。

ライムも色々と吹っ切れた直後で暴走気味だったのだろう。そうと信じたい。

一体何があったか思い出したいんだが、思い出そうとすると本能が悲鳴を上げ、全力で思い出す事を拒んでいる。

本当に俺の身に何があったんだ。

視線だけずらして時間を確認すると、普段の起床時間より少し早い。

という事は、後少しで寝ている俺を起こす事がマイブームになっている、謎な趣味に目覚めたミーゼが起こしにやってくる。

相変わらず回復量が安定しない治療や疲労回復魔法を慌てて使っているが、すぐに動けそうにない。どんな辛い状況ですら笑い飛ばすのが魔王の仕事ではあるんだが。笑う気力や体力が根こそぎ失われているので、格好つけるのはもう少し待ってもらいたい。


……途中までは良かったんだが、結果がおかしい気がするのは俺だけじゃないよな?

◇

「一緒に寝てほしいのです」

ある夜、そろそろ寝ようと思っていたらミーゼが枕を持ってやってきた。

「どうした、1人で寝るには寂しいのか?」

ミーゼも高級士官待遇なので近くに個室を持っていた。

半ば冗談の軽口だったんだが。

「そうです。だから一緒に寝ていいですか?」

肯定されてしまうと軽口で返し辛いな。

ベッドに横になり頭の上で腕を組んでいた俺の横、ベッドの端に座り込む。

成人検定も取っているというし、普段からしっかりしている子だが、聡明さとは別に、ようじ……幼い美少女相応の心も持っている。

「隣にリゼルの部屋もあるぞ?」

ライムの部屋を挟んでもう1つ隣がリゼルの個室だ。1人寝が寂しいなら姉《リゼル》の方が良いんじゃないか?

「リゼルねーさんと一緒に寝ても安心できないのです」

「ああ、うん…………なるほどな」

確かにリゼルは優しい性格もしているが、頼りになるかと言われれば別だ。寝相も悪いしな。

「………」

じーっと見てくるミーゼ。ここで断るのも可哀想か。悪とは身内に甘く他人に厳しくあるべしという信条もある。

「好きにしろ。寝相が悪かったら我慢してくれよ」

ベッドの上で端に寄ってスペースを空けてやる。

「……えへ」

枕を並べて、布団の中にもぐりこんで嬉しそうな笑みを浮かべるミーゼ。

ぴったりとくっついて来た体は体温が高いのか、妙に温かい。

普段そっけない猫が冬になって布団の中にもぐりこんで来た時のような、くすぐったさ交じりの満足感を感じる。ミーゼの手触りの良い髪を撫でながら眠りについたんだが。

忘れていた。ミーゼは純真無垢というよりは、深謀遠慮な子だったよな。

ただの心温まるようなイベントで終わるはずもなかった。

◇

夜中に何故か濃い血の香りを感じて目覚めてみると、カメラ的な機材を手にしたアルテが鼻血を垂らしながら撮影していた。

あまりの絵面に悲鳴を上げそうになったのは秘密だ。

「……なぁ、アルテ。何をしているんだ？」

「……はっ。ミーゼ様に依頼されて奥様に送付する既成事実の撮影を」

「……なぁ、鼻血が出ているぞ」

「（ふきふき）……失礼しました、小官には刺激が強かったようであります」

「そうか。十分撮影しただろう、退室するように」

「はっ、了解であります！」

びしっ！　と敬礼をしたまま逃げるように退室していくアルテ。

「さて、ミーゼ。起きているんだろう？」

「……（びくっ！）」

俺とアルテのやり取りを聞いている間に、現実逃避気味に頭から布団を被ったミーゼが体をびくつかせる。

実に美味しい。実に良い反応だ。

「手伝いの人選を誤ったな。さて、これからどうなるかわかるか？」

アルテもＮＩＮＪＡっぽく気配を消せるが、鼻血とはいえ血の匂いは流石に気がつく。

結構な量が出ていたようだしな。

「……（がたがたぶるぶる）」

「折角のミーゼの心遣いだ。受け取らないのも主として悪いからな」

布団をかぶって震えるミーゼの頭に手を置いて、優しく微笑む。

その後、既成事実疑惑を既成事実にしてみた。

翌日、ミーゼは「過労の為」という理由で休暇届を出していた。

こうして俺達は静かな帰路を旅し、『ヴァルナ』ステーションへと到着したのだった。

魔王、英雄を闇に葬る

大型工業ステーション『ヴァルナ』に到着したのは、体感時間で１週間ほど後の事だった。

海賊の襲撃とかのイベントはなかったが、途中ガタがきた特殊海賊空母がリアクターを故障させたり、推進器が壊れてさらに速度低下するなど、予定以上に時間がかかってしまった。

ワイバーンをドックに入港させ、桟橋から港へと渡った俺を待っていたのはリゼル父とその部下達だった。

港に準備されていた大型トランスポーターの後部座席に乗り込んで、相対するように座る。

後部座席にはリゼル父の他にも数名の姿。アドラム人の種族的な特徴でとても若く見えるが、老獪な雰囲気を漂わせている。リゼル父のように、ステーション運営に関わる重鎮なんだろう。

「娘達は無事だろうな?」

第1声がこれというのは、色々どうかと思う。

「2人とも元気そのものだ。後で会えばいいさ」

無事とは言わない。特にミーゼは抽象的な部分が無事で済まなかったからな。

悪として人を騙す事はあるが、平然と嘘を言うのはまた違うものだ。普段から多用していると、イザという時に使う嘘の切れ味が下がるしな。

トランスポーターの防弾や対ビーム皮膜付きの窓の向こう、遠くから歓声や感涙の声がまとめて聞こえてきた。

今回人質になった人々や、エネルギープラントに捕らわれていた人々がステーション防衛艦隊にエスコートされた、特殊海賊空母から別の桟橋へ降り立ったのだろう。

連絡を入れておいた家族や親類と再会し、喜びに震えてるようだった。

「しかし、本当にこれで良いのかね?」

リゼル父の手元にあるのは1通の投影書類。

民間軍事企業として、救出した人々に対する救出費用の請求書だった。

その金額は海賊達が要求した身代金よりは少ないものの、慎ましい生活をしている『ヴァルナ』ステーションの人々には相当高額な内容だ。

支払えない場合は、文字通り体でも何でも使って返済してもらう事になる。だが、その請求書には最初から領収書もセットでついている。

「ああ、俺が欲しいのは評価であって評判じゃないからな」

通信でリゼル父と打ち合わせしておいた内容はこうだ。

民間軍事企業『魔王軍』はリゼル父の依頼を受けて海賊を討伐し人々を救出するが、軍事企業の規定通りに救出費用も請求する。

リゼル父は地元の名士として、救出費用を被害者やその家族の代わりに支払った……という美談にしてもらう。

するとどうだろう？　被害こそ小さいが討伐難易度の高い海賊を倒した企業評価は俺達に。被害者達を救出した評判はリゼル父と自治体に行く。

人情の為に海賊達から人質を救出した民間軍事企業というのは美談にはなるが、心情的にも利益的にも美味しくない。

だってそうだろう？

まず海賊に捕らえられた人々を救出する魔王に魔王軍なんて違和感しかない。

次に救出費用の請求をしなければ、次から「何で自分達ばかり有料なんだ」なんて言う奴が出てくるに決まっている。

俺はそう考える程度に未来人や宇宙人達の良心を信頼していない。

これがファンタジー的な世界なら、街の人が大歓迎したりして英雄呼ばわりされていい気になれるシチュエーションなんだが、現代やSF世界ならこんなものだよな。

元からリゼル父は『ヴァルナ』ステーションの中で顔役だったが、今回の1件でその地位をさらに確固としたものにするだろな。

「他の連中の受け入れも予定通り頼むぞ?」

「わかっている。あの人数だ、上手くやれば利益にもなる」

特殊海賊空母から降り立った非戦闘員達も、今頃は『ヴァルナ』ステーション駐在の地方行政府の役人達に、身分登録とか今後の身の振り方とかを説明されるのに移動させられている頃だろう。

身元が判明して家族と連絡の取れる一部の人々は、郷里に帰るという。

その他大勢の者は、本来は難民扱いされてもおかしくない。

なので、リゼル父との取引をして、特殊海賊空母をこのステーションに売却する代わりに、ある程度の期間生活を保護させる事にした。

別に魔王が慈善事業に目覚めた訳じゃないぞ?

保護している間に適応できないやつの面倒まで見る気もないし。

資金を出すのは『ヴァルナ』ステーションの自治体、リゼル父も含めた地元の名士達だが、名目上は民間軍事企業『魔王軍』になっている。

救出されて、面倒を見られて、生活まで助けられて、これで恩義を感じない奴は少数派だろうし、その少数派に興味はない。

恩義を感じる奴の中には有能なヤツも普通に働けるヤツもいるだろうから、そのうち魔王軍の事業を拡大する際に役に立ってくれるだろう。

海賊達が居た上にあの過酷な環境のプラントで生き延びて来た連中だ。したたかさや図太さ、生命力や頑丈さには期待できる。

将来の魔王軍候補の確保だな。

リゼル父達と幾つかの契約書のやり取りと、報酬の受け取りを終わらせた俺はトランスポーターを降りて歩いたが、路地1本曲がった所で別の大型トランスポーターに案内された。

周囲にはいかにもガタイが良い黒服が固めていて物々しい。

外見が上品な上にミサイルの数発くらい耐えられそうな、先ほどよりも上等な、ＩＣ《カネ》がかかっていそうなトランスポーターの中にはリゼル母と、高そうな未来風スーツを着た中年男性が座っていた。

「こんにちはイグサさん、お久しぶりです」

上品な笑顔を浮かべるリゼル母。何故この母からリゼル《ポンコツ》が生まれたんだろうな。

いや、リゼルはリゼルで良いところは沢山あるんだが、年齢を重ねてもこのリゼル母のようになれる気がしない。

「どうも、アドラム帝国情報局・実働3課、課長のカインズです、はい」

ハンカチ的なもので汗を拭っているのは、どこにでもいそうな地球《テラ》系アドラム人の中年男性。

何故この組み合わせ？　と不思議に思う気持ちはわかる。

俺も聞いた時は驚きと共に納得したが、リゼル母、ミーゼが生まれるまでは帝国情報局の局長様だったという。

殺伐とした仕事に飽きたので、ミーゼを妊娠・出産するのを機に退職し、それ以来リゼル父の事業を手伝いつつ平和に暮らしているらしい。

ちなみに、リゼル父との関係は幼馴染だそうだ。

特殊部隊っぽいメイドさんが沢山いるとか、武器の扱いに妙に手馴れていたり、不思議な貫禄があったりした疑問が解けてすっきりした。驚きもしたが。

「カインズ君ったら技術傾倒の企業を装って、イグサさんの船員を誘拐なんてしようとしていたから慌てて止めたんですよ」

近所のスーパーで特売があってねくらいの軽さで上品に笑うリゼル母。

「き、恐縮です」

カインズ君と呼ばれた情報局の課長は冷や汗を掻いている。

「通信で聞いた通り、正体不明の遺失技術《ロスト・テック》狙いか？」

ただの魔法なんだけどな。

「そうなの。報告聞いてもう、必死になって止めたわ。あんなに焦ったのは子供の頃にミーゼが冒険して大怪我した時以来よ」

最近もう1人の娘が行方不明になった時は心配しなかったのか？　まぁ、リゼルはやたら生き延びる方向に運もいいし性格もたくましいからなぁ……。

「ま、俺も余計な手間かからなくて助かるんだけどな。どうしてだ？」

「だってイグサさん。身内に手を出されたら、情報局……ううん。帝国相手だって平気な顔して敵対するでしょう？」

良くわかっているじゃないか。隣のカインズ君が真っ青な顔になっている。

「理解してくれてなによりだ。それで、俺を呼び出した用事を聞かせてもらえないか？」

「後輩君がオイタしようとしてごめんなさい。というのが1つ目。もう1つは今後も情報局は基本、不干渉にさせるわね、ってお知らせ」

カインズ君が必死に頷いているんだが。それでいいのか、課長。

「煩わしくなくてありがたいが、良いのか？」

「いいのよ。元々アドラム帝国は戦艦2隻分の強さの凄い戦艦が出てくるなら、こっちは戦艦を3隻準備すれば良いじゃないのってお国柄だしね」

「合理的だな」

「それにイグサさんは娘達を気に入ってくれているもの。孫が生まれて増えれば守ってくれるだろうから、急ぐ必要もないでしょう？」

冗談じゃなくて心底本気だとわかるだけに生々しさが半端無い。リゼル母は微笑んでいるが、目はどこまでも本気だ。

そこで慌てるのも俺のキャラではないが。

「気の長い計画な事だ」

「あっ、でも1つお願いがあったわ」

「忘れてた」と、手をぽんと叩き合わせるリゼル母。その仕草は実に自然で、どこからどこまでが演技なのか、魔王の目ですら見極めきれない。

本題だろうか？

「子供が出来たら結婚とかまで期待しないけど、認知だけはしてね。孫に父親なしっていうのは寂しいから。今回の件であの人、イグサさんを婿にするって方針に切り替えたみたいだけど」

ホント生々しいな！

そしてリゼル父、さっきの態度ツンデレだったのか⁉

知りたくなかった情報だよ！

「大物だな。元情報局長というのも伊達や酔狂じゃないらしい」

あまりの大物ぶりに「くははっ」と普段は自重している悪い笑いが漏れてしまった。決して生々しい話ばかりで乾いた笑いが出た訳じゃない。本当だぞ？

のんびりした口調だが、こいつは随分な悪党だ。

「で、認知してくれるかしら？」

……言質を取るまで逃がす気はないらしい。これは母の瞳じゃない。狩人の目だ。

「構わないさ。俺は敵には容赦しないが、身内には甘いのが信条だからな」

その手の事で縛られる気はさらさら無いが。縛られそうになったら逃げる気満々だが！

縛られないならその程度は気にしない。

「よかった、これで一安心できるわ」

ぱんと手を叩き、顔を輝かせて喜ぶリゼル母。

仕草は可愛らしいんだが、素直に可愛らしいと思えない俺がいる。

結局、『不干渉認定書』という前代未聞らしい、帝国情報局の公式文書を貰った。

情報組織がこういう公文書を残してもいいものなのか？

◇

遠くに見える工業用開放ドックに拘束されるように係留された、特殊海賊空母は早くもあちこちで部品の抜き出しや分解が始まり、巨大な船体のあちこちで溶接光のような光が瞬いている。

それを横目に『ヴァルナ』ステーションのドックに係留されたワイバーンは補修を受けていた。

ライムと魔法少女化したミーゼの2人で、交互に回復魔法を使って修復できるようになったので回復速度が格段に上がり、装甲板や消耗したリアクター、かなり消耗して部品が一部お亡くなりになっていたシールドジェネレーターとかは魔法での修復が順調に進んでいたんだが。

リゼル曰く、直るのと調整されているのは別らしく、メカニック系の船員達が忙しく艦内を調整して回り、回復魔法で直らない主砲の部品や旧式化が進みすぎた部品を交換している。

本来なら応急修理だけして、ワイバーンを魔改造してくれたおやっさんのドックへ持っていくつもりだったのだが、嬉しいことに前から声をかけていたおやっさん——ガルンという名の中年の地球《テラ》系アドラム人で、リゼルの師匠にしてリゼル父の友人――が、弟子の技師20人を引き連れて正社員になってくれた。

……弟子の技師が片っ端から猫耳系少年の外見をした獣系アドラム人だったあたり、偶然なのかおやっさんの業が深いのか気になるところだが。

これで出先でもワイバーンを本格的に修理できるようになった。

なにより、これで念願の男性社員が一気に増えたのだ。

面接もしたが、皆性根もまっすぐで勤勉な働きものだ。文句のつけようがない。

何故か全員、一人称が「ボク」または「僕」で、妙な色気があって、女性社員の中になんの違和感もなく溶け込んでいるが、些細な事は気にしない。

気にしたら何か危険な気がするから、俺は気にしない事にした！

◇

お約束ってあるよな？

山道を歩いていたらむさくるしい髭の山賊が出てきて。

命が惜しかったら身包み置いていけ、へへっ、そっちの姉ちゃんもなぁ。とか言ったりさ。

貴様に殺された兄の仇！　と美少女が飛び出てきて返り討ちにあって丸め込まれて、昨晩はお楽しみでしたね。的な展開になったりさ。

「おい、お前！　こいつらの命が惜しかった……ギャアァァアアアア！」

悲鳴が早いよ。

まとまったＩＣ《カネ》を手に入れた企業の社長とかカモに見えたんだろうな。そしてどこにもはみ出しものはいるもんだ。

『ヴァルナ』ステーションの商店街を歩いていた時の事だ。

一緒にやってきた船員達が、久々に見る屋台とかに熱い視線を送っていたので、この程度で士気が上がるなら安いものと、色々奢ってやっていたんだが。

うちの船員達も、見た目は可愛らしいお嬢さんたちに見える。

つまり、成金がＩＣ《カネ》にモノを言わせて、若いお嬢さん達を侍らしているように見えたんだろうな。

１人の船員に刃物を突きつけたガラの悪いアドラム人がいた。老け顔の男だし獣耳も無いから地球《テラ》系アドラム人だろうな。

人質を取って俺にＩＣ《カネ》を請求しようとした頭と運の悪い奴がいたんだよ。

「折角奢ってもらった串焼きが地面に落ちたじゃない！」

「ボクの休暇を邪魔するとかいい度胸だネ」

「たっぷりと可愛がってあげませんとね。皆さん、殺してはいけませんよ」

ああ、うん、俺がどうこうする前に、突きつけた刃物は蹴り飛ばされて、手は関節が曲がったらいけない方向に曲がっている。

その上、体を投げ飛ばされて地面に転がり、周囲にいた他の船員達に蹴られ、踏まれて袋叩きにあっている。どちらが被害者かわからない絵面だ。

ワイバーンでの船員としての訓練の他に、戦闘メイド隊に白兵戦訓練も受けていたのを知っていたが、予想以上に成果が出たようだ。

白兵戦訓練を受ければ研修ボーナスキャンペーンをやっておいた成果が出たな。

一時は周囲が騒然としたが、もうフルボッコにされてる男への同情の視線しかない。

男には仲間も居たらしいが、一緒に仲良くぼこぼこにされている。

流石魔王軍の一員だ、頼もしい！　……と言って褒めてやりたいところなんだが。

股間への執拗なストンピングは止めてあげてください。

効果的かもしれないが、同じ男として見ているだけで辛いんだ。

◇

ライムほどではないが、最近リゼルの様子も少しおかしかった。

スキンシップの回数が増えてはいるのだが、前ほど激しくなく、とてもさりげない風に変化していた。

例えば、通路で出会うと「イグサ様っ！」と嬉しそうな笑顔で元気良く挨拶しつつ、抱きついて尻尾を絡めてきたり。

ブリッジで報告書に目を通したりしていると、体ごと擦りつけた上で、頭を首元にすりつけてきたりと、自然体でとても甘えてくる。

使い魔として慣れてきたのかと思えばそうかもしれないんだが。

「……にへー」

ドック入りの指揮をミーゼ任せ、1人報告書に目を通していたところ、リゼルがミーゼのように膝の上に乗ってきて、体を擦り付けるように転がりながら甘えている。

「……ごろごろごろ」

こういうスキンシップもありかなと、リゼルの頭を撫でながら報告書を読む静かな午後だった。

◇

やはり海賊退治の後に、1番態度が変わったのがリゼル父だろうか。

前は挨拶代わりとばかりに、レーザーブレードで斬りかかってくる程度に嫌われていたんだが、やたら夕食や会食に招待される事が多くなった。

俺が呼ばれれば自動的に娘2人がついてくるので、そちら狙いかなと思っていたんだが。

酒を勧めてきたり、同席した他ステーションの有力商人に紹介されたりする。

紹介してくれるのはコネが出来るので嬉しいのだが、どうにもリゼル父の距離感が近い。

ある日『船の墓場星系』の有力ステーション複数を股にかけて活躍する、敏腕弁護士に紹介された時の事だ。

「彼は指導者としても企業家としても年齢に以上のものを持つ、なかなかの人物でしてね」

リゼル父にベタ褒めされる事が最近多いが、違和感しかない。

「なぁ、イグサ君。この調子で娘達の事もよろしく頼「それはお断りさせていただく」」

「――チッ」

舌打ちするリゼル父。

敏腕の弁護士を紹介すると言われて警戒しておいて正解だったようだ。

あの状況で曖昧にでも「わかりました」とでも言おうものなら、婚姻に承諾したとみなされて今日のうちに、リゼルかミーゼと結婚の上に婿養子にさせられていただろう。

持ち込んだ記録装置探知器が反応しっ放しだからな。

言い逃れが出来ないように、ボイスレコーダーやらカメラやらあちこちに仕掛けてあるようだ。

前のようにまだ直接的に殺意を向けられた方が対処しやすかった。

今日もまた、あちこちに散りばめられたトラップを回避しながら、リゼル父を最大限利用してコネを広げる夕食会になりそうだった。

引っかかったら人生の墓場《結婚》行きのトラップはデストラップに分類されるのだろうか?

◇

情緒というものは大切なのだとしみじみ思う。

夏の日、夕方になり黄昏色に染まる山の裾野で、ヒグラシがカナカナと切ない鳴き声をしていたり。

冬の日、深夜に深々と雪が降り積もる静寂の世界に1人立ってみたり。

悪にだって情緒や浪漫はある。

やはり敵もなく順調に世界征服が出来てしまうよりは、何度潰そうとも起き上がってくる正義の味方がきた方が俄然良いし。

制圧した世界の中から立ち上がった反乱分子のリーダーが自分の子供だったとか、もう悪としては言う事がない。

アルテがこの頃調子がおかしかったのは気がついていた。

運んでいる皿を落としたり、何もない所でコケたり、ベタな感じのドジメイド化していたから、何かあるんだろうと思ってはいた。


ある夜の事だ。当直のメイドと交代して自室に戻ったら、直立不動でアルテが待っていた。

「イグサ様、こ、今夜は不肖小官がお相手させていただくであります!」

いつもの装甲メイド服に背筋を伸ばした敬礼姿で言われても。こう、なんだ……情緒がないと思わないか?

魅惑の犬耳は怖がったように伏せっているし、追い詰められた子犬みたいな雰囲気まとっているし、若干涙目になっているところはポイント高いだけに、惜しい。

酷く勿体無い。最高の刺身を目の前でバーベキューにされている気分だ。

「誰の指示なんだ?」

「はっ、奥様であります。既成事実と子供は多い方が良いと!」

あっさりと自白したな。そういうのは秘密にしておくものだと思うんだが、アルテも色々とギリギリなんだろう。

リゼル母の差し金か。不干渉でも個人的な恋や愛は別だという言い訳なんだろうな。

「……で、実際にはどういう事をする予定だったんだ？」

あまりにも直球過ぎるんだよな。餓えた青少年ならともかく、流石に軍人口調であの台詞だけでは、その気になる男はそう多くないと思う。

「はっ。後ろから……だっ、抱かれる形で、イグサ様の手を服の中に導いて『旦那様いけません』と言っていれば後は何とでもなるとご命令を受けていたであります」

なかなか攻撃力が高そうな手を使うじゃないか。確かにそんな事をされたら耐えられる自信がない。耐えるなんて考えもしないけどな！

だが、恐ろしく初心で純情そうなアルテには難易度高すぎないか？

説明させたのは俺なんだが、恥ずかしさのあまりにもうボロボロと涙が瞳から溢れている。流石に申し訳ない気持ちになってくるな……。

「アルテの能力を貶すつもりはないが、実行は厳しくないか？」

足まで震えているので隣に座らせて頭を撫でてみる。びくびくとしているが、相手を落ち着かせる頭の撫で方には自信がある。ここ最近は練習相手に困らないしな。

「いえすさー……困難であります」

「無理する事はない。やったって事にして口裏合わせてやってもいいぞ」

肉食系なヤツらが多かったせいか、ここまで純情なのは調子が狂う。本来ならもう頂きます。と頂いてしまっていてもおかしくないんだが。

「ですが、これも大恩ある奥様のご命令であります」

きりっと決意の涙目で立ち上がると、指示された通りの行動に移り。

「……だ、旦那様……いけま、せん……であります」

凄い羞恥交じりの声で言われてさ。俺が耐えられるとでも思ったか？

いや、無理だろこれ。なにこの可愛い生物。

アルテは無事に任務を達成したのだった。

リゼル母に外堀を埋められている気がしないでもないが、ここで何もしないのは俺らしくないよな？

大仕事を終えた俺達は『ヴァルナ』ステーションとその近隣で英気を養っていたのだった。

ステータス一覧

名前:イグサ　(真田 維草 /Igusa Sanada)　種族:地球人　性別:男　年齢:22　職業:魔王
Lv:29　EXP:282410/298000

〈ステータス〉
ステータスポイント:793
筋力　(STR)=100　(+860%)
体力　(VIT)=100　(+938%)
敏捷力(AGI)=100　(+678%)
知力　(INT)=500　(+1528%)
精神力(MND)=600　(+1238%)
魅力　(CHA)=500　(+981%)
生命力(LFE)=200　(+1002%)
魔力　(MAG)=600　(+5642%)

〈スキル〉
スキルポイント:133971
〈色々略〉
[汚染耐性]:Lv10　[アドラム帝国汎用語]:Lv1(MAX)
[機械操作 / 共通規格]:Lv10　[機械不正操作 / 共通規格]:Lv10
[ソフトウェア操作 / 共通規格]:Lv10
[ソフトウェア不正操作 / 共通規格]:Lv10
[知識 / 共通規格宇宙船]:Lv5
〈表記し辛い夜戦戦闘スキル〉:合計 Lv1287

〈その他〉
・身長 / 体重:183cm/68kg
・悪への憧憬　・黙っていれば知性的な外見
・中身はエロ魔王　・伊達眼鏡
・BL題材被害 583 件
・魔王の特権:無念の死を遂げた死者数によりステータス強化
・称号:加害者にて被害者
・新規称号:要塞破壊者

名前:ライム　(向井寺 頼夢 /Raim Mukouji)　種族:地球人　性別:女　年齢:18　職業:勇者
Lv:11　EXP:14468/18000

〈ステータス〉
ステータスポイント:21
筋力　(STR)=20　(+138%)
体力　(VIT)=15　(+86%)
敏捷力(AGI)=10　(+228%)
知力　(INT)=10　(+120%)
精神力(MND)=24　(+860%)
魅力　(CHA)=11　(+88%)
生命力(LFE)=20　(+368%)
魔力　(MAG)=14　(+175%)

〈スキル〉
スキルポイント:41
[武器習熟 / 剣]:Lv5　[武器習熟 / 槍]:Lv3　[武器習熟 / 弓]:Lv3
[強打]:Lv4　[狙撃]:Lv2　[防具習熟(重鎧)]:Lv4　[回避]:Lv4
[騎乗]:Lv2　[大型騎乗]:Lv2　[騎乗:飛行]:Lv4
[法理魔法]:Lv2　[祈祷魔法]:Lv2　[概念魔法]:Lv2
[空間魔法]:Lv2　[交渉術]:Lv2　[鑑定]:Lv3　[治療]:Lv1
[魔物知識]:Lv3　[不屈]:Lv2
[アドラム帝国汎用語]:Lv1(MAX)

〈その他〉
・身長 / 体重:142cm/39kg
・クォーターによる隔世遺伝。銀髪翠眼　・外見年齢は 12 歳程度
・誤補導回数 115 回　・淡白・冷淡　・中身は割と熱血
・勇者特権:戦場に散った英霊達の数によりステータス強化
・称号:はいてない　・称号:弱みを握らせる誘い受け系勇者
・称号:無表情デレ娘　・新規称号:永遠の虜
・新規称号:依存 Lv6　・新規称号:奉仕心 Lv5

ステータス一覧

名前：リゼルリット・フォン・カルミラス　種族：使い魔／アドラム人　性別：女　年齢：17　職業：宇宙船技師
Lv：8　EXP：5448/7500　使い魔 Lv：6　EXP：20305/23000

〈ステータス〉
ステータスポイント：19
筋力　（ＳＴＲ）＝8　　（＋16）
体力　（ＶＩＴ）＝9　　（＋16）
敏捷力（ＡＧＩ）＝7　　（＋16）
知力　（ＩＮＴ）＝13　　（＋16）
精神力（ＭＮＤ）＝5　　（＋16）
魅力　（ＣＨＡ）＝14　　（＋16）
生命力（ＬＦＥ）＝12　　（＋16）
魔力　（ＭＡＧ）＝1　　（＋16）

〈スキル〉
スキルポイント：6
[機械知識／共通規格]：Lv1　[機械修理／共通規格]：Lv1
[機械操作／共通規格]：Lv1　[無重力運動]：Lv1
[ソフトウェア操作／共通規格]：Lv1
[ソフトウェア作成／共通規格]：Lv1
[構造知識（宇宙船）]：Lv1　[権謀術数]：Lv1

〈その他〉
・身長／体重：158cm/52kg
・猫耳猫尻尾。黒毛
・元お嬢様　・天然　・かつ腹黒
・魔王の使い魔化によりステータス補正
・ファンタジーの世界へようこそ！
・称号：ファンタジー適応（弱）　・称号：エロ猫娘
・称号：マッドメカニック　・称号：貢ぎ癖持ち
・称号：おや、何か様子が……？

名前：ミゼリータ・フォン・カルミラス　種族：使い魔／アドラム人　性別：女　年齢：13　職業：参謀見習い／魔法少女
Lv：8　EXP：5600/7500　使い魔 Lv：12　EXP：53200/61000

〈ステータス〉
ステータスポイント：11
筋力　（ＳＴＲ）＝3　　（＋22）
体力　（ＶＩＴ）＝4　　（＋22）
敏捷力（ＡＧＩ）＝7　　（＋22）
知力　（ＩＮＴ）＝17　（＋22）／＋80
精神力（ＭＮＤ）＝2　（＋22）／＋80
魅力　（ＣＨＡ）＝12　　（＋22）
生命力（ＬＦＥ）＝8　　（＋22）
魔力　（ＭＡＧ）＝3　（＋22）／＋130

〈スキル〉
スキルポイント：9
[機械操作／共通規格]：Lv1
[ソフトウェア操作／共通規格]：Lv1　[統率]：Lv1
[指揮]：Lv1　[策士]：Lv1
[魔法道具適応]：Lv1

〈その他〉
・身長／体重：136cm/30kg
・狐耳狐尻尾。明るい茶色毛
・現役お嬢様　・頭脳明晰　・冷静　・冷酷　・うっかり
・策士　・甘えたがり　・経験不足
・魔王の使い魔化によりステータス補正
・ファンタジー適応／大
・新規称号：未来世界の魔法少女
・新規称号：悪の手先の魔法少女

書き下ろし

ワイバーン繁忙騒動記

MAOU TO YUSHA GA
JIDAI-OKURE NI NARIMASHITA

――きっかけは大型工業ステーション『ヴァルナ』から、リサイクルされた艦載機・艦船用の部品を輸送する輸送船の護衛任務だった。

『ヴァルナ』ステーションでは古くなったジャンク品からリサイクル・リストア・ニコイチなど様々な手法で艦船の装備品・消耗品、時には艦船自体も中古品の集まりとはいえ建造される。

正規品では無い上、素になったジャンク品もそれなりに旧式の品なので、最新式の装備と比べると性能は随分下がるが、価格の安さとジャンク装備を組み上げた技師達の腕による頑丈さと修理の簡単さ――特に後者、簡単な施設と素人に毛が生えた程度のメカニックがいれば修理できるのが大きい。最新兵器だとメーカーの純正品じゃないと予備部品に使えないとか、腕の良いメカニックの調整が必要になる――で、辺境のステーションでは人気の品だ。

そんな品を満載した3隻の輸送船を『ヴァルナ』ステーションから、フィールヘイト宗教国との国境が近い、帝国南部辺境まで護衛する仕事をリゼル父が持ち込んだのだ。

リゼル父曰く。今までは護衛戦力が足りなかったが、海賊ステーションを攻略した実績を持つワイバーンなら頼む事ができるという。

コネと信頼と実績の大切さが身に染みるよな。

意気揚々と『ヴァルナ』ステーションを出発したのだが――。

◇4日後

「前方からクラス5戦闘機が3機。船舶ビーコン無し、停船通信にも反応なしです！」

「ライム、フリゲート（駆逐艦よりも小さなサイズの戦闘艦の総称）の制圧はまだかかるか？」

『ん！　船内の通路が狭くてリビングアーマーも数が出せないの。全滅させるのに5分、その後の艦内クリアリング《海賊の生き残り捜し》はもっとかかる！』

「わかった。このまま移動せず迎え撃つぞ！　主砲、副砲準備。各砲座個別にターゲット照準、順次射撃！」

「あいあいさー、ターゲット照準、主砲斉射と同時に副砲を速射モードで射撃開始ですよぅ！」

　空間投影コンソールを指先でパタタタッと音が出る速度で操作するリゼル。

　停船していたワイバーンの砲塔が動き、主砲の衝撃砲と副砲の高エネルギー粒子砲を連射、飛翔した発光体が接近しつつあった海賊戦闘機達をまとめて消し飛ばし、粒子や金属粒子に還元していく。

「推定海賊戦闘機、反応消失しました」

　報告してそのまま「ふぅ……」と、悩ましく色っぽい溜息をつく、オペレーターの牛娘（姉）のユニア。

　ユニアが緊張するのも無理はない。

　ジャンプゲートとジャンプゲートを結ぶ星間航路を輸送船と共に移動中、海賊のフリゲートに襲われ、武装を無力化して機関部にダメージを与えたところで、リビングアーマー達を引き連れたライムが、突入ポッドで敵艦へ侵入したところまでは良かったんだが、制圧中に別口の海賊が襲ってきたんだ。

相手の戦力が少なく、停船しながらの艦砲射撃で簡単に倒せる範囲だから良かった。

ワイバーンを動かして回避機動を取りたかったが、シールドも消失して無防備に停船している、海賊フリゲートの中で戦闘中のライムやリビングアーマー達を見捨てる訳にもいかない。

ワイバーンを動かす事もできず、シールドの強度を信じて、動かずに反撃する事だけ。

対艦ミサイルでもばら撒かれていたら、制圧中のフリゲートを守るために、ワイバーンの船体を盾にする事も考えないといけなかった。

ワイバーンの性能ならまず迎撃できるし、魔法で耐性魔法を使えば耐えられると思うが、心臓に悪い行為なのは間違い無い。

『艦を制圧しながら、別口の相手をするのは気を使いますわなぁ……』

「輸送船の護衛をしながら、さらに護衛する相手が増えるからな。正直手が足りない」

こんな時に艦載機を出して護衛の手を増やすのだろうけど、艦載機のパイロットのライムが敵艦で白兵戦中なんだよな。

ライム以外にも予備パイロットの育成を考えた方がいいだろうか？

海賊の襲撃が海賊フリゲートを鹵獲し始めてから、これで3回目なんだ。

この辺りの海賊達は、同類が捕まりそうになったら助けに行くほど義理堅いか、漁夫の利狙いで集まってくるほど数が多く、かつ獲物に飢えているのか。

完全に後者だろうな。義理堅い宇宙海賊がここまで多かったら、そもそも賞金稼ぎじゃなくて浪漫求めて宇宙海賊になっていたからなぁ……。

◇12日目

拿捕した海賊フリゲートも12隻目になる。最低限の航行ができる人員で随伴させているが、その分ワイバーンの船員が減って、あちこち無理が出ている。

具体的に言うとブリッジクルーの交代要員が居なくなって、勤務38時間目くらいだ。風呂に入って泥のように眠りたい。

他にも艦内のあちこちの部署で人員不足に陥って、1人当たりの勤務時間がブラック企業かくやというほど長くなっている。

……何の事情も知らなければ、3隻の輸送船をワイバーン含め、13隻のフリゲート艦で護衛している、ちょっとした武装輸送船団に見えるはずなんだが。

それなのに海賊の襲撃が断続的に続いているのは、ワイバーンも含めて、被弾で船の塗装があちこち焦げて満身創痍の艦隊に見えるのが、海賊の食指が動くポイントなんだろうか。

◇16日目

「アラート！　微弱だけどセンサーに反応があります。前方にある小惑星の裏側、クラス4戦闘機が2機アイドリング状態で停船中。船舶ビーコンの反応無し。海賊であり……ます！」

犬耳がへにゃりとしおれた武装メイドが、疲れを隠しきれない声色で叫ぶ。

「……はっ。第2種戦闘態勢！　火器関連、機関、センサー系の人員は総員起こせ！　間違い無く戦闘になるぞ！」

犬耳武装メイドの声に、ペットボトル的な入れ物に入ったエナジードリンクを飲みつつ、どこかに飛んでいた意識を引き戻して声を出す。

魔王の生命力《ステータス補正》のおかげで目の下にくまが浮かんだり、顔色が青くなるとかの症状が出ていないが、疲れが溜まった目頭を揉みほぐし、スイカとトマトのスムージーにタバスコを混ぜた炭酸飲料……のような冒涜的な味のエナジードリンクを一気に飲み干す。

口内に満ちる、地獄の釜の中身を飲んだかのような刺激。

鼻を連続で刺激していく、毒物感溢れるケミカルな感じのスパイス《調味料》で悶絶しそうになるが、とりあえず目が覚めた！

「恨むなら海賊を恨んでほしいであります」

指示を受けた武装メイドが艦内放送で大音量のアラートを流し、コンソールに突っ伏して力尽きていた他の当直のメンバーも、ゾンビを彷彿とさせる動きでのろのろと体を起こしてくる。

「リゼル、武装の状況はどうだ？」

「……すやぁー」

ブリッジに鳴り響く大音量のアラートの中、リゼルは砲手席に座ったまま寝て、起きる様子すら無かった。

「仕方ない……」

リゼルの首根っこを引っ張って砲手席から下ろし、膝の上で俺に抱きついていたミーゼを代わりに座らせる。

「ミーゼ、ミーゼ。リゼルが再起動しない。悪いが砲手のオペレート頼むぞ」

リゼルを背負うと、無意識なのか抱きついて、頭やら胸やらあちこち擦りつけてくる。柔らかく温かい幸せな感覚を背中に感じつつミーゼを起こす。

「はぁい……主砲は8門中6門が部品消耗で使用不能、副砲はどれも弾《触媒》切れ、ライムさんの回復魔法でレンズの摩耗まで自動修復している、近接対空レーザー砲だけが頼りなのです」

「回復魔法は理不尽だが頼りになるんだ。それに代償も違う形であるからな……」

具体的に言うと敵艦制圧の連続出撃で疲労したところに、さらに回復魔法まで使わせ、その上俺の連続勤務が続いてスキンシップ不足が極まったライムは、返り血とかで汚れた服を脱ぎ捨てて、下着姿のまま俺のシャツの中に潜り込んで蝉みたいに張り付いている。

前はライム、後ろはリゼルから色々な刺激を受けて、疲労で体力が削られている以上に理性が攻められ続けているのだが、これはご褒美なのか？　それともこの状態で最低限戦闘を終わらせないといけないのは地獄なのか？？？

削られている俺の理性とか精神力が代償と言えるだろう。修理や補修で資金が削られる方がずっと気が楽だな！　というか凄く辛い。理性を投げ捨てて色々やらかしてしまいたい！

「細かい操船も難しそうだな。速度を上げて小惑星とすれ違いざまに対空レーザーの斉射で消し飛ばしてくれ」

「はいです。ところでおにーさん。この仕事が終わったら覚悟しておいてほしいのです」

ライムとリゼルに甘えられている俺へ、ミーゼが向けるのは冷たい目ではない。『この獲物は絶対に追い詰めて狩る』という、覚悟と執念に満ちた狩人の瞳だ。

……なお、海賊戦闘機は近距離からのレーザーの斉射で金属蒸気に成り果て、戦闘終了まで俺の理性は耐えてくれた。凄いぞ、俺の理性。

◇22日目

「おにーさん、まずいです。船員の疲労が溜まりすぎて、そろそろ臨時ボーナスの目録だけだと、やる気が維持できません」

『あちこちの会話を拾って聞いてますが、疲労とストレス両方溜まって、限界が近いみたいですわ。臨時ボーナスの額で反乱の話こそ出てませんが、この2日くらい労働効率の低下が著しいですわ。普段なら30分で終わる簡単な仕事にサボタージュでも無いのに1時間以上かかってます』

「リフレッシュが必要か……近くに寄港できそうなステーションが無いんだよな？」

「交易ステーションと贅沢は言わなくても、居住ステーションでも片道1週間くらいなのです。なので、おにーさん。船員がやる気になりそうなプランを作ったから、承認をしてください」

「必要なのは人件費と多少の物資、後は船室の一部を使うだけか……許可しよう」

ミーゼが差し出してきた投影画像の書類にサインをする。

『ミーゼの嬢ちゃんも容赦ないですなぁ……』

◇25日目

艦長任務から外されて数日が経った。恐らくミーゼ・アルテが交代で艦長任務を代行してくれているはずだ。

現在の俺の仕事場はワイバーンの会議室を流用した臨時休憩室。

ちょっと視界の肌色面積が多く、また音声加工とモザイク無しではお茶の間に見せられない大人な光景が広がっている。

……俺は社長で艦長のはずだよな？　疲労を限界突破して働く船員へのご褒美用に、何故手錠首輪付きでご褒美の景品になっているんだろうか？？？

切実に艦長の仕事に戻らせてほしい。たまに尊厳が危ういし、艦長の時の10倍くらい肉体的に辛いんだが！

というか俺が魔王として常識外れの生命力を持っていなかったら、疲労で死んでいるぞ！　というかこの仕事を強制してきたミーゼ。その辺りまで織り込み済みでスケジュール組んで無いか！

それと声を大にして言いたい。

俺はエロい事を「したい」のであって「されたい」のではないんだ！

「――という訳だ。だからな、その物騒な形状をした玩具を床に置こう？」

「でも、これでお揃いになれるんですよぉ……？」

疲労と欲望で濁った瞳をしたリゼルを必死に説得する。

手には黒い毛並みをした猫の尻尾の玩具――装着者の感情や意思に反応して動く高性能なもの。

ただし裸でも装着可能な多機能アタッチメント付き――が握られている。

既に黒い猫耳（感覚を装着者に伝える無駄に高性能な代物）をつけられているが、そっちは遠慮したい。

「なぁリゼル。俺の膝枕で休んでいかないか？　疲れているのだろう？」

成功してくれ、この交渉！　失敗したら大切なものをまた1つ失うのだ……！

◇33日目

「はーい。社長、ゆっくり寝ましょうねぇー」

「ちょっと恥ずかしいけど……でも社長のためだしね」

「ありがとう……すごく楽だ」

連日の「ご褒美」を希望する船員達への報酬になって、俺が疲労しているのを聞いたユニアとルーニアの牛娘姉妹が2人で予約した上で、ご褒美の内容を添い寝にして休ませてくれている。

このところ、久しく無かった優しい気遣いに涙が出そうに……出てないよな？

「うう……ちょっと癖になりそう」

妹の方のルーニア、俺の頭を抱いて頭を撫でてくれるのは嬉しい。恥ずかしいのもわかる。だが、顔が恥で紅潮しているというより、顔が恍惚としているような気がするんだ。

現在進行形で新しい性癖を開花させてないか？　俺の気のせいだろうか……？　だが手の動きや抱きしめ方から恥じらいが消えて、どんどん積極的になっている気がするのだが。

◇42日目

護衛目的のステーションに入港してから2日ほど経つらしい。

活躍した船員への「ご褒美」が終わらない俺は、未だ外に出る事ができない。

『ヴァルナ』ステーションで船員を雇う時、能力とやる気優先で雇ったら女性船員だらけになったが、偏った男女比を放置した報いだろうか。

男性船員に偏らなくて良かったと思った方がいいのだろうか……？

◇

拿捕した海賊のフリゲート艦が合計で38隻。フリゲート艦に搭載されていたり、戦闘中に降伏してきたクラス4～5の小型戦闘機が12機にもなった。

フリゲート艦は途中で降伏してきた2隻を除いて、被害をほぼ出さずにライムが制圧したものだから、ライムの能力の高さが良くわかる。

――その分「ご褒美」の回数もダントツで多かったが。

拿捕した船と戦闘機は、輸送船の目的地だった大型交易ステーションで全て買い取ってもらえる事になった。

俺達が海賊に襲われる頻度が異常なのでは無く、このステーション近隣で、海賊被害の発生率の増加が異常な数字になっているそうだ。

フリゲート艦の清掃――ライムが制圧時にスプラッター風に撒き散らした諸々――と査定、買い取りが終わるまでの数日で船員達も十分に休息したようだ。

船員達に渡した危険手当で豪遊や買い物も随分楽しんだとかで、港周辺の商店や歓楽街ではちょっとしたバブル景気になったとか。

◇

久々の艦長席に座り、俺は今後の方針を決めていた。

『ヴァルナ』ステーションにトンボ返りするのでは無く、この周辺のステーションを渡り歩きながら、海賊狩りをすると。

これは決して俺の貞操やら失った大切な心のあれこれの報復ではない。

報復ではないが、徹底的に狩り尽くし、ついでに海賊の跳梁跋扈で不足しがちな物資を、周辺の辺境ステーションで売って利益を少しでも出そうとする営業活動なのだ。

不足している物資は仕入れ値の何倍という暴利みたいな値段で売れるからな。

「――というのが当面の方針になる」

「ならフィールヘイト側の賞金稼ぎ用のライセンスと、船舶や積み荷の臨検ができる限定警察権のライセンスの申請と購入もしておきます」

「ワイバーンの船倉はそこまで大きくないけど、食料系とエネルギーキューブとか燃料系を優先的に仕入れておくのですよぅ」

「拿捕した船の運用や、船員達の勤務ローテーションの見直しをしておくであります。今回の遠征で船員達の練度もかなり上がったので、前回より楽になるはずであります」

「ん。イグサ、頭撫でる手を止めないで」

方針を話すとすぐに準備を始めてくれる。ブリッジクルー達の間には最初の頃になかった連携や信頼感のようなものができているように見える。

実に不思議だな。信頼関係を深めるイベントでもあったのだろうか。

だから何も思い出すな俺！　深く考えると心が折れるぞ……！

そしてライムは人前で甘える事に躊躇が無くなったらしい。勇者が堕落の一途を辿っていると思うと考えると感慨深いが、順調にブレーキが壊れていっているだけな気もするな……。

「港湾職員さん、エネルギーキューブの購入先企業のリストを見せてほしいのですよぅ」

「申請終了、ライセンス料振り込み……資格取得、ユニア（オペレーター牛娘姉）さん。こっちのライセンスと暗号鍵を通信機材に入れておいてほしいのです」

てきぱきと準備をする船員達を横目に、俺はワイバーン以外の戦力と人手を増やす事を考えていた。

ステーションで聞いた感じでは、海賊の数が随分増えているようだし、この先の事を考えると僚艦が欲しくなる。だが、売り払ったような海賊フリゲート艦みたいな小型艦や戦闘機は、購入金額や維持費といったコストに対して火力が高いのが特徴だが、ちょっとした被弾でも船員やパイロットが死にやすい。

海賊相手に消耗戦をしたくないのもあるが、部下を使い捨てにするのは、俺が憧れた悪とは方向性が違うのだ。

ブリッジクルー達が忙しなく動くのを横目に、俺は未来に思いを馳せていた。

あとがき

本を手に取って頂いた、あるいは電子書籍として入手して頂いた皆様、結城忍と申します。

本作品はサイエンスフィクションとスペースオペラの世界にファンタジー要素を混ぜた、スペースな世界でファンタジーなＳＦ《スペースファンタジー》娯楽小説で、「小説家になろう」においてｗｅｂ小説として連載している「魔王と勇者が時代遅れになりました」の書籍版となります。

ｗｅｂ連載版とストーリーや話の流れは大きく違いませんが、より読んでいて快適に感じるように、ストーリーを構成するエピソードに変更を入れたり、シーンを書き加えています。

簡単にあらすじを説明させて頂きますと、『悪』及び『悪の偶像《ヒーロー》』というものに憧れていた青年が魔王として、現代とは異なる世界に召喚される……までは良かったものの、召喚された世界の人間達は科学文明に染まり、星の海へ旅立っていて、放棄された惑星に喚《よ》ばれます。

魔王に呼応するように召喚された勇者と出会うものの、空の彼方で戦争をしている人間達を見て、２人して途方に暮れた後、魔王と勇者の使命とか運命を横にポイ捨てし、とりあえず生き延びたい。出来れば快適な生活を！　と魔王と勇者の力で、召喚された先の時代に馴染んでいくお話です。

物語は魔王になった主人公の一人称の視点で見た形で進み、希に三人称視点や他の登場人物の一人称視点が入る形になります。

この作品はライトノベルとゲーム各種（据え置き機、ＰＣ洋ゲー、スマホアプリ問わず）が好きな作者が「こんな作品が見たいけど無い。我慢できないから自分で書こう！　執筆していれば気になってる作品も更新されるよね！」と、自分で書いて自分で読みたい欲望から、テキストファイルに打ち込み始めた文章が、ｗｅｂで公開したらご好評を頂けて、書籍化した現在に至ります。

書籍版で初めて知って頂いた皆様には、様々な作品が出ている中で本作を手に取って頂いた事に感謝を。そして私の「こんなライトノベルが好きなんだ！」という熱が詰まった本作を気に入って頂けると幸いです。

ｗｅｂ公開版から長年応援して下さっている皆様には、ご声援して頂いた作品が書籍という形になった事をご報告すると共に、心からの感謝を申し上げます。

お礼よりｗｅｂ版の更新を早く！　と声が聞こえそうですので、頑張らせて頂きます！

世界的な感染症や社会情勢が色々難しい中で、本作が皆様の心の潤いの1つになれれば幸いです。

最後に書籍化にあたり、文字通り東西奔走して頂いた担当のYさん、素敵なイラストを描いて頂いたオウカさんに感謝を述べさせて頂きます。

○日締め切りと言われて、ギリギリまで手直しをしていて、出社する早朝に提出するとか、ここ修正して欲しいという要望に「ゲームのイベント初日なのです！　半日、いや数時間だけお待ちを！」とかやらかす作者を見捨てずに、本当にありがとうございました……！

剣と魔法で
タイマン!?
生きて帰ったら
結婚して
ください!
第2巻2023年春
発売予定!

宇宙なのに
ええ!?
結城忍 ill. オウカ
魔王と勇者が時代遅れになりました II
MAOU TO YUSHA GA JIDAI-OKURE NI NARIMASHITA

ありふれた不幸ですよ、お嬢さま
ひぃひぃ孫
祖母
祖母
と未来《ハメツ》を変えていく!

甘く激しい「おかしな転生」シ

TV ANIME

2023年7月より
TVアニメ放送開始!

CAST
ペイストリー＝ミル＝モルテールン：村瀬 歩
マルカルロ＝ドロバ：藤原夏海
ルミニート＝アイドリハッパ：内田真礼
リコリス＝ミル＝フバーレク：本渡 楓

STAFF
原作：古流望「おかしな転生」
（TO ブックス刊）
原作イラスト：珠梨やすゆき
監督：葛谷直行
シリーズ構成・脚本：広田光毅
キャラクターデザイン：宮川知子
音楽：中村 博
アニメーション制作：SynergySP
アニメーション制作協力：スタジオコメット

アニメ
公式HPにて
予告映像
公開中!
https://okashinatensei-pr.com/

GOODS

オリジナルグッズ続々登場!

おかしな転生
卓上カレンダー2023

おかしな転生
塩ビブックカバー

STAGE

「おかしな転生」舞台化
第2弾決定!

日時：2023 年 3 月 8 日（水）～3 月 12 日（日）
会場：CBGK シブゲキ!!
（東京都渋谷区道玄坂 2-29-5 ザ・プライム 6 階）

オール
女性キャスト!

アフター
トークイベント
あり!

AUDIO BOOK

おかしな転生
オーディオブック
第 1 巻
朗読：長谷川玲奈

好評発売中!

DRAMA CD

おかしな
転生
ドラマCD

大好評
発売中!

詳しくは公式HPへ!

異世界に落とされた… 浄化は基本!

Dropped into another world

原作最新巻

第⑦巻

イラスト:イシバシヨウスケ

コミックス最新巻

第③巻

漫画:中島鯛

好評発売中!!

漫画配信サイト
CORONA EX
コロナEX
TObooks
OPEN!!
詳しくはこちら!
https://to-corona-ex.com/

TOブックス
コミカライズ
連載最新話が
読める!
月額400円(税込)で
全作品が読み放題!

魔王と勇者が時代遅れになりました

2023年2月1日　第1刷発行

著　者　結城忍

発行者　本田武市

発行所　TOブックス
〒150-0002
東京都渋谷区渋谷三丁目1番1号　PMO渋谷Ⅱ　11階
TEL 0120-933-772(営業フリーダイヤル)
FAX 050-3156-0508

印刷・製本　中央精版印刷株式会社

ISBN978-4-86699-738-4